Paul Gisi
Quasare tanzen wie Fliegende Fische
Das nächtliche Singen der Bilder

Briefe an Ludwig, drittes Buch

Books on Demand

Bibliographische Information der Deutschen Nationalbibliothek. Die Deutsche Nationalbibliothek verzeichnet diese
Publikation in der deutschen Nationalbibliographie,
detaillierte bibliographische Daten sind im Internet über
http://dnb.dnb.de abrufbar.

© 2020 Autor: Paul Gisi
Coverbild: Ludwig Weibel
Herstellung und Verlag:
BoD – Books on Demand, Norderstedt
ISBN 9783750434882

Paul Gisi

Quasare tanzen wie Fliegende Fische

In eigener Sache

Ha, ich denke mir, dass all die verschiedenen Welten, die, wenn auch vernetzt, sich kaum berühren ... Alle Welten sind unendlich verschieden, gut so. Ich höre jetzt Donizettis Oper "Lucrezia Borgia", trinke Wein aus der Provence und dazu einen uralten Himbeergeist (gereift in einem Maulbeerbaumfass) – ich erlebte in den letzten Wochen Intensitäten wie in Jahrtausenden! Manchmal denke ich an die Sternbilder Grosser Bär, Kleine Waage, Kopf des Drachen, Cassiopeia, Schwanzstern Denebola, Vorderleib der Wasserschlange, Himmelsjäger Orion, Schultersterne Beteigeuze und Bellatrix, Aldebaran, Pegasus – und viele andere –, es ist so gelustig feldschön (= in der Ferne schön) ... Das Schlusskapitel meiner (unpublizierten) Liebesgedichte "Das nächtliche Singen der Bilder" wird vermutlich "Auf deinen Fingerbeeren tanzt das Weltall" heissen, – ob`s gelingen wird? Erlebnismässig und wortbildformal suche ich für "Das nächtliche Singen der Bilder", mein Opus 80, die Schlussakorde, potzdonnerschtärnechaibnochmals, ja? Und ich tauche von den herrlich monströsen Romanen von Patrick White immer wieder in die anderen mir geliebten Tiefen der Vorsokratiker, in die platonischen Dialogklötze, in die Mythologien Homers und Hesiods, in die Orphik und die Kosmogonien Thrakiens und Dionysos, in die Gedankenwelten der Milesier und Pythagoreer, zu Heraklit und den Eleaten, zu Anaxagoras und Sokrates, ach, das ist ein Lebenslust(denk)fest der unvergleichlichen Art – da kommen die heutigen dümmlichen Medien und asthmatischen Kommunikations-Codes civil kein bisschen heran. "Da richtete ich mein Sinnen darauf, Weisheit und Wissen, Torheit und Unverstand zu durchschauen. Da erkannte ich, dass auch dies nur ein HASCHEN NACH WIND ist", lese ich bei Kohelet, dem Hymniker der Nichtigkeit, geschrieben in einem Rabennest, in einem Krähenwinkel der Weltgeschichte vor zweieinhalbtausend Jahren ...! Und atme befreiend auf! Das ist individuelles (existenzielles) Denken, wovon in unserer idiotischen massenwahnmodischen Vergnügungsgesellschaft nichts zu finden ist, ha. Meine "Nachtwucherungen" wurden inzwischen in ein paar Zeitungen und Zeitschriften (und im Internet) angezeigt (Auflage dieser Printmedien über hundertachtzigtausend Exemplare, doch es kam keine einzige Buchbestellung, plaudite amici, finita est comedia ((wie Beethoven auf seinem Sterbebett gesagt haben sollte, uff)). Da lache ich mir den Buckel voll. Denn zu Ende ist noch nichts ...! Nach etwa dreissig begeisterten Briefen zu meinen "Nachtwucherung" ist jetzt auch ein vielseitiger Brief eines geckenhaften Literaten bei mir eingetröpfelt, der mir Infantilismus usw. vorwirft; parbleu, wie ulkig! Auch dass ich die Gesellschaft torpediere, obwohl ich von ihr profitiere usw.: Na, diese Diskusssion habe ich eigentlich bereits als Zwanzigjähriger erledigt, da muss ich nur noch hohnlachen. Da richtete ich mein Sinnen darauf, Weisheit und Wissen, Torheit und Unverstand zu durchschauen.? Merde! Da fühle ich mich bescheiden, doch selbstsicher als Ochsenfrosch, basta. "Vernunft" ist nun beileibe nichts, was mich verunsichert ..., da ich sowieso nicht gut von ihr denke. Und ich "lebe" derart intensiv in verschiedenen Zeitaltern und Völkern, dass mich diese spätkapitalistische (dekadente, "elektronische") Epoche nicht viel zu sagen befähigt ist, voilà. Mystiker aller Couleurs und Zeitalter sind weit wichtiger als all diese Zeittheoretiker und angeblichen Experten, die einen jämmerlichen Stuss von sich lassen.

In "Haschen nach Wind oder Die Lust zu leben in den Verdunkelungen des nahenden Endes", dem

"Fortsetzungsband" meiner "Nachtwucherungen", will ich polyperspektivisch (fern jeder Gnostik), diskursiv, hymnisch, axiomfreudig, universalistisch (hm), kosmogonisch, solipsistisch, geil wuchernd, pantheistisch (Xenophanes-nah), syllogistisch, gisisch, sensualistisch, poseidoniosisch – kikerikii! – subversiv, anklagend, aber auch heiter versöhnlich (usw. usw.) ((fluchend und segnend)) – in den acht Armen der indischen Göttin Shiva tanzend – meine Kettenreaktionen finden, meine Atormkerne spalten, in den Radarverbindungen von Erde und Mond mich verlieren, in der Ekliptik der Sonne mich wärmen, in astrophysikalischen Formeln lachen, mit Schäfchenwolken träumen, im Nimbostratus (einer Regenwolke) mich verausgaben, im Südostpassat singen, im Tuffwall mich verstecken, an einer Felsschulter mich ausruhen, in einer Flussaue von Gott psalmodieren, als Chinarindenbaum und als Bachstelze zur Artenvielfalt beitragen, als philosophische Weinbergschnecke meine Gedanken vortragen, als Seeigel meine Elegien schreiben, als Pagode lächeln, als Triforium (Laufgang in einer gotischen Kirche) mich verwinkeln, als Krummhorn die Umwelt entzücken, als Dreiachteltakt hüpfen, ach, die Welt ist unermesslich vielfältig .... In all meiner Verzweiflung kann ich es bestens, die Welt zu lieben, so, wie sie ist. Ich betrachte die Geisselkammer eines Süsswasserschwamms, die Mandalasymbolik, die Ganglien der Lust – und kann nicht anders, als zur Doxologie der Welt, des Seins vorzustosen (so ist das bei mir halt). Mit zunehmendem Alter werde ich wacher und wacher; es krabbelt und kribbelt in mir vor Leben! Ich möchte noch von so vielem singen, dass ich mindestens zehn Leben bräuchte. Henu. Akzelerieren kann man im schöpferischen Prozess nichts, es ist alles Retardation, das heisst einfach Wachstum (was eine Unmenge Zeit braucht). Bon, ja? Als junger Mensch fieberte ich wie heute intensiv mit Jean-Paul Sartre (dem Jahrtausendphilosophen!, so denke ich), der den Nobelpreis ablehnte, von einer Gesellschaft eben, die er verachtete (usw.). – Er ist der Einzige, der diesen Preis ablehnte, was mich heute noch wüst verzückt! Ich schreibe weiterhin meine Gisiaden, total unbekümmert, ob sie gelesen werden oder nicht, berührt mich kaum. (Ich schreibe bald nur noch für meinen Nachlass, als ob`s das gäbe.) Meine Liebesgedichte will ich in kleinster Auflage publizieren, dann - Valet Publikationen! Wer unter das Reflexionsniveau der Zeit geht, hat als Künstler keine Berechtigung, der ist doch bloss eine rosarote Sahnetorte, eine Vogelscheuche, ein Popanz der lächerlichen (machtgeilen) Respektabilität. Und was gäbe es tonangebend anderes? Ich werde mich auch in Zukunft kein bisschen mit diesen aufgeblasenen Nullen befassen, weil ich singen werde vom offnen kosmischen Leben in seiner Vergänglichkeit, von der Natur des Menschen, die etwas Herrliches, etwas grenzenloses Weites ist. Und im Grunde genommen etwas völlig Geheimnisvolles, Unbekanntes.

Naja, was soll's! Ich habe ein Manuskript, etwas über neunhundert Seiten lang, einen BRIEF an Ives, meinen Sohn, der einundzwanzigjährig ertrunken ist; und dann noch eine über fünfhundert Seiten interpunktionslose Raserei, in der ich einfach von allem ekstatisch lalle, was mir so einfiel ... Es vergnügt mich zu sehen, dass es Derartiges noch niemals gab, dass das völlig verrückt ist, voilà, bon. (Es wird wohl kaum mehr publikationsfähig, lesbar sein, henu.)

Ansonsten, naja, ich erlebe wohl in meinem Altern so etwas wie "einen Frühling", da ich halsüberkopf liebe – doch das wäre ein anderes (biografisches) Kapitel, uff. Gewiss ist, meine "Bindung" an die "Normalität" unserer Zeit ist nicht mehr sehr fest (war es überhaupt noch niemals). Gegenpositionen stören mich in der Regel nicht die Bohne. Doch es gibt Ausnahmen, die mich wild machen, so zum Beispiel das Notat (in einem Brief an mich): "Sie verrennen sich in psychische Abnormitäten", (... usw.). Aber achach, das ist nun wirklich aus der dümmsten Bierstammtischecke (und dies von einem Lektor eines grossen Verlags)! Wer vermöchte so locker zu sagen, was eine psychische Abnormität ist? Ich las in den letzten Jahrzehnten viele Dutzende (ich übertreibe nicht) psychoanalytische Werke der verschiedensten Couleurs, doch nirgendwo entdeckte ich eine solche perspektivisch verkürzte eindeutige Aussage. Weiter wird in diesem Brief fortgefahren: "... Abnormitäten wie in 'Nachtwucherungen', die niemand etwas angehen." (usw.). Uff - wirklich? (Psychische) NORMEN ändern sich in den Zeiten und von Gesellschaft zu Gesellschaft, und ob diese auch "gut" seien, steht auf einem andern Blatt geschrieben. Wenn in einer Gruppe von zehn Menschen neun "spinnen", so spinnt der Zehnte, der nicht spinnt ... Usw. Normen sind immer Massen(wahn)phänomene – und vielfach des Unguten, krr. So genannte Normen und Abnormitäten sind Variablen, die selten viel mit dem moralischen Denken (und der Ethik, der Philosophie etc.) zu tun haben, eher eben und mehr mit kurzgeschlossenen "Mehrheitsabmachungen" der Macht, mit modischen Verkümmerungen usw. Für alles gibt es unendlich viele Gegenargumente. Ich bilde mir nicht ein, dass meine Kapazität zu denken sehr gross ist, ich nehme einfach (für mich) Bezug, voilà. Doch in meinem kleinen Netz von Überlegungen komme ich zum Schluss: dass all diese vielen gesellschaftlichen Beziehungen ein Stuss sind, eine Lächerlichkeit grandiosen Ausmasses – und zutiefst verlogen. Dass man eine Gesellschaft, in der man lebt, auch akzeptieren müsse? Und dass ich ein Doppelleben spiele, lebe, nee: Ich lebe mein Leben in vieltausendfachen Brechungen, Vervielfachungen, Einschränkungen, Ergänzungen etc., da ist mir "das Doppelte" zu mager, zu blöd, zu infantil, zu einfach usw. Warum sollte ich mich an "Normen" ausrichten, die beim nähern Zusehen hin bloss ein Laufgitter, ein Kerkergitter sind? Die bloss Einbildungen, Täuschungen sind? Normatives Denken ist für mich immer etwas Infantiles, Blödsinniges, nicht dem Menschsein Gemässes. Dass wer A sagt, auch B sagen muss: das ist hirnrissig, überhaupt nicht logisch haltbar. Die "gängigen" Denkweisen sind nichts anderes als Spreu, als Vertrottelungen, eine Perfidie der Macht, um die Mehrheit ohnmächtig zu halten. Die Schamhaarfilzlaus kümmert sich nicht um die "Gesetze" einer Religion, einer Sekte, sie lebt. Was die Gesellschaft, die Norm, über mich sagt, kann zum Teufel gehen, das zählt nicht. Dass ich dionysisch-bacchantisch (noch) hemmungsloser als früher geworden bin, ich weiss es. Vraiment.

Der Kosmos ist tödlich gross und kalt – und unmenschlich. Wir sind vergänglich. Sterblich. Wie liebe ich das! – Nun, es gibt womöglich gegen vierzigtausend vielseitige Briefe von mir: Makulatur! Es wird davon kaum etwas überleben, sapperlotnochmals, macht mir nichts aus. Ich weiss nicht, was ich sagen möchte, vielleicht: Ich bin (wie Rimbaud) *viele*; und das gängige Literatengeschäft unserer Zeit ist mir nur ein Hohn. Ich liebe Zebraspinnen, Wimpertiere, Kelchwürmer, Mandalasymbole, die entfesselten Gegensätze im Chaos (prima materia), Juan Carlos Onetti, die Hagia Sophia, Jupitersatelliten, meine alten verteerten molchfarbenen Pfeifen, Belcantoopern, mein Kätzchen Maunzli, Schotterterrassen, Tuffwälle, Erdspalten (wie lasziv!), Endmoränen, Runkelrüben, Trockendocks, Jazzinstrumente, Lucrezia Borgia und Anna Bolena, Chagall und Strindberg, Tonnengewölbe, Schamhaare, Rindenkorallen, Glockenblumen, Polarmeerwalrosse, Heraklit, Partizipationen (Einzelseiendes in der Beziehung zu den Ideen), Philippika, Irrationales (usw. usw.). Ha! Das Leben ist eine sparrig verzweigte Sinfonie (à la Bruckner), eine

Zungenhahnenfusslust, eine enzephalitische Ekstase. La joie de vivre! Ich liebe masslos haltlos die Coincidentia oppositorum, den – nach Nicolaus von Cues – Zusammenfall der Entgegensetzungen (wer mein Werk kennt, weiss darum). Merde.

Abraham a Sancta Clara maunzte wortgewaltig barock: gickes gackes bloderzung. Ja, in etwa so! (Stand: November 2006)

Lektüre: Antoine de Saint-Exupéry, "Die Stadt in der Wüste"

7.10.2007

Lieber Ludwig

Ich schreibe in Dein grosses Vertrauen hinein – und gelange mit einer Anfrage an Dich, an Deine Güte. Du hast mir mit einem grossen Vorschuss auf meine Korrekturarbeiten sehr geholfen, ich konnte meine letzten Einzahlungen und Mahnungen begleichen, dafür danke ich Dir nochmals herzlich. Meine finanzielle Situation ist seit einigen Monaten (seit etwa zwei Jahren) schwer aus dem Ruder gelaufen: zwei Hypotheken, zusätzlich Kreditschulden mit monatlichen grossen Abzahlungen, Krankheit eines lieben unterversicherten Menschen, zudem lebte ich auf zu grossem Fuss, das bezahlte Buchprojekt in Hamburg ("Nachtwucherungen", 4200 Euro) wurde ein Flop, der Verlag ging bankrott, wurde insolvent, ich bekam keinen Rappen Honorar etc. (und bloss 72 Exemplare), Auto- und Zahnkosten, Gasrechnung von 3800 Franken usw. usw., musste den Kredit laufend erhöhen, die monatlichen Abzahlungen wurden höher und höher: ein Teufelskreis. Die Bank hat ihre Geduld mit mir verloren, erwartet eine entsprechende Zahlung –

: ich bin mit meinen finanziellen Kräften am Ende, weiss nicht mehr ein und aus. Ich bin tief beschämt, doch ich kenne keinen Menschen ausser Dir, den ich anfragen könnte, ob er mir helfen kann, helfen will. (Ich bin im Grunde recht vereinsamt.) Willst Du einem Poeten helfen, der sonst kaum mehr einen Ausweg sieht? Ich denke auch daran, das Haus zu verkaufen, doch das wird eine langwierige Sache – und ich brauche in den nächsten Tagen Hilfe. Mein 13. Lohn ist auch längst vorbezogen, und die gewöhnlichen Lohnzahlungen (Fr. 4750.– netto) reichen bei Weitem nicht aus, um alle notwendigen, bedrängenden Zahlungen zu leisten bis Ende Jahr. Meine Kreditbank will Lohnpfändungen einleiten, sofern ich nochmals ungenügend einzahle, mir schwirbelt`s (ich bin bös im Rückstand)!

Lieber Ludwig, dieser Brief ist mir äusserst peinlich, doch ich spürte (auch in Deinen einmaligen Schriften), dass Du ein wunderbarer grossherziger Mensch bist – und ich bin finanziell verloren, ausser die Götter hülfen mir ... Ich bin absolut fest gewillt, aus diesem Schlamassel herauszukommen, doch ohne tatkräftige Hilfe wird mir dies leider nicht gelingen. Ich möchte Dich anfragen: Kannst du mir 8000 Franken schenken? Oder vielleicht findest Du auch eine andere Lösung: ein vertraglich geregeltes Darlehen (das ich Dir in Raten ab dem Jahr 2009 zurückzahle), ich verspreche Dir existenziell, dass ich mich an Deine Vorgaben hielte! Ludwig, verzeih, wenn ich derart an Dich gelange: Doch was sollte ich sonst machen? Ich bin in einer ausweglosen Lage, und der Strick zöge sich zu. Mit dieser Hilfe könnte ich tief aufatmen, meinen Verpflichtungen nachkommen (bis der Hausverkauf klappte, doch das steht noch in den Sternen, denn es ist ein sehr, sehr altes, unrenoviertes Haus, voller Mängel).

Wenn Du, Ludwig, auf diesen Brief nicht einzutreten gedenktest, könnte ich es begreifen – auch wenn für mich dann die letzte rettende Tür nicht mehr zu öffnen bestimmt wäre. Auf mein Verhältnis zu Dir resp. zu Deinem Auftrag, "Liebe und Sein" und "Seinsgewissen" zu lektorieren, zu korrigieren, würde das keinen Einfluss haben: Da habe ich mich mit Freude dazu verpflichtet, und ziehe das gerne auch mit meinem besten Wissen und, ich glaube, mit grossem Einfühlungsvermögen durch; das, was ich bis jetzt von Dir lesen, korrigieren durfte, erfüllt mich mit dem allergrössten Respekt – ich sehe, da ist Dir ein "Meilenstein" in der Geistesgeschichte geglückt, auf einer Höhe, wie ich sonst nichts kenne. Du kast einen gedanklichen Textkorpus erreicht, der nicht Seinesgleichen hat!! Ich kenne aus manchen Jahrhunderten Tausende von Büchern, literarische, philosophische, spirituelle, mystische – doch nichts ist Dir ähnlich! Du wirst mir, Ludwig, glauben, dass ich das nicht leichtfertig sage, denn ich bin (wie Du mich wohl kennst) ein skeptischer, zweifelnder, prüfender Mensch – und was ich da in "Liebe und Sein" finde, entdecke, sprengt all meine "Erwartungen". Dein Stil ist "hochheilig" entflammt wie bei Zarathustra; es ist wie ein (fiebriger) Strom, der zur Läuterung des eigenen Da-Seins führt. Da hast du einen Rang wie der grosse vorsokratische Philosoph Parmedides, 540–470 vor Christus, der sagte: "Man muss immer denken und sagen, dass nur Seiendes ist; es ist nämlich Sein; ein Nichts dagegen ist nicht." Das ist beileibe keine billige Tautologie, aber auch kaum die Erkenntnis des Identitätsprinzips der Logik, sondern eine innere Haltung gegen die heraklitische Ontologie des Werdens; alors, Parmenides will sagen, dass es kein Werdendes gibt, sondern nur ein Sein. Und da kommt Ludwig Weibel im 21. Jahrhundert und sagt dasselbe – aber noch besser, noch ausführlicher, in einer inspirierten, durchkomponierten, rhythmisierten Prosa, die absolut unvergleichbar ist. Ich bin tief glücklich, mich in den nächsten Monaten auf meine dienende ("korrigierliche") Art mich mit Deinem Werk befassen zu dürfen:

Das ist eine bereichernde, sagenhaft faszinierende Unvergleichlichkeit für mein Leben, ich danke Dir nochmals existenziell für Deinen Auftrag!

Ich weiss nicht, wie sehr (?) Du Interesse an meinem Werk hast; ich bin nicht mehr jung – und es ist ganz anders als das Deine. Wenn du magst, bringe ich Dir – zu einem Gesprächlein bei dir – einmal zehn, zwanzig (oder wie viel?) Opera mit. Du wirst es mir sagen, Ludwig. Ich möchte nicht aufdringlich sein, doch ich frage mich halt, was Du (dieser grossartige Mensch, Künstler und Mystiker!) dazu meinst, jawohl. Dass Du zu meiner Rheinecker Vorlesung (mit Opern), "Auf deinen Fingerbeeren tanzt das Weltall", gekommen bist, erfüllte mich mit Gück, ich danke Dir nochmals ganz herzlich.

Voilà. Nun hab ich recht ausführlich von mir geschrieben; ich vertraue Dir, dass Du diesen Brief in das Vertrauen, das ich zu Dir habe, diskret aufnimmst. Ich fühle, dass Du, ein Mahatma, eine grosse Seele, viel verstehst – viel, viel mehr als all die zeitgenössischen Marktschreier allüberall. Und dass Du meine grosse Not verstehst. Wie Du Dich auch entscheiden wirst, lieber Ludwig, ich bin voll von Bewunderung für Dich – für Dein einsam-unnachahmliches Werk, das wie ein erratischer Block da-steht, von den Zeitgenosen wohl nicht verstanden wird (doch was heisst das schon, hm). Deine Grösse, Dein Glanz kann wohl erst in fünfzig bis hundert Jahren erkannt werden (durfte ich das sagen?). Und dass ich dazu auf meine kleine "korrigierliche" Art ein klein bisschen mithelfen durfte, darf, erfüllt mich wie ein rauschendes, taumelndes Glück. Ich danke Dir.

Ich werde auch Dein Buch "Glückselig im Sein" lesen – möchte auch "Gesang des Schweigens", "Heiterkeit Elysiens" und "Poesie des Seins" kennen lernen (diese drei letzten Titel habe ich noch nicht), nun, du wirst entscheiden; und wenn Du mich als würdig erachtest, darf ich auch noch, später einmal?, Deine Liebesbriefe lesen, ja? –: Wir werden sehen.

Nun, ich wandte mich in meiner tiefen finanziellen Not an Dich, Ludwig: Kannst Du mir helfen? Auf einer andern seinshaften Ebene hilfst Du mir bereits jetzt: dass ich Deine zwei neusten Opera korrigieren darf, was für mich auch eine tiefe Art ist, in Dein Werk einzudringen. Und das nenne ich Glück.

Ich weiss, ja?, wenn wir uns beim nächsten Mal treffen (was ich wünsche), muss ich nicht bodenlos beschämt sein wegen meiner Hilfsbedürftigkeit: Ein Mensch wie Du kennt das Leben, seine Höhen, seine Tiefen, seine Flauten, seine Stürme, seine Depressionen, seine Verdunkelungen, seine Aufhellungen: La joie de vivre existenziell! Ich bin nur ein kleiner Lyriker, der die Synästhesien liebt, der in der Coincidentia oppositorum zuhause ist, der sich in Wasser-und-Dampf-Fontänen verliert, der in Einsturztricher saust, der in Seebeben lebt, der durch Flachmoore Rettung sucht, der Grabheuschrecken und Kreuzspinnen anbetet, der Wiesenflockenbumen und Stachelhäuter liebt, ach! In all meiner Verzweiflung liebe ich das pralle satte Leben unersättlich!

Du, ich danke Dir, dass ich so schreiben durfte, ja?, wie ich geschrieben habe ... Ich weiss, Du nimmst mich ernst – ich flunkerte nirgends.

Ich freue mich, bald etwas von Dir zu hören. Das Korrigieren von "Liebe und Sein" geht vorwärts; ich melde mich wieder.

Ich danke Dir für alles und wünsche Dir eine seinserhellte flockenleichte Zeit, herzlich grüsst Dein Paul

Lektüre: August Strindberg, "Am offenen Meer"

23.10.07

Lieber Ludwig,

das Gespräch mit Herrn Knecht von der Kantonalbank verlief in dem Sinne gut, dass ich auf seine Forderung, mich kooperativ zu verhalten, eintrat, wobei Kooperation da nichts anderes heisst, als dass ich mich dem längern Hebelarm – der Bank – fügen musste. Von einer Wahl konnte keine Rede sein; er sperrte mir das Konto, das Bancomatkärtchen musste ich abgeben, voilà. Nun bin ich 58-jährig, einer der besten Lyriker weltweit (verzeih mir bitte diese Einschätzung), und musste mir derbe Belehrungen gefallen lassen (ich will diese nicht rekapitulieren). Gewiss, ich bin ernsthaft gewillt, aus meiner finanziellen Misere herauszukommen, doch auf diese rüde Art geht es nicht zu lange! Wohl durch meine partielle (romantische) Leichtfertigkeit bin ich in dieses finanzielle Malheur gerutscht, es tut mir Leid.

Mit Deiner Hilfe glaube ich, die Finanzschwierigkeiten zu meistern! Doch wenn das Messer zu sehr an meinen Hals gesetzt würde (wie es jetzt von der St. Galler Kantonalbank deutlich signalisiert ist), gedächte ich, meinen Lohn ab sofort auf ein anderes Konto überweisen zu lassen, – meinen Job zu kündigen und private Insolvenzerklärung (Bankrott, Konkurs oder wie das heisst) anzumelden – und dann müsste das ganze Tohuwabohu der Schuldeintreibungen, der Betreibungen, des Hauszwangsverkaufs gegen mich eröffnet werden (es wurden schon andere Künstler von der Gesellschaft vernichtet, man öffne nur die Augen). Ich hoffe, es kommt nicht so weit, doch es liegt NICHT nur bei mir; bei

Zwang gegen mich muss man mit meinen Gegenzügen rechnen (ich bin ein guter Schachspieler).

Nun, das Ganze hat mich krank gemacht, ich kann auch morgen nicht arbeiten, ich bin sterbenselend kaputt. Die Korrektuarbeiten zu Deinem Buch, lieber Ludwig, werden nur um ein paar Tage verzögert ... Alors, und das ist existenziell wichtig! Ich bin nicht ganz befähigt, Deine Grösse einzuschätzen, Ludwig, doch ich ahne sie (argumentativ könnte ich in dieser Richtung dennoch vieles sagen).

Nun lese ich heute Nacht noch etwas in Paracelsus' "Vom Licht der Natur und des Geistes" – denn die geistigen Perspektiven lasse ich mir von Geld nicht, niemals verderben!

Ich bin glücklich zu wissen, dass es Dich, Ludwig, in dieser Bergstrasse in Gossau gibt, den Menschen, mit diesem wohl weltweit einmaligen Ethos. Du bist ein grosser Mensch und Künstler – mit den Imponderabilien des Lebens besser vertraut als ich (ich bin zu oft in Abgründen). Ich habe mit der Lektüre des Romans «Dichter und ihre Gesellen» von Joseph von Eichendorff begonnen: was für ein Fest! Oder Du kennst auch die kapitalen Niederlagen in Balzacs Romanen ...

Ich werde vorläufig noch kämpfen, kooperativ mich erweisen – doch allzulange glaube ich nicht, dies durchhalten zu können.

Du, ich melde mich Anfang der nächsten Woche. Als Lektor, Korrektor Deiner "Dichtung" bleibe ich sehr gefasst und professionell, da darf es keine Verunsicherung geben. Da bin, bleibe ich glücklich, dass ich Dir zu Deinem (jetzigen) Werk (im Auftragsverhältnis) ein paar formale und inhaltliche lektorliche, korrektorliche "Beihilfe" leisten darf, ich danke Dir nochmals dafür.

Ich weiss nicht genau, was ich dichterisch noch «leisten» werde, doch es wird etwas sein, das ich dann Dir widmen möchte.

Ich weiss und fühle, Du verstehst so vieles! Doch auch ich bin im Leben nicht undedarft.

Und gerade deshalb bin ich aus Tiefste bereit, auf Dich, Ludwig, auf Deine philosophischen, mystischen, genialen Werke einzugehen. Es wäre für mich denkbar möglich, in einem Buch auf Dich zu "reagieren". Denn Du bist wohl die stringenteste, überzeugendste weltethisch seinsphilosophische "Figur" des Abendlandes. (Es gibt nichts Deinesgleichen.) So denke ich ungeschmälert bekennend. (Verzeih mir, doch ich darf sagen, ich bin philosophisch sehr belesen.) Und Deine Philosophie mischt sich mit Parmenides-nahen und Nietzsches "also-sprach-Zarathustra-fiebrigen Eloquenzen mit der hohen anthroposophischen Rudolf-Steiner-Sicht – und alles in Deiner, Ludwigs, Liebes-Seinstrunkenheit.

Ich bin sehr glücklich, dass ich auf meine kleine bescheidene Art mich Deinem Spätwerk etwas widmen darf. (Ich habe noch vor, mich essayistisch zu Dir zu äussern.)

Lieber Ludwig, ich danke Dir seinstief für alles, was Du für mich bist. Du bist ein Wunder.

Ohne Dich würde ich jetzt wohl untergehen. Ich bleibe offen gesprächsbereit. Herzlichst dankend grüsst Paul

Lieber Ludwig

vraiment, mein "Lebensschiff" drohte auf der gesellschaftlichen (allgemeinen) Ebene zu versinken, da tratst Du in mein Leben: Für mich ist das ein unfassbares Wunder. Ich bin glücklich, Dir mit meinem "lektorlichen, korrektorlichen" Know-how etwas für Dein Werk zu helfen, da ich, ich darf das wohl sagen, mit der Sprache seit Jahrzehnten auf innigem Du-zu-Du-Fuss lebe ... Ludwig, ich bin begeistert, fasziniert von Deinem Werk, das ich bis jetzt kennen lernen durfte; ich griffe wohl nicht zu hoch, wenn ich da von "genial" spräche! Ich erlebe in Deiner Seinsmystik eine (leicht irrationale) Stringenz – mit Prädikabilien, die es wohl seit Parmenides, Aristoteles (und Kant) nicht mehr gegeben hat! Was für eine Sensation! Deine meisterlich souverän lebenszugewandten Auffächerungen kennen weltweit gewiss nichts Seinesgleichen – das sehe ich (der ja nicht unbelesen ist, hm).

Soeben ist Maunzli, mein geliebtes Schildpattkätzchen, auf meinen Schreibtisch gesprungen und schnurrlet und murrlet –: In solchen Augenblicken ist die Welt (für mich) gut. Höhen und Tiefen des Lebens (ich kenne diese gut) stehen nahe beisammen. Manchmal muss der Geist durch die Niederungen der Sophistik gehen, durch ihre Oberflächlichkeit, ihre leichte Reden, ihre zersetzende Kritik, ihren Relativismus und Skeptizismus, um, im Innersten erschüttert und bedroht, zum Positiven hin zu reagieren – mit allem, was an Kraft und Leben in einem verborgen ist. Was gibt es gefühlsmässig und metaphysisch erkenntnistheoretisch? In der Armut kann man die geltenden Werte umkehren (etwa wie Diogenes von Sinope). Oder es wäre die Frage nach "Wahrheit" zu stellen, ach. (Ich denke mir, dass es keine Wahrheit **an sich** gibt, sondern nur *unendlich viele Wahrheiten*.) Ideen der

Wiedergeburt: (taoistische) buddhistische wie auch rudolfsteinersche "Lehren" gehen in dieser Richtung. Platon berichtet: "Man hat den Massstab für den Wert in sich selbst und hält für wahr und wirklich, was man eben persönlich fühlt." (Theaitetos) Und ich, der kleine Strudelwurm Paul Gisi, denke mir, dass es keine WIRKLICHKEIT (an sich) gibt, sondern nur unendlich viele Wirklichkeiten: Angstwirklichkeit, Lustwirklichkeit, Gottsuchwirklichkeit, Fluchtwirklichkeit, Sehnsuchtswirklichkeit, Pessimismus- oder Optimismuswirklichkeit, hedonistische oder spirituelle Wirklichkeit, a-priorische oder Protagoras-nahe Wirklichkeit: ach, da fände die Aufzählung von Wirklichkeiten niemals ein Ende, so denke ich (atomisiert). Doch Du, lieber Ludwig, kommst als Mensch und Künstler von einer andern Seinseinheit daher, und das fasziniert mich existenziell! Mit Deinem unerreichbar hohen Seinsgewissen hast Du wohl alle Niederungen unserer Welt hinter Dir gelassen, und das bewundere ich uneingeschränkt. Ich bin ein Strudelwurm in den Elementen Feuer, Wasser, Luft, Erde, Tod und Leben – Du hast längst eine höhere Warte erreicht. Ich bin gut bewandert in Teilhard de Chardins evolutionärer Ekstatik, Du hast Dich gefunden hinter Meister Eckharts Mystik – der Weg der Einheit ist der Weg der Gottesgeburt im Individuum (das Individuelle im individualpsychologischen Sinn von C. G. Jung z. B.). Die Frage der Dialektik ist vorbei. Es geht ums Wesentliche; und das Wesentliche des Menschen kennt keine vorgegebenen Allgemeinbegriffe, sondern ist offen, einfach offen für alles, so denke ich.

Na, lieber Ludwig, das sind so Sachen. Ich bin glücklich, dass es Dich gibt, dass es Dich so gibt, wie es Dich gibt. Du bist ein WUNDER. Ich danke Dir für alles, für alles!

Herzlichst grüsst Dein kleiner Paul

Lektüre: Vicente Aleixandre, "Nackt wie der glühende Stein"

ooooooooooo

Paul Gisi wurde 1949 in Basel geboren. Korrektor, Lyriker, Schriftsteller, Feuilletonist, Philosoph, Pazifist. Gründer und Inhaber der Edition Lucrezia Borgia (vormals Aiolos-Verlag), Lehrer in verschiedenen Kantonen der Schweiz (Baselland, Schwyz, Solothurn), Trappistenpostulant im Elsass, Maler in der Provence, Psychiatriehilfspfleger in Basel, Verlagsvertreter und Verleger in Zug und Oberägeri, Buch- und Schallplattenverkäufer in Zürich, eigenes Korrektur- und Textbüro, viele Jahre lang Korrektor bei namhaften Zeitungen und Druckereien der Ostschweiz («Die Ostschweiz», St. Gallen; «Rheintalische Volkszeitung», Altstätten; «Appenzeller Zeitung», Appenzeller Medienhaus, Herisau).

77 Publikationen: Gedichte (mehrere Gedichtbände von Malern illustriert), Sätze und Erzählungen in verschiedenen Verlagen Deutschlands (Relief Verlag, München; R. G. Fischer Verlag, Frankfurt) und der Schweiz (Jeger-Moll-Verlag, Breitenbach SO; Dendron Verlag, Chabrey VD; Reineke Verlag, Bern; Rotten-Verlag, Brig VS). —Vertreten in mehreren Anthologien Deutschlands, Österreichs und der Schweiz.

1997 Preis der Stadt St. Gallen (Werkzeitbeitrag). 2001 Preis der Ausserrhodischen Kulturstiftung (Werkbeitrag). Mitglied des Schweizerischen Schriftstellerinnen- und Schriftsteller-Verbands. Vertreten u. a. im «Deutschen Schriftstellerlexikon», Bund Deutscher Schriftsteller BDS, Deutschland.

ooooooooooo

Wir leben bloss ein paar wenige Jahrzehntchen – in einem geistigen Umfeld, das Jahrtausende umfasst. Da mag ich keine Grenzen, Einschränkungen, Fremdbestimmungen von Seiten eines rechnenden Verlegers – deshalb ist für mich meine Edition Lucrezia Borgia weltweit der beste Verlag für mein Schreiben. Einst hiess mein eigener Verlag Aiolos (griech., Gott der Winde) – ich verlegte auch Bücher des Zürcher Lyrikers und Schriftstellers Karl Kuprecht – seit 1988 nenne ich meinen Verlag Edition Lucrezia Borgia. (Ich liebe Lucrezia Borgia, 1480–1519, die Tochter des Papstes Alexander VI., die femme fatale, die Renaissancefürstin, die Kunstliebhaberin und -mäzenin, die Brudergeliebte, die mehrmals in Ferrara Verheiratete, die grosse Liebende – selbstbewusst, schön, prachtliebend, geistvoll, sensibel, sinnenfroh, mit schillerndem, unabhängigem Charakter, leichtsinnig, liebenswürdig und unglücklich; zudem und eigentlich zuerst: Gaetano Donizettis düster-schöne Belcantooper "Lucrezia Borgia" ist meine Lieblingsoper. Voilà.)

In meinen Händen
flammt
dein Körper auf
zur masslosen Lust –
Kassiopeia lacht
Teufelsrochen lachen
im Gelächter der Schöpfung
der Strudelwürmer der Engel
finde ich dich
    – weinend

Lieber Ludwig

Ich bin noch ganz ausser Atem vor Glück! Du hast mir einen wunderbaren Brief geschrieben, der mir enorm Kraft gibt! Was für eine Weisheit hast Du erreicht, das ist einmalig – die, das spüre ich, von einem grossen, beharrlichen Durchsetzungsvermögen herkommt, durch die Jahrzehnte Deines Lebens erworben auf einer wohl weltweit einmaligen Höhe: hin aufs letzte Sein. Ich bin nur ein kleiner Strudelwurm, doch ich beginne zu ahnen, was für ein grossartiger Mensch Du bist, Ludwig. Ich höckle jetzt etwas anachoretisch in meinem geliebten Tusculum, höre Donizettis erhaben-düstere romantische Oper "Belisario", nippe an einem Himbeerlikör, rauche meine schopenhauersche Pfeife, hm. (Das Telefon habe ich gesperrt, damit ich wirklich heute Nacht ungestört – existenziell einsiedlerisch – meinen Gedanken nach-hangen kann ...) Ich brauche solche Inseln des Allein-seins, des Denkens, um tief in mich selbst hinab-zuhorchen, ich weiss, Du verstehst das. Vorhin las ich – meditativ offen – in Seng-Ts'ans "Die Meisselschrift vom Glauben an den Geist"; diese gehört zu den Ba-sisschriften eines kontemplativen Zen-Buddhismus, geschrieben vor etwa 1500 Jahren. "Je mehr ihr sagt, / je mehr ihr denkt, / desto weiter / entfernt ihr euch von der Wahrheit. / Wenn ihr nicht an Worten / und Unterschei-dungen hängt / und alle relativen Mittel vernichtet, / dann seid ihr eins mit allem." Oder: "Unfreiheit ermüdet den Geist; / wozu / über Entfernung und Nähe / nachdenken?" Lieber Ludwig, solche "Bausteine" des Humanen berei-chern mich unendlich! Da lebt der Geist im tiefen Sein, unwandelbar – und doch geheimnisvoll werdend. Da ver-einigen sich Quelle und Mündung. In den letzten Nächten habe ich auch stundenlang in Hans Urs von Balthasars

"Spiritus Creator", seinen monumentalen theologischen Skizzen, gelesen – und in Thomas Mertons "Der Aufstieg zur Wahrheit": Für mich ist das ein Fest! Johannes vom Kreuz' mystisches Gesamtwerk gehört längst seit vielen, vielen Jahren (seit Jahrzehnten) zu meinem steten Begleiter (z. B. "Die dunkle Wolke des Nichtwissens"). Seit ich etwa fünfzehnjährig war, gehört die "Gottesfrage" schier täglich, nächtlich zu mir –: z. B. auch in der (vierbändigen) "Geschichte der Religionen" von Mircea Eliade; "der Spur Gottes" bei allen Völkern der Erde zu allen Zeiten nachzuforschen, das ist ein geistiges Abenteuer, das mich zutiefst fasziniert, nicht mehr loslässt. "Letztlich und endlich / gibt es keine Bestimmungen", oder: "Der höchste Weg / ist nicht schwierig, / nur ohne Wahl" (von Seng-Ts'an) – das sind doch "Überlegungen", Markierungen im Kosmos, die mich schaudern lassen – da spüre ich einen "ewigen Wind", der die höchste Poesie ist. Die Gleichzeitigkeit von divergenten Ansichten, diese offene "Philosophie", die wohl recht persönlich urgisch ist, ha, ist tief in meinem Blut, deshalb mag ich "abschliessende" Gedanken, Überzeugungen nicht. Ich glaube nicht, dass es "letzte" Antworten gibt, alles ist Vorstufe, Fragment, vor-prästabilierte Harmonie, atomisiert auch (eins ist das andere, eins ist nicht das andere); das Leben als Lavastrom – das Leben als Schmetterlingshauch. Beides. Der Mensch ist, so hoffe ich, eine Fluoreszenz, ein Aufleuchten eines guten Gottes im unermesslichen Strom des Kosmos, in den Ganglien des Nichts, des Fatums, der Täuschungen. Kein Mensch hat die Wahrheit – alles ist in statu nascendi. "Gewissheit" ist kein Begriff der echten Philosophie, sondern des Kleinbürgers. Alles findet sich letztlich in dem, was sich ausschliesst, in der Evidenz des Fragens, des Nichtwissens. Denkerisch gesehen (in der Evolution des Denkens) ist es heute nicht mehr möglich, so zu tun, als könnte es noch ein "abgeschlossenes" philosophisches System geben (wie bei den Monaden von Leibnitz etwa); man kann ernsthaft nicht mehr unter das Reflexionsniveau unserer Zeit gehen (und so tun, als hätte es den grossen Philosophen E. M. Cioran nicht gegeben). Eine Aussage ist nur auf Widerruf akzeptabel. Ansonsten hätte man es mit Denkdiktatur zu tun. Ein "Ganzes" kann nur in den zögernden Schritten des Durchdenkens der Teile geschehen. Und das ist ein uferloses Bemühen (das ich liebe). Wenn, mit Heraklit, alles fliesst, kann es nur Relativismen geben – auch für uns Menschen in der Gottesfrage. Das Werden ist immer eingespannt in Gegensätze von Ruhe und Unruhe, Auf und Ab, Kalt und Heiss, Lebendiges und Totes, Wachendes und Schlafendes, Jung und Alt, Frühlingshaftes und Winterliches usw. Deshalb, hm, bin ich als Lyriker unendlich verliebt ins Irdische, in die unendlich facettenreichen Arten der möglichen Wahrnehmungen und der Bildhaftigkeit, des Mikroskopischen (in dem sich das Makrokosmische spiegelt). Dass im Grashalm das Universum mitkomponiert ist, ist eine romantische Ansicht; in diesem Sinn bin ich (natürlich) Romantiker ... Nun, ich nenne mich gern vergnügt *pantheistischer Agnostiker*, ha, da liesse sich existenziell köstlich disputieren. -

Ich habe erst etwa fünfzehn Seiten Deiner Liebesbriefe, Ludwig, Deines Briefwechsels gelesen – und bin überrumpelt! Ich ahne bereits konkret, das wird ein Briefwechsel, der einmalig in der Weltgeschichte ist: Du musst ihn, lieber Ludwig, unbedingt publizieren! Da "geschieht" auf allerhöchstem Niveau Menschliches, Philosophisches, unerwartet Existenzielles, in einer gepflegten Bildungshöhe, die mich kribbeln lässt. Da bist Du ein "Seelenführer", der nicht von der hohen Warte aus spricht sondern der eingebunden ist in eine Vox humana, die nicht Ihresgleichen kennt. Nachdem ich Deinen Liebesbriefwechsel erst "angelesen" habe, darf ich doch schon sagen: Das ist eine Weltsensation unvergleichlichen Ranges! Ich bin ein leidenschaftlicher Leser von Autobiografien, Briefbänden, Briefwechseln ... –: doch sowas begegnete mir noch nie, Du. Du darfst mir absolut vertrauen, Ludwig, dass ich individuelle "negative" Kritik – aus meinem Alter heraus (ich bin 58-jährig) – ungeschminkt deutlich formulieren würde (das bin ich mir immer unbarmherzig selbst schuldig), doch (als belesener Mensch, uff) sage ich ohne zu zögern: Du bist ein Genie! Gewiss, ich stelle Dich nicht auf einen "unfehlbaren Sockel" (dafür wäre ich zu alt, brr), ich sage einfach demütig und überwältigt: Dein Schreiben hat eine Gültigkeit erreicht, die weltweit einmalig ist! Du wirst in die Geschichte eingehen. Im Grunde genommen kenne ich noch so wenig von Dir, Ludwig, doch das, was ich von Dir lesen durfte, überwältigt mich masslos! "Gesang des Schweigens", "Glückselig im Sein", "Poesie des Seins", "Sein und Liebe", "Seinsgewissen": Noch niemals erlebte die Menschheit eine solche Eruption an Gedanken, Weisheit und Menschlichkeit! Da stehst Du turmhoch über allen Seinsniederungen – und bist doch mit grossem Abstand inmitten darin. Du bist ein Wunder. Ein Wunder der Menschlichkeit, der Güte, der Seelenführung, der Toleranz. Da hast Du goethesche Grösse, fast unnahbar. Ich bin masslos gespannt auf Deinen weitern Liebesbriefwechsel, doch zuerst habe ich noch so viel von Dir zu lesen, Du. Ich freue mich riesig, bin unendlich dankbar, dass ich Dich kennen lernen durfte in diesem Verhältnis, Du beschenkst mich auf mancherlei Ebenen, wie zuvor noch niemals erlebt.

Ich bin glücklich, dass es Dich gibt; ich danke Dir existenziell.

Herzlichst grüsst Dein Dich bewundernder Paul

PS. Inzwischen ist mein geliebtes Kätzchen Maunzli zu mir auf den Schreibtisch gestürmt, über die Klaviatur meiner Buchstaben.

Lieber Ludwig

Heute hast Du mich wiederum unermesslich beschenkt: Dein grösseres Sein hat mein kleineres Sein aufgerichtet, existenziell bereichert. Ich darf sagen: Ohne Deine Hilfe wüsste ich nicht mehr wie weiter ... In den kniffligsten Situationen findest Du einen Ausweg – und ohne Deine finanziellen Noteinspringungen würde ich es niemals schaffen.

Rudolf Steiners "Credo: der Einzelne und das All", das Du, Ludwig, mir gegeben hast, habe ich mehrmals gelesen, ich danke Dir dafür! Nun verstehe ich Dich und Deine Seinsphilosophie noch besser.

Dass *m e i n* Credo fürs Einzelne und das All etwas anders ausfiele, Du weisst es bereits. Oder: Als Philosoph denke ich auch so – und differenziert anders. Und als Künstler, als Lyriker, sieht es für mich doch etwas individueller aus, hm. Die eigene Selbstheit auszulöschen, um im grössern Sein zu versinken, mag ich weniger. Ich denke mir: Nur im Individuellen strömt das kleine persönliche Sein ins grössere Sein. Also nicht, die eigene Selbstheit auszulöschen, sondern sich urindividuell zu suchen, bereichert das Sein, das Werden im Sein. In Deinen Büchern erlebe ich kein statisches Sein, sondern ein strömendes, offenes, und das begeistert mich.

Ich bin unendlich glücklich, Dich, Ludwig, kennen lernen zu dürfen.

Ich wünsche Dir eine gute Zeit, herzlichst grüsst Dein

Paul

Lektüre: Jens Peter Jacobsen, "Niels Lyhne"

28.11.07

Lieber Ludwig,

beiliegendes Gedicht schrieb ich heute Nacht; Du siehst, ich bin noch kein bisschen weise geworden ... sapperlotnochmals. Ich las letzthin wieder in Johannes vom Kreuz: was für ein existenzielles Erlebnis! Ich liebe es, mich in den Myriaden von Denkern aller Völker und Zeiten zu versenken: Kennst Du das auch? Es gibt nicht nur eine Antwort auf die tiefen Fragen des Menschen: sondern unmermesslich viele, so glaube ich. Und die "besten" Denker aller Zeiten wussten immer auch nur einen Zipfel übers Menschsein, übers Göttlichsein – das fasziniert mich. Das Ganze im Fragment hat immer nur eine relative Gültigkeit. Was Rudolf Steiner in seinem "Credo: der Einzelne und das Weltall" "wusste", ist natürlich nur innerhalb einer anthroposophischen Einsicht "richtig" (es gibt beim Letzten kein "richtig" und "falsch", sofern es human ist ...). Der Zustand "Glückselig im Sein" (Ludwig Weibel) ist ein augenblickhaftes Strömen. «Absurd die Frage nach dem Sein, wo Ich schon immer Bin als Aufmupf und Ertragen, als Geräderter und Rad ...», lese ich bei Dir («Glückselig im Sein», Seite 221). Eins ist das Andere, wird im seinszugewandten Strömen SEIN. Da atme ich bei Dir, in Deinen Werken auf, da finde ich den «Zipfel» Wahrheit, nach dem auch ich suche ... Die Menschheit – die ganze kreatürliche Schöpfung – lebt aufs totale Sein hin, das vielleicht Gott zu nennen wäre: Gott, so denke ich, als die höchste Komplexität! Was für ein philosophischer Gedanke, das. Als Künstler, als Lyriker halte ich mich aber eher an die myriadenvielfältige Schöpfung, an die "Bilder", an die Synästhesien der Bilder. Sinnenhaftes als Sinnbildhaftes. Du bist in meinen Augen DER grosse (mystische) Philosoph. Ich bleibe selbst als "Denker" bei der Coincidentia oppositorum, bei den Meerorangen, den Hüftmündern, den Wollkrabben, Wabenkalkschwämmen, Spiralwimperlingen, Ahornspringläusen, Hufeisenwürmern (mir ist von der ganzen Kreatur nichts verächtlich) – denke über die Verantwortung im innersten Gewissen nach, über die Freiheit des Menschen gemäss seinem (möglichen) Schöpfungsauftrag in der besonderen Situation der gewonnenen Erkenntnisse seines sittlichen Bewusstseins, frage mich, was Gott im geschichtlichen (evolutionären) Strom sein könnte (wie das Liebende auf das Geliebte hinströmt) –; es geht um eine Transzendenz: Wie sind wir Menschlein befähigt, darüber etwas auszusagen? (Da bleibe ich vorsichtig gegenüber **allen** Antworten.) In der "Gottesfrage" geht es immer zuerst auch um die Seinsfrage, um das Bedenken des Seins (in das wir ausgeliefert sind), und in diesem "Metier" bist Du, Ludwig, unvergleichlich ein allergrösster Meister. Da kann ich noch viel von Dir lernen. Ich denke für mich: Es geht nicht darum, mein Ich, mein Selbst (meine Selbstheit, was für ein Unwort!) auszulöschen, sondern in dem Grade, wie ich mein Individuum erreiche, es ausforme, nehme ich am grössern Sein teil, partizipiere, antizipiere ich am letzten totalen Sein – – – also nur durch, mit allen (kreatürlichen) seinsbedingten Mikrokosmen gelange ich zum Makrokosmischen; je tiefer ich mich selbst finde, desto höher ist der (mein) Anteil am höchsten, letzten Sein. Da unterscheidet sich meine "Antwort" von derjenigen von Rudolf Steiner, doch ich bin mir voll bewusst, alles fliesst, panta rhei. Ich masse mir nicht an, eine letztgültige Antwort parat zu haben voilà – in der ungeschminkten Erkenntnis, dass es überhaupt keine letztgültige Antwort gibt! Ich liebe die Denksicht von Pierre Teilhard de Chardin, Du wirst sie wohl auch kennen. Doch auch dort: Die Welt ist grösser als das christliche Denkgebäude Teilhards, es gibt viele Völker, die – berechtigt – ganz andere Antworten fanden, die auch ernst zu nehmen sind. Es geht mir immer um den Pluralismus der ernsthaften Möglichkeiten. Die grossen alten griechischen Philosophen wussten viel – so wie auch die Indianer, die Azteken, die Schamanen, die Scholastiker, die Chinesen, die Ägypter, die Japaner, die Inder, die Philosophen des Abendlandes im 20. Jahrhundert, die Mayas, die Baalanhänger, sumerische Weisen, vedische Weisheiten, die Mysterien des Mithra, die Offenbarungen des Krishna, Buddhas existenzielle Wegweiser, Konfuzius, Laotse (über Ursprung und Gestaltung des Seins, die Polaritäten, Wechsel und Reintegrationen), Isis und die ägyptischen Mysterien, Esoterik und Eschatologie vieler Völker und Zeiten, Lamaismus, Mystiker des Mittelalters bis hin zur Gestaltung des Lebensraums so genannt moderner Völker (bis hin zu Sartre). Oder lesen wir (erneut) Keiji Nishitanis Monumentalwerk «Was ist Religion?»! Das eurozentrische Machtmonopoldenken ist mir ein Graus; es gibt bald sieben Milliarden Menschen, und was diese paar Millionen Europäer sagen, ist doch vielfach einfach dürftig, genügt mir niemals auf dem «Weg zur Wahrheit». Auch wenn ich Sokrates, Schopenhauer, Nietzsche liebe, ich weiss ganz genau, dass sie bloss *mögliche* Standpunkte vertraten, vertreten ... dass alles gleichzeitig grösser, lebenszugewandter sein kann. Es geht um die Öffnungen des Seins, die unerwarteten Windungen des Lebensstroms. Ich denke mir, Ludwig, Du bist ein allergrösster Lehrer des Seins – so wie ich ein "ewiger Schüler" des Kreatürlichen bin und bleibe. Ich liebe haltlos Kohlkratzdistel,

Moosbeeren, Wilde Möhren, Gefleckte Kuckucksblumen, Amöben, Höhlensalmler, Froschfische, Gezeitenährenfische, Karpatenmolche, Buntbarsche, Halsbandleguane, Klapperschlangen, Mandarinenenten, Rabengeier, Spatzen: Was ist die Welt doch für ein unfassliches Paradies! Im Kleinsten finde ich das Grösste (bis hin zur Psychoanalyse und Religionsphilosophie). "Mein Credo" liefe auf einen pantheistischen Agnostizismus hin ..._ ja? Uff, nun habe ich aber arg viel geplappert. Wie es auch sei, Ludwig, als Lyriker rikonozottle und rabuzzinzle ich unbeirrt von "meiner" Welt. Dass Du, Ludwig, ein derart kompaktes, opaleszierendes Werk der Welt schenkst, ist absolut einmalig, dafür gratuliere ich Dir.

-

Lieber Ludwig

ich darf Dir das, ich weiss es, unverzagt sagen: Bei Deinem letzten Brief musste ich weinen – aus Freude: einen Menschen, einen grössern Bruder zu haben, der mich versteht, der mich akzeptiert. Was für ein unfassliches Wunder! Ich drohte unterzugegen – und nun, mit Deiner Hilfe ist mir mein Leben wie nach einer Auferstehung.

3.12.07

Lieber Ludwig,

wiederum durfte ich einen wunderbaren Brief von Dir bekommen; Du hast unendlich sanft geschrieben, ich danke Dir ganz herzlich. Für mich waren/sind Deine Worte wie Balsam für die Seele!

Ich wollte Dir heute Nacht einen langen Brief schreiben, Du, doch ich arbeitete an einem neuen Gedicht, das ich «loswerden» wollte; ich schrieb es stundenlang immer wieder um und neu und anders, Du kennst das ja auch: Manchmal schreibt man ein Gedicht nieder, als hätte es einen aufsuchen wollen, in wenigen Minuten – und es stimmt. Doch dann wieder muss man viele Nachtstunden darum ringen, es lässt einen nicht los und man findet den letztgültigen Ausdruck doch nicht.

Und das zwirblige Leben attackierte mich …:

Anfang des nächsten Jahres werde ich mich intensiv mit Deinem "Seinsgewissen" beschäftigen – und mit Deinen Liebesbriefen. Ich freue mich riesigst darauf! Auch auf die Lektüre Deiner andern Bücher; zurzeit fühlte ich mich etwas müde.

Meine Gedanken gehen übers eurozentrische Laufgitter hinaus; als Schriftsteller, Lyriker und Denker lasse ich mich niemals von einer Lobby Fesseln, Grenzen auferlegen (das muss ich als Angestellter mehr als genügend) – doch als Schreibender bleibe ich unendlich frei, da kann keine Macht auf Erden mich hindern!

Ich beschäftige mich leidenschaftlich mit der Kunstwelt bei Abdelwahab Meddeb, Juan Carlos Onetti, Paul Klee, Robert Walser, Else Lasker-Schüler, André Gide, Jean-Paul Sartre, Haruki Murakami, mit den Mythologien rund um die Welt, mit philosophischen Strömungen – und lasse mich niemals aufs regionale Verdummungsmass reduzieren! Auch Deine Seinsphilosophie überragt jedes Mittelmass; Hinz und Kunz sind niemals wichtig zu nehmen.

Nun wollte ich meine drei Kakteen wässern, touchierte leider einen hübschen Kaktus – und habe nun Dutzende von Stacheln in meiner Hand, uff. Leider bin ich kein guter Gärtner ... Hélas, was soll`s.

Lieber Ludwig, die Beängstigung meiner Welt lichtet sich mit Deiner Hilfe, ich danke Dir. Verzeih mir, dass ich keine «weihnächtliche» Gedanken in diesen Brief einfliessen liess, einfliessen lassen konnte – da ich einfach leider noch zu sehr «strudle» ...; zur (philosophischen) «christlichen Weihnachtsmythologie» könnte ich viel schreiben, doch die Unart, wie dies in unsern Breitengraden missachtet wird, macht mich zutiefst stumm. Wohl: Es kam ein Licht in die Welt – doch was machen wir daraus? (Da würgt es mich.)

Wiederum an Deinem Kaminfeuer zu sitzen, einen heissen Tee zu trinken, Deinem Klavierspiel zu lauschen: Für mich ist das eine Insel. Ich danke Dir, danke Dir unendlich.

Herzlichst grüsst Dein Paul

Lektüre: Josef Winkler, "Das wilde Kärnten"

15. 12. 07

Brosmete 1

Erinnerungen heben die Zeit auf

Das Leben ist wie ein Abreisskalender: Man liest einen guten, angeblich weisen Satz, quasi ein perspektivisch verkürztes Memorial, denkt: aha – und wirft diesen Zettel in den Papierkorb. Morgen ist der nächste Tag: schon bald in den Papierkorb damit! Und so immer weiter. Mit Spruchweisheiten lässt sich nichts lösen; eine Demokratie ist nach den Wahlen wie vor den Wahlen. Ein Tag

ist so gut (oder so schlecht) wie jeder andere Tag auch ...
Wir leben alle im grossen Einerlei der Austausch-
barkeiten. Wir sind wichtig, wir sind unwichtig, und so
geht es fort und fort in den Stürmen und Flauten der Kar-
riere, des Karriereknicks. Eins ist das andere, eins ist niemals das andere, beides. Wir bemühen uns redlich, wir
strecken alle Viere von uns. Wer möchte da zählen, wer
möchte da etwas voraussehen? Es kommt sowieso wie
immer, es kommt sowieso ganz anders. Was ich jetzt
erlebe, ist eine Sekunde später schon Erinnerung. Das ist
ein ungemein vergnügliches Tohuwabohu; was gesichert
erscheint, ist eine Sekunde später bereits Vergangenheit,
und als Vergangenheit köstlich verschieden interpretierbar. Wir kraxeln alle mehr oder weniger beschwingt
oder mit grosser Atemnot von der Talsohle auf Berg-
spitzen – und schlagen die Augen auf und sehen: tempi
passati. Das war`s, und es bleibt nur noch eine Erin-
nerung. Was ich jetzt erlebe, erstrebe, was mir gelingt,
was mir misslingt, ist ein Atemzug später bereits Vergangenheit, nichts als Erinnerung. Gegenwart ist kaum
mehr als flüchtige Täuschung, doch die Erinnerungen
heben die Zeit auf. Ich kann zu allen Zeiten mich an das
erinnern, was ich erlebt habe. Früh morgens, mittags,
abends, nachts: Meiner Erinnerungen bleibe ich mir
bewusst. Erinnerungen gehören zu mir. Der Zahn der
Zeit, die wüsten Erosionen der Zeit, den Erinnerungen
können sie nichts anhaben. Gewiss, in der Gegenwart, in
der Zeit verliert man viel, wohl mehr, als man gewinnt.
Doch diese Abstürze in die Zeit schaden den Erinnerungen nicht. Ich erinnere mich, dass ..._ und ob das
«wahr» ist («wahr» in vielerlei Perspektiven), ist doch
gottseidank ein anderes Kapitel, ja?   *Paul Gis*i

Brosmete 2

Die Lust der Grenzverschiebungen

«ist mir min leben getroumet, oder ist ez war?», fragte
sich Walther von der Vogelweide – was für eine herrliche und aktuelle Frage! Träume ich, oder könnte all der
politische Wahnsinn rund um mich, rundum auf diesem
Staubplanetchen Erde "wahr" sein? Zu beantworten ist
diese tolldreiste Frage innerhalb gesellschaftlicher Normen, inmitten der Alltagshektik, ausgeliefert den glo-
balen saltoschlagenden elektronischen Neuerungen,
nicht. Wir bewegen uns völlig kopflos in den Normen
der Fremdbestimmungen, reagieren wie dressierte
Mäuse auf die unaufhörlichen akustischen und visuellen
Signale, die, so meinen wir, unser Leben ausmachen.
Wir verwechseln das Laufgitter mit der Welt ... Derweil
wäre es doch so einfach, die Grenzen zu verschieben,
alle konturenscharfen rationalen Abgrenzungen auf den
Müll zu werfen, tief aufzuatmen in der Lust der
Grenzverschiebungen. Vom Katheder herunter gibt es
keine Wahrheiten, sondern nur blamable
Hirnlosigkeiten. Wie schön ist es doch, die so genannte
Realität ins Sur-Reale (Überreale) zu vergrössern. Da
findet man Formulie-rungen wie «In den verängstigten
Augen der Uhren» (Roger Galizot) oder «Apfel, Augen,
Kugel, reines, bemessenes Volumen in ihren eigenen
Umlaufbahnen» (Eduardo Westerdahl). Mir werden jene
«Wahrheiten» zur Realität, wo ich eine Übereinstim-
mung von Geist und Seele finde, und solche Überein-
stimmungen halten sich an keine vorgegebenen Gren-
zen, an keine Doktrinen, an keine Gruppenegoismen, an
keine Staatsräson, was doch alles äusserst fragwürdig
begrenzt ist. Jede Macht schafft Grenzen, die das offene
Leben morden. Was «wahr» ist, wird niemals von der
Dominanz des Zeitgeistes erfasst. Im Palast eines
Schneckenhauses ist das ganze Universum mitkomponiert. «Allgemeines» kann höchstens eine Hohlform für

die Fantasielosigkeit sein. Ich tauche lustvoll ein in die Unermesslichkeit, in die herrliche Grenzenlosigkeit des Individuellen mit seinen Träumen.   *Paul Gisi*

Schlaflos
zwischen den Wurzeln aus Feuer
reise ich
an die Ränder der Welt
in der Muschel sitzend
erwarte ich die Sonne
tief ins Blut
fällt die fremde Asche nieder –
ich träume Schreie
so wach war ich noch nie
                                        Paul Gisi

                                                    7.1.08

Lieber Ludwig

– – –: Ich bin total aufgewühlt! Wiederum durfte ich an Deinem Kaminfeuer sitzen und spüren, wie Du Dich meiner annimmst. Ich erlebe, wie Du mir zu helfen gewillt bist, wie es sonst in meinem Leben noch niemals geschah. Das ist für mich ein Wunder.

Du, bis jetzt habe ich mein Leben selbst gemeistert, auch wenn ich immer wieder in trunken-turbulenten künstlerischen Mahlströmen zu versinken drohte; doch noch immer habe ich mich aus eigner Kraft aus allen miasmatischen negativen Strömen befreien können, jetzt scheint es so, dass ich, 58-jährig, am Abgrund stehe: mein künstlerisches Werk rettet mich nicht. Ich habe wohl ausgespielt ... Ich bin eben kein Bourgeois, sondern einer der besten Lyriker der deutschen Sprache in dieser Zeit – was mir aber keine grüne Bohne nützt. Und eklektizistische Esoterik (ein bisschen à la Rudolf Steiner) hilft mir konkret auch nicht weiter ... Ich verstehe, dass die Macht der Gedanken eine überaus grosse sein kann, doch vor den Hyänen des Kapitalismus haben sie leider keine Chance.

Herzlichst grüsst Dein Paul

Lieber Ludwig,

in der seelisch illuminierten Nacht von Samstag auf Sonntag gelang es mir wiederum (nach vielen Wochen zum erstenmal) abzutauchen in meine ureigenen Labyrinthe, Wein zu trinken, Cognac zu züngeln, lusttaumelnd Vincenzo Bellini zu hören – und ich fühlte mich verbunden mit der ganzen Welt, mit allen Völkern und Menschen aller Zeiten, dachte hethitischen und kanaanäischen Religionen nach, interessierte mich für mesopotamische Künstler, spürte Brahman und die Erfahrungen des inneren Lichts, staunte, wie Baal den Drachen besiegt, war bei Platon, Pythagoras und den Orphikern zuhause, diskutierte mit Buddha über die Glückseligkeit des Unaussprechlichen, überlegte mit Maimonides zwischen Aristoteles und Tora, schamanistische Rituale und Mythen zogen durch meinen Kopf, altindonesische Götter flüsterten mir zu, zudem tanzte ich nackt mit vielen Lyrikern und Lyrikerinnen aller Zeiten, mit ozeanischen Blumentieren, mit dem philosophischen Taschenkrebs, Maulwurfsgrillen, Seelöwenläusen und mit der Sonne und mit geheimnisvollen Galaxien ...: Es war ein Fest! Und dann lese ich z. B. Gedichte von Johannes Kühn, lese meine geliebten Vorsokratiker, lese Hafis` Liebesgedichte, lese Mystiker und die modernen

genialen Abdelwahab Meddeb und Brigitte Kronauer –
und knirsche mit den Zähnen, wenn ich mit dem lächerlichen miefen Kulturbetrieb in diesen kleinhelvetischen
Landen konfrontiert werde, in einer kunstlosen Spiess-
sigkeit, die alle Massstäbe verloren hat. Was hier in
diesem verdummten Kleinhalbkanton Ausserrhoden als
Kunst deklariert wird, ist nichts anderes als Hohn, Voll-
idiotie, stinkende Gerümpelkammer. Es ist kaum zum
Aushalten. Ödland. Was von der kümmerlichen Norm
abweicht, hat hier keine Existenzberechtigung. Mir ist
das eine Qual. Mein Rückzug in den Elfenbeinturm ist im
Grunde genommen eine Flucht nach vorne – doch davon
versteht niemand etwas. Hélas. Meine dunkle Höhle ist
unbegrenzt und irr hell. (Bis zum Zusammenbruch
reicht`s bestimmt.) Dann und wann lese ich bei meinen
geliebten Romantikern: Kein einziger zeitgenössischer
Schriftsteller kann mit dieser Höhe mithalten! Alle
saisonal hochgejubelten Literatenstars sind verglichen zu
Jean Paul eine blamable Null! Die Prosa heute ist kläglich
auf den Hund gekommen – in der Lyrik sieht es besser
aus. Doch da müsste ich ein Buch schreiben, in einem
Brief kann ich nur locker antönen ... Gewiss ist für mich:
Im Vergleich zu den göttlichen Raubglanzschnecken und
mystischen Tiefseevampiren (Tintenschnecken) ist der
Mensch ein wenig beeindruckendes Tier, das eigentlich
nur morden kann. Die Hymnen des Purpurseeigels
werden dauern, auch wenn der Mensch untergegangen
sein wird. Die Erfolgswerke des Menschen mit seiner
Wissenschaft ist nichts gegenüber den Träumen der Wasserdrachen, gegenüber der Liebe von Seeschlangen.
Bevor ich ins Bett falle, höre ich noch Franz Liszts ek-
statisches Christus-Oratorium ... Und ich habe das
Studium des genialen, monumentalen Gesamtwerks von
Erich Fromm wieder aufgenommen: Da atme ich auf!
Das Bedürfnis zu denken ist bei mir immer und immer
wieder haltlos gross (ha, gottseidank, ja?). Dass wir, Lud-

wig, ein philosophisches Geplänkel hätten, sehe ich anders: Wir tauschen uns aus. Deine Welt ist faszinierend einmalig, es gab noch niemals etwas Ähnliches wie Dein Werk, Hüter der Schwelle, Dein Seinsströmen ist auf einer allerhöchsten Ebene, wie sie wohl zuvor in dieser Art noch kein Mensch erreicht hat. Ich bilde mir auf meine Kunst nicht allzuviel ein, obwohl ich weiss, dass ich ein grosser Lyriker bin (ha), und ich möchte noch so vieles im heitern und fiebrigen Wortbild leisten, was mir aber vielleicht nicht mehr vergönnt sein wird. Ich strample und strudle zurzeit zusehr leckgeschlagen durch die Geistlosigkeiten des Alltags – mit enormen, gewaltigen Albträumen nachts.

Ich durfte erneut einen grossartigen Brief von Dir erhalten, dafür danke ich Dir ganz herzlich. Aus Deinem Strömen des SEINS hast Du mir geschrieben, ich habe Deine innigen Töne gut aufgenommen.

Du bist mit den vier ewigen Elementen Feuer, Wasser, Luft und Erde ein fünftes: das ELEMENT LUDWIG WEIBEL; in den Wirbeln und Strudeln, in den Mahlströmen und Taifunen des Lebens, der Menschheit gehst Du sanft lächelnd, Dir Deiner bewusst und aufs grössere Sein hin strömend, ruhend in der Bewegung. Das finde ich ein Fascinosum.

Lieber Ludwig, ich wünsche Dir fürs neue Jahr von Herzen nur Gutes, Erhellendes und Flockenleichtes. In Deinem letzten Brief lese ich: "... geniesse Ich die unwahrscheinlichsten Vergnügungen im Äther der Glückseligkeit, den ich Mir leichterdings und lustig fabulierend zubereitet habe." Da hast Du, sehe ich überzeugend, eine hohe menschliche Stufe erreicht – die ich vielleicht nie erreichen werde, ja? Nun, mein Lebensweg kann nicht wie der Deine verlaufen, – und doch: ich fühle in mir, wer Du bist (da ich auch Spurenelemente davon in mir finde). Mein ganzes Wesen ist (auch) heliotrop, d. h. von der

Sonne, vom Licht angezogen, – doch ich kenne das andere, «die Dunkelheit» halt existenziell immer noch tief in mir. Franz Kafka, das wohl grösste literarische Genie des 20. Jahrhunderts, schrieb: «Ich schreibe anders, als ich rede, ich rede anders, als ich denke, ich denke anders, als ich denken soll, und so geht es weiter bis in tiefste Dunkel.» Dieses absolut in sich stringente und klare Bewusstsein an die labyrinthisch existenzielle Ausgeliefertheit des modernen Menschen kann natürlich nicht leichtfertig zur Seite gewischt werden – doch es gibt gleichzeitig auch das andere: per aspera ad astra: auf rauen (dunklen) Wegen zu den Sternen (zum Licht). In mir finde ich – Yin-und-Yang-nah – stets beides, alles. Du kennst meine Tendenz, meine Affinität zur Balance von Hell und Dunkel, zum Leichten und Schweren, meine Liebe zur Coincidentia oppositorum, zum Zusammenfall der Entgegensetzungen (nach Nicolaus von Cusanus, im 15. Jahrhundert lebend; ich sehe in ihm den ersten modernen Denker des Abendlandes). Es gibt unendlich viele Wege der Erkenntnis; ich plädiere für Einzelseiendes, das jedoch auf das allgemeine (höhere) Sein in Übereinstimmung leben muss. Da müsste ich jetzt sehr, sehr viel erklären, anfügen, differenzieren: Es gäbe ein ganzes Buch (was ja ein Brief nicht sein soll)! Schön ist (für mich) zu fühlen, dass das Sein selbst der Grund des Seienden (und der Erkenntnis) ist, in sich ruhend und dennoch auf dem Weg zur totalen Komplexität, zum totalen Sein (als Endpunkt des Erkennens) – zum letzten Sein, dem Schöpfergott (der keine engen Konfessionen braucht). Mit dem Sichtbaren, mit allen Dingen (mit allen Kreaturen) hin zum eigentlichen Sein: wie faszinierend. Doch ich rede da wohl eher als Lyriker denn als (Seins-)Philosoph. Du, Ludwig, wirst das verstehen. Ich liebe die Singularität, die Besonderheiten, die vereinzelten Erscheinungen, die unmittelbaren Wahrnehmungen, die Myriaden von Möglichkeiten, wenn ich die Augen aufschlage oder wenn ich an die Möglichkeiten der Apperzeptionen denke: das (blitzschnelle) Erfassen und Verknüpfen von Gegenwärtigem, das Kreatürliche in seiner Wandelbarkeit und Transzendenz: wie herrlich! Da schürft mein lyrisch-schöpferischer Instinkt immer wieder in grosser Leidenschaft. Da finde ich unbegrenzt neue Möglichkeiten von Synästhesien, von Bildern der Seele (ohne psychologisieren zu müssen). Da atme ich auf. Es gibt müde Ansichten, dass es nichts mehr Neues unter der Sonne gebe; ich denke absolut ganz anders: Ich denke mir, in der Geschichte der Menschheit, in der Geschichte der Kunst ist noch fast nichts gesagt, wir sind erst am Beginn! Es gibt noch unendlich viele neue Wortbilder und Denkkompositionen! Wenn es der Mensch (der Künstler) vermehrt wagen würde, aus dem Laufgitter zu treten; lach mich jetzt ruhig ein bisschen aus, Du, Ludwig, das ist halt so ein Steckenpferd von mir. Man muss nicht nur Mutter und Vater verlassen, sondern ALLES, um zu sich, zu seiner Freiheit zu finden, die grenzenlos ist. Die Natur, das Leben im weitesten Sinn hat sein ureigentümliches Recht in sich, im eigenen Sein (was sich naturwissenschaftlich natürlich nicht erklären lässt) – denn da gelten andere "Unendlichkeiten", Schönheiten, kosmische Harmonien, Perspektiven. Nun rabuzinzzle und rikonozottle ich rübezahlhaft drauflos, verzeih mir. Doch die Lust zu denken ist bei mir sehr gross, auch wenn ich kein richtiger Denker bin. Vielleicht bin ich einfach ein kleiner Sänger, harfe meine Weisen, intoniere meine Gefühle, instrumentiere sinfonisch mein Ich. Etwas vom Besten meines Schreibens könnte gar vielleicht mein neuster grosser Liebeslyrikband "Auf deinen Fingerbeeren tanzt das Weltall" sein (doch Selbstbeurteilungen taugen nicht unbedingt viel). Ich werde diese Sammlung demnächst für Dich ausdrucken (fotokopieren), Ludwig, da ich gern wünsche, dass Du sie liest, ja?

In der neusten "orte"-Zeitschrift, Du wirst diese Literaturzeitschrift gewiss kennen, sind zwei meiner neuern Gedichte abgedruckt, ha, es freut mich nicht sonderlich. Ich verbot, als ich noch in Wolfhalden wohnte, den Abdruck, und nun kommt`s dennoch; nun, ich reagiere nicht ... Die Uneinstimmigkeiten mit dem Verleger Werner Bucher waren zu gross; jetzt ist`s ein Raubdruck (was amüsant ist). Wie gut, Du, dass ich im Grunde seit Jahrzehnten nicht mehr aktiv im Gewürge der zeitgenössischen Literatur mitmische, es ist zu vieles nicht nach meinem Sinn.

Herzlichst grüsst Dein Paul

PS.: Das letzte Gedicht, das ich Dir gab, habe ich nochmals zu retten versucht mit mehreren Umschreibungen usw., doch es zerfiel ganz ... Jetzt habe ich es zerrissen, weggeworfen.

Lektüre: Yasunari Kawabata, "Tagebuch eines Sechzehnjährigen"

Lieber Ludwig,

Du, ich ertrage den finanziellen Druck wohl nicht mehr allzulange! Können wir in den nächsten zwei Wochen zusammen reden? Ich bitte, bitte Dich herzlich, mir nach meinem Vorschlag zu helfen.

Ich bin auf dem tiefsten Punkt meines Lebens! In einer im Grunde lächerlichen, besser: durch und durch geistlosen und verlogenen Gesellschaft ist man out, wenn`s mit dem Geld nicht so läuft, wie sich`s «gehört», wohlverstanden in einer unbarmherzigen Blutsaugermentalität wie in der kulturlosen degenerierten Schweiz, wo – offiziell erkannt – jeder Elfte unter der Armutsgrenze lebt – und die andern 90 Prozent in Saus und Braus leben. Ich verachte diese Gesellschaft, auch wenn ich deswegen krepiere, doch ich bin niemals gewillt, um Milde zu bitten (mit dem grossen Lyriker Peter Huchel gesagt). Ich dachte in den letzten Wochen oft an Selbstmord. Nun sind die Widerstände zurzeit derart hoch, dass ich nicht mehr über den Berg sehe. Ein Lichtlein winkt, doch ob ich`s erreiche, ist fraglich.

Seit dem 7. Februar konnte ich an Deinem «Seinsgewissen» nichts mehr korrigieren, ich hatte wohl auch einen kleinen Nervenzusammenruch, weinte stundenlang, zitterte, habe, wenn ich überhaupt schlafen kann, Albträume. Mein Wesentlichstes, mein Schreiben, ging zur Sau.

Lieber Ludwig, ich hätte Dir viel lieber einen gedanklich weit ausholenden «fantastischen» Brief geschrieben, doch es geht zurzeit nicht. Ich lese momentan nur wenig, Seite um Seite im monumentalen (1000-seitigen) Fragment «Entwürfe für eine Moralphilosophie» von Jean-Paul Sartre – und dass da der Bourgeois mit seinen Lügen kaum vorkommt (oder dann nur schlecht), ahnst Du auch … Immerhin gibt (gab) es noch Genies, die über die Nase (sprich: über das Geld) hinaussahen. Sartre ist auch der Einzige, der den Nobelpreis ablehnte, weil er die Gesellschaft verachtete. Das heisst Mut, Zivilcourage und Integrität, was heute nur selten anzutreffen ist.

Gewiss ist, ich bleibe kooperativ, konziliant, gesprächsbereit offen – bis zu einem gewisen Punkt! Und dann sage ich unmissverständlich njet, nein, und dann anerkenne ich keine gesellschaftlich dominanten (merkantilen) Schwachsinnigkeiten mehr. Ich stehe jederzeit unmissverständlich zu meinem Schatten. Ich ducke mich, doch ich verkaufe mich nicht, niemals. Und wenn ich des Geldes wegen scheitere, dann scheitere ich eben *lachend*, mache lachend Selbstmord. Sokrates nahm hohnlachend

über die Gesellschaft absolut ruhig den Schierlings-
becher; letzte Konzessionen und Fluchtmöglichkeiten,
die ihm angeboten wurden, lehnte er ungerührt ab.
Wenn`s ernst gilt, ist die so genannte gesellschaftliche
"Reputation" nichts anderes als Schmach, als Papier-
masché, als Trug und Hohn, als Täuschung – und da lasse
ich mich niemals einfangen.

Herzlich grüsst Dein Paul

*

Auf dem Weg
zu unvollendeten Wundern
zwischen den Steinen der Nacht
suche ich das liebesdurchwühlte Licht –
wir haben keine Wahl
in den lohenden Distanzen der Unendlichkeit –
wir umarmen uns
in den Flammen der Galaxien

*

Wie ein Blitz
in dieser nackten Ewigkeit
wie ein Blutsturz
an den Grenzen des Erkennens:
hier ist das Leben
hier sind die Lippen der Zuneigung –
auf der Stirn des Weltalls
ist es eingebrannt DAS ZEICHEN
DER LIEBE DES TODS
das geheimnisvolle Zeichen der Morgenröte

*

Im Keinsten flammt
das Grösste auf –
Gott tanzt in LIEBE mit den Amöben
im Korallenriff im Roten Meer

wer das verlor
was ich verlor
kann nur noch tanzen
IRR TANZEN MIT GOTT

*

Mein Lied singe ich für dich
für die kranke Frau
für den Drogensüchtigen
für den Tod
FÜR DAS LEBEN

in dieser Nacht
wurzle ich
im Grossbrand des Staubs
umarme die Muschel
küsse das Antlitz des Kosmos

*

Ich brenne
in der Lust des Daseins
verbrenne
in der Glut der Verzweiflung –
ich frage nicht
wo du schläfst

ich bereite
ALLEN ein Bett

   *

Ameisen huschen über den Vogelkadaver
Leben vermählt sich mit dem Tod
unsere Hände
legen sich ineinander
unsere Worte werden e i n s im Schweigen
wir verlieren uns im fernsten Feuer
tief in uns

     Paul Gisi

          20.2.08

Lieber Ludwig,

Pardon, kannst Du bitte diese zwei Natel-(Orange-) Rechnungen begleichen?

Von Anfang Februar an wird's in Zukunft mehr als die Hälfte billiger (Vertragswechsel).

Hab Dank für alles, Dein Paul

Ein Mail von Dir letzthin hast Du mit dem Vermerk konnotiert "Von Herz zu Herzen!"- dafür danke ich Dir ganz tief. Ja, ich denke mir, wir wollen weiterhin "von Herz zu Herzen" verbunden bleiben. Du hast mir in kurzer Zeit derart viel existenziell geholfen wie zuvor noch kein Mensch in meinem turbulenten Leben. Ich bleibe Dir für immer dankbar.

Die Gesellschaft ist für mich immer etwas, zu der ich in Opposition bleibe, durch meine ganze Art der Herkunft, des jahrzehntelangen Erlebens. Manchmal scheint mir, dass das psychologische Einfühlungsvermögen nicht Deine Stärke ist – weil Du andere Stärken hast. Du siehst in mir einen labilen Menschen, was nur am Rande stimmt. Ich bin ein Mensch (ganz anders als Du), der im Grunde KEINE Autorität anerkennt, jemals anerkennt hat und jemals anerkennen wird; da habe ich einen eisernen Charakter. Da täuschst Du Dich in mir. Weil ich Schiffbruch erlitt, zu folgern, ich brauche Führung, ist leider völlig verfehlt. Du hast mir zum Beispiel geraten, auf keinen Fall den persönlichen Konkurs anzumelden – und sagtest prompt das Gegenteil, als ich Dich zum vierten Mai um Geld bat. Du hast offenbar eine grosse Achtung vor gesellschaftlichen Institutionen, wie dem Sozialamt. Da denke ich ganz anders, weil ich das bei vielen Menschen existenziell anders erlebte. Für mich sind die «Sozialbeamten» meist nicht viel mehr als staatlich bevollmächtigte Halunken, versteinerte Gesetzesbuchstabenschinder, verkappte Sadisten. Da lebst Du mit Deiner andern Einstufung eben auf der «andern» Seite. Ich lehne JEDE Macht ab, auch wenn sie sich «sozial» tarnt. In der EU leben die verbrecherischen Abzockerraubritter-Manager – dem steht gegenüber, dass (auch in der EU!) jedes fünfte Kind von quälender, unmenschlicher Armut betroffen ist: Das macht mein Herz schwer. Ich weiss, lieber Ludwig, Du meinst es gut mit mir, doch Dein übereilter Vorschlag, aufs Sozialamt zu gehen, war nur wirklich verfehlt. Da siehst Du auch meine Stärke nicht, selbst aus dem Schlamassel zu kommen. Persönliche, menschliche Hilfe nehme ich an, vom Staat kann ich aber unmöglich etwas Gutes erwarten, dagegen spricht ALLES, was ich bis jetzt erlebte. In diesem Punkt brauche ich gewiss keinen Ratschlag. Überhaupt, mit Ratschlägen ist es so eine Sache, Du. Ich akzeptiere im Grunde keine. Nochmals: Tatkräftig erlebte Hilfe nehme ich dankbar an, verbale Belehrungen sind mir ein Graus (waren es schon immer, so wird es auch bleiben). Da sind Worte doch nur Luft. Das sage ich als Lyriker, Schriftsteller und Philosoph. Ich liebe Denkentwürfe aus vielen Jahrhunderten von vielen Völkern, lehne aber alle Dogmen, alle Ismen, alle vorgegebenen Antworten kategorisch ab. So genannte Heilslehren sind mir im geschichtlichen Konnex (ich müsste eher sprechen: in der historischen Konvulsion) hoch interessant, damit beschäftige ich mich leidenschaftlich gern – und ob etwas davon für mich essenziell von Bedeutung ist, entscheide ich ganz allein, da kann mich niemand belehren, was für mich das Richtige ist. Wenn ein Mensch anders denkt und ein weiser Mensch wurde, so ist das gut, imposant – taugt aber für mich im Grunde rein gar nichts. Ich muss MEINEN Weg gehen, ich muss mein Leben selbst «erfahren» mit meinen Wahrnehmungen, mit meinen Relativismen, mit meiner Lust, mit meinem fragmentarischen Erkennen. Was andere erlebt haben, ist für mich nicht einmal ein aufklebbarer Nikolausbart wert. Mein Urteil, meine Urteilskraft lässt sich niemals einkerkern durch das, was eine mehr als fragwürdige, verlogene Gesellschaft anbietet. Grenzen sind mir auch im zunehmendem Alter ein Hohn – wie in meiner Jugend. In dieser Offenheit des Denkens, lieber Ludwig, bin ich der stärkste Mensch, den Du je zu Gesicht bekommen hast (was Du heute noch nicht siehst oder glauben magst). Meine Seele streckt sich nach dem Universellen – weit fernab von jeder gängigen Lebensweg-Hauptstrasse. Das Intelligible ist für mich Schmarren, Quatsch. Ich hasse die Vernunft. Wohin führte uns die Vernunft bis anhin? Jährlich verhungern auf dieser Erde bestialisch 60 Millionen Kinder! Folter ist in vielen Ländern gang und gäbe, Ausdruck der jeweiligen Staatsmacht. Allerorten Elend, Verzweiflung, Totschlag, Krieg. Die korrupte Schweiz (die Bananenrepublik des Geldes) ist fremdenfeindlich; im Zweiten

Weltkrieg schickte sie Tausende von Juden in den Tod, die Schweiz war niemals asylantenfreundlich. Wer anderes sagt, lügt. Deshalb mag ich auch die Politik nicht. Politiker lügen immer (wie die Wirtschaftsbonzen). Nein, wir leben nicht in der besten aller möglichen Welten: Die Menschheit ist ein Blutfluss. Wer mit den Armen auf dieser Welt leidet, mitleidet, kann kaum mehr lachen. – Um nicht ganz in dieser Düsternis unterzugehen, tauche ich ein in die Mythologien, in die transzendierende Metaphysik aller Menschen aller Zeiten – und lehne einzelne «Heilsbringer» radikal ab. Deshalb ist mir auch die Esoterik, der Du so tief verbunden bist, eine Terra incognita, was aber ganz meinen Intensionen entspricht. Trotz allem: Das Leben ist derart schön, liebenswert und lebenswert, dass ich nicht aufhören will, (intellektuell und sensorisch) neugierig auf alles zu sein und zu bleiben!

Die Lust zu leben steckt tief in mir.

Lektüre: Hjalmar Söderberg, "Die Spieler"

Lieber Ludwig

Meine Gedanken kreisen pausenlos um Dich, um Dein Werk; Dein philosophisches Werk – ein seinsphilosophisches Werk, das zugleich auch höchste Dichtung, ja: Inspiriertheit pur ist. Dir ist eine Höhe gelungen, die absolut einmalig ist. Manchmal denke ich mir, wenn bei Dir vereinzelt da und dort etwas weniger Genitiv-Konstruktionen eingesetzt würden ...

Du, ich schrieb heute Nacht drei Gedichte, ich hab noch keinen Abstand zu ihnen. Ich hoffe und glaube, sie sind passabel, ja?

Ich möchte noch in dieser Woche, wenn es Dir geht, bei Dir vorbeikommen. Deine Kaminfeuergespräche sind mir wie eine Insel – – –

Ich wünsche Dir eine gute Zeit, herzlich grüsst Dein Lyriker Paul

Hier die neusten drei Gedichte:

Die Nacht fällt
wie ein ertrunkner Vogel
durch die Brüchigkeiten
meines stockenden Atems –

*

Scharfe Zähne zittern
durch die Zweige
die Einsiedlerrose die blutflammende
verzweifelt im Sanskrit der Quasare

*

Nackt werfe ich mich
auf deine Nacktheit
im gierigen Anbeginn des Endes
in die tödliche Glut der Kälte
IN DER ANBETUNG DER LUST

*

Ach, es ist dunkel, dunkel geworden für mich. Ich möchte noch viel für Dich lektorieren / korrigieren, was für mich jetzt aber doch leider ins Schwanken gekommen ist.

Herzlich grüsst Dein Paul

Lieber Ludwig

Es erweist sich für mich, dass ich in dieser finanziell beklemmten Lage nicht fähig bin, mein Prosabuch «Haschen nach Wind oder Die Lust zu leben in den Verdunkelungen des nahenden Endes» (Band 2 der «Nachtwucherungen») zu schreiben; mir fehlen die leicht ausgreifenden Wochenenden (drei Tage), wo ich mich in einer fremden Grossstadt aufhielt, in einem anonymen Hotelzimmer lebend. Wie sind mir die Künstler zwischen Inferno und Ekstase nah: Michelangelo, Shakespeare, Dostojewskij, Balzac, Donizetti, Hölderlin, Strindberg, Rodin, van Gogh – ha, und da will man mich zurückbinden aufs biedere Mass, aufs kleinbürgerlich Gesellschaftlich-«Normale», da muss ich haltlos lachen! Und dann denke ich mir, dass es mir bis zu meinem letzten Atemzug davor graust, eine Religion, das Christliche, anzuerkennen, eine Religion, die die Inquisition hervorbrachte.

Zudem: Im Vergleich zu Heinrich Mann, Alfred Döblin, Jakob Wassermann und Lion Feuchtwanger sind die heutigen zeitgenössischen schweizerischen Romanschriftsteller lebensschwache Milchbuben (oder wie Froschgequarre gegenüber Anton Bruckners Sinfonien): infantil/präsenil, impotent-solipsistische Bedeutungslosigkeit (Ausnahme: Jacques Chessex und Maurice Chappaz). Und dann vertiefe ich mich wiederum in die Schriften Friedrich Nietzsches und muss einfach hohnlachen über die Dürftigkeit, Substanzlosigkeit, Kurzsichtigkeit, ja Dummheit heutigen Schreibens! «Das Herz wie Schwefel» beginnt ein Sonett Michelangelos! Heute will man alles unoriginär, wie massenweise geklont. Das hasse ich, das ist mein Weg nicht. Meine dunklen Gedichte der neusten Zeit bergen viel blutendes Licht.

Im Totgestein
kauert
LIEBE
ausweglos –
Anfang und Ende
stürzen nieder
Agonie verkrallt sich
in Lust
wir lecken uns
an den geheimsten Stellen –
in der fernsten Ferne
so nah in mir
erstirbt der Gesang

Ich denke mit dem modernen Wissen *global*, viele andere Völker und ihre Denkweisen miteinbeziehend in meine Betrachtungen. Prädikabilien, das heisst die allgemeinsten Ausssagen (bis hin zu Kant), die gemacht werden können, bedeuten mir wenig. Vielmehr geht es mir immer um die Kontingenz, die Endlichkeit, Vergänglichkeit des Konkret-Seienden, das so ist – und gleichzeitig auch anders sein könnte, immer in den Ausformungen des jeweils unnachahmlichen, unwiederholbaren Selbst. Davon singe ich. In Hegels «Dialektik» hiesse das die Versöhnung und Aufhebung des Gegensatzes von These und Antithese, bei Paracelsus «Vom Licht der Natur und des Geistes», bei Seng-Tsan «Erleuchtung ist ohne Zuneigung und Abneigung» oder bei einem Zen-Meister

«Gerade ist die Kiefer und krumm der Dornbusch» oder «Die Federn des Kormorans – nicht eine einzige kann ausgerissen, nicht eine einzige hinzugefügt werden». Mehr zu zu sagen, zu wissen, dünkt mich Vermessenheit, wäre zutiefst auch unkünstlerisch. Da – in der Wahrnehmung – findet sich das Sein, das ganze menschliche Seinserkennen. Du siehst, lieber Ludwig, so sehe ich das Leben, und nicht so, wie gewisse Systematiker denken, dass das Leben sei, sein müsste, sein sollte. Das Leben, das Sein muss rein gar nichts, ist IST einfach. Und eben viel einfacher, als alle schrulligen (philosophischen) Ideen meinen. Wenn ich übers Sein nachdenke, werde ich andächtig, das heisst, ich fühle mich nahe an dem, was IST. Das Sein hat nun beileibe wenig mit dem zu tun, was Menschen sich einbilden (was die Menschlein sich einbilden, was das Sein zu sein hätte). In diesem offenen Sinn lehne ich auch alle Gurus und Heilsbringer ab. Das Sein braucht diesen Schnickschnack nicht. Das Sein ist Maulwurfsgrille, Rote Waldameise, Missa Solemnis Beethovens, Hölderlin, mein Kätzchen Maunzli, sinnliches Weltallbild.

Lieber Ludwig, in mir kreisen Galaxien, türmen sich Gedanken auf, wogen die Gefühle, gärt ein volles Fass Leben.

Ich wünsche Dir eine gute Zeit, herzlichst grüsst Dein Paul

1. April 08, 3 Uhr nachts

Lieber Ludwig,

ich danke Dir. Noch kein Mensch hat mir derart wie Du geholfen.

Oft denke ich an Xenophanes, im kleinasiatischen Kolophon lebend (von vor gut 2500 Jahren), an seinen pantheistisch eingefärbten Monotheismus – das göttliche Urwesen mit dem Weltall identifizierend – und ich weiss nicht wie, doch meine Seele weitet sich. Es gibt unendlich viel zu singen, zu beten, anzubeten, zu assoziieren, zu träumen, zu denken, zu kombinieren, zu vernetzen, Erkenntnis-Fiktionen zu entlarven, universelle und individuelle Bilder zu verknüpfen – das ist ein einsames Geschäft, widerspricht radikal allen gängigen Vorantworten, ist belebend, als wär's der erste Schöpfungstag. Wissen, das die vorgegebene Tatsächlichkeit anerkennt, taugt da nicht. Alles ist neu und «wie-zum-ersten-Mal». Es gibt keine Ethik an sich, sondern nur Situationsethik, was heisst, dass die innere und äussere Lage des Handelnden und Denkenden mit ihrer Einzigartigkeit und Unwiederholbarkeit als entscheidender Massstab zählt ... (so denke ich). Du, Ludwig, bist der grösste Seinsphilosoph und weisst darum, dass das Sein im weitesten Sinn das «Da», das «Hiersein» meint in der sinnlichen und geistigen Erfahrung, Wahrnehmung; doch ich müsste jetzt noch vieles sagen, was das «Sein» auf den verschiedensten Ebenen ist ... eine Offenheit in die Totalität, eine transzendentale Begrifflichkeit auf Endliches und Unendliches kämen da ins Spiel. Und zum Seienden gehört halt nun mal wirklich alles, das Lebendigsein der Pflanzen und Tiere und das Personsein des Menschen: davon wissen die Dichter in Bildern! Das abstrakte Sein findet sich nur im Konkreten, im Sichausleben der Kreaturen, im Dasein des Atems. Interessant wäre da (doch das übersteigt mein Wissen), dass das Wort «Sein» in manchen Sprachen nicht existiert ... Das Metaphorische lässt sich zutiefst nur aussagen in den konkretesten Bildern. Das Makrokosmische ist im Mikrokosmischen mitkomponiert. Liegt da nicht alle Kunst? Die Idee, das Ideelle als Casus der Sternkoralle? Der Gottesbegriff als Gesang des Einzellers? Als Lust der Melonenqualle? Das Sein als

Seestachelbeere? Mit dieser Idee, ich weiss es, stehe ich wohl verquer in der zeitgenössischen Landschaft, macht aber nichts. Ich bin dafür, das Leben dort zu sehen, wo es sich vorurteilslos auslebt, in der Selbstgestaltung. Die Anpassungen des Lebens an eine Gesellschaft sind in meinen Augen immer tödlich, ja, gerade so. Die Kyniker, die von Antisthenes gegründete Philosophenschule, mit den Genies Diogenes von Sinope, Monimos und Krates aus Theben, verachteten die Führer des Staates, hohn-lachten über die Staatskultur. Du ahnst es, Ludwig, dass ich ein Neu-Kyniker bin ...

Ich liebe das Leben! Die Ehrfurcht vor dem Leben, vor den Blumen, den Insekten, den Spiralgalaxien bestimmt mehr und mehr mein Leben; die Schönheit eines Menschen entflammt mich, die Vollendung eines im Wind tanzenden Grashalms erregt mich, ein Zwergdrachenflosser lässt mich erschaudernd Gott erahnen – vor der Fülle der Lust, des myriadenvielfälti-gen sinnlichen Daseins werden alle Gesellschaftssysteme töricht, bedeutungslos. Ich bin grenzenlos fasziniert von einem guten Buch, bei einer sehnsuchtsfiebrigen Belcan-tooper – manchmal kommen mir die Tränen vor der un-beschreiblichen Schönheit einer Nacht. Je heller es mit dem Denken wird, desto unbarmherzig dunkler wird es (das ist nur ein scheinbarer Widerspruch, weil die Aus-sage in den Kern des Ur-Einen zielt). Mein Weg (was das auch sein könnte) kann immer nur noch komplexer werden – bis zur TOTALEN KOMPLEXITÄT, was dann auch – ein Fest der Fülle! – das Einfachste (das Nichts) geworden ist. Dieses Ziel kann ich niemals er-reichen, weil ein einziges Leben dafür zu kurz ist, doch hinkender Schritt nach hinkendem Schritt sich darauf hin zu bewegen, ist ekstatisch schön, kann durch nichts an-deres ersetzt werden. In diesem (kosmischen) Bereich finden sich dann und wann Spurenelemente der Freiheit, die ganz neue Horizonte eröffnen. Vraiment, ich dachte schon ernsthaft an Selbstmord, doch für mein Denken ist der Tod ein schmählicher Skandal, der mich haltlos zornig macht. Und wenn ich denke, dass ich ein Froschquaken, einen Rosenduft, ein Lächeln einer Freundin, eines Freundes verpassen könnte, werde ich sternhagelvoll wütend. Um sich ins Nichts zu verwandeln, muss man die grösstmögliche (Lebens-)Fülle erlebt haben: Wann ist dieser Zeitpunkt gekommen? Wer dürfte sich einbilden, dass er das erreicht habe? Um die totale Komplexität – im HASCHEN NACH WIND – zu erreichen, reicht eine kleine lange Lebenslänge beileibe nicht aus; die betörende Schönheit der Einfachheit – in der Coincidentia oppositorum – findet sich (vielleicht) erst hinter tausend mal tausend Täuschungen, und alles immer auf Widerruf, auf Einschränkung, auf Ergänzung; derart: Je älter wir werden, umso mehr nähern wir uns dem Anfang ... Das ist für mich keine hohle Spekulation, sondern ein zutiefst sinnlich erlebtes Extrakt meines Alterns, meines Jüngerwerdens: In der Musik, in der Dichtung, in der Malerei, in der Lust, im Loslassen auf einen andern Menschen hin, in der Begegnung mit einem welken Blatt, in der vertieften Anschauung einer Muschelmilbe finde ich (in grosser Gefährdung) in Annäherungen so etwas wie Augenblicke des Glücks – ich liebe den Wahnsinn einer Täuschung hinter dem Wahnsinn einer Täuschung ... Alles ist Maya! Tao! Im grössten Pessimismus (und gegen alle Vernuft) und in der klebrigsten Depression (von der ich nicht verschont bin, sackerschtärnechaibnochmals) finde ich immer und immer wieder Glücksmomente, die mich leben lassen: Wenn ich einen Brief bekomme, wenn mir ein Gedicht glückt (was das auch sein mag, verdammt), wenn ich ein leidenschaftliches Buch lese, wenn ich Donizetti höre. – Mit allem Wahn, hinter allem Wahn liebe ich das Leben, die Lust zu leben: Es ist herrlich zu leben, sich verbunden zu fühlen mit dem Steppenwolf, dem Federleuchtkäfer, dem flammenden Rot einer Mohnblüte, dem siebenköpfigen

Raben aus der tibetischen Mythologie, mit Sokrates am Illinos sitzend, den   Energiefeldern und atmosphärischen Zonen des Tantra, einer Mozart-Messe, dem Buch «Der göttliche Bereich» des grossen Daseinsdenkers, Philosophen und Mystikers Pierre Teilhard de Chardin, dem Miauen meines geliebten Kätzchens Maunzli. Die Staffelei des Lebens kennt unendlich viele Farbmischungen, und alles ist (doch) gut. Na klar, die andere unlustige Seite des Lebens kenne ich auch, doch ich weigere mich, ihr die Oberhand über mein Leben gewinnen zu lassen, holladriahoo! Was Licht sein könnte, erfährt man erst in der Dunkelheit. Na also: Gut ist sie, die Dunkelheit! Je mehr ich leide, desto mehr liebe und feste ich das Leben. Ich lebe trunken intensiv verbunden mit der Artenvielfalt des Seins, doch erst in meiner jahrzehntelangen Eremitei bin ich auf solche Gedanken gekommen, voilà. Ich glaube längst nicht mehr, dass es eine «Zuversicht» des Lebens gibt – doch es gibt ein paar sinnliche Schönheiten mit dem Ticken der Weltenuhr, im Erleben der geheimnisvollen Wesenserfüllung, im Daseinsjubel, in der sanften Zuneigung bei einer Kerzenflamme, in den Fraglosigkeiten der Lust, in den Gebeten der Verzweiflung, im Schattenflüstern der Angst.

Heute musste ich dröhnend lachen, da ich restlos verzweifelt war.

Man sagt mir immer wieder nach, dass ich Leben für zwei hätte, ha, warum auch nicht? Doch zutiefst in meinem Innern ist es des Öftern ganz anders: Ich befürchte, ich lebe kaum mehr mein eigenes ganzes Leben, sondern nur noch alles in Bruchstücken von Stunde zu Stunde ... Die überschäumende Lust zu leben, die ich zeitweilig immer noch habe, habe ich aber nur, weil ich auch die schrecklichsten Verdunkelungen des Lebens, den tödlichen Leim der Depressionen kennen gelernt habe ... mit den höchsten Ekstasen – und dafür bezahle ich mit meinem Leben im Sog des Abgrunds. Ich suche mehr und mehr, da in

mir alles brodelt und kocht und wütet, die Harmonie –
IM HASCHEN NACH WIND – im gebenedeiten
Schweisz der Luszt, ein «all-eines» Gefühl mit dem
Werden und Vergehen, eine intensive, leidenschaftliche
Innigkeit mit dem Kosmos, brr. So ist das halt. Ich leiste
mir den splendiden (spleenigen) Luxus der Individualität
(vor dem Abscheu des «Allgemeinen»). Voilà. Ich
jongliere virtuos mit dem Abgrund, so lange es eben geht.
Ich liebe wie ein Narr (immer noch) die Kunst, das
Rodinsche Höllentor, Opern, Gedichte, dorisch-schöne
langschäftige Beine, Rückensinfonien, Was-
ser-und-Dampf-Fontänen der Lust, Flusslandschaften der
Träume, die Sonnenkorona, die Hügellandschaften eines
menschlichen Körpers, das Kirchenportal einer hohen
Stirn, die Schirmquallenhöhlen von Anton Bruckners
Sinfonien, die Kerbtäler der Fantasie, die Elegien der
Schönheit, die Anbetungen der Seelilien, der Braun-
algentange und der Goldschnecken, die Testamente der
Mehlmotten und der Grillenschaben, den grossen nieder-
ländischen Philosophen Spinoza (ja, er immer wieder,
ha!), Diogenes und Sartre, ach, mein Schwärmen fände
niemals ein Ende ... Ich lebe mit Rippenquallen, Tief-
seespinnenasseln, Gelbbauchunken, Engeln und Teufeln,
wie es auch sei, ich messe nicht kleinbürgerlich spiessig
... Es geht mir nicht darum, ob ich in dieser Gesellschaft
verstanden werde oder nicht, ha, darauf hohnlache ich
genüsslich.

Viele Menschen sehen die Schöpfung und das Chaos als
Gegensätze; diese Ansicht darf ruhig über Bord geworfen
werden, denn ich bin dafür, die Schöpfung als Chaos, das
Chaos als Schöpfung zu sehen – in einer unteilbaren Einheit; es kommt darauf an, von welcher Position, mit
welchen Perspektiven geschaut wird.

**Lektüre: Octavio Paz, "Sor Juana oder Die Versuchung
des Glaubens"**

Je intimer, desto lebenswerter. Wir alle leben in Zwängen der Familie, des Berufs, der Gesellschaft, der Kirchen, der Politik, der Gewohnheit, der Termine. Diese Fremdbestimmungen sind dazu angetan, unsere individuelle Freiheit zu morden, uns zu Popanzen, zu Marionetten, zu Vogelscheuchen des tristen Alltags (mit seinem ewigen Gelderwerb) verkümmern zu lassen. Vielleicht sind wir kaum mehr fähig uns einzugestehen, wie sehr Mächte der Erziehung, des so genannten Anstands, uns tyrannisieren.

Fest umrissene Lehren, Dogmen einer jeglichen Richtung sind mir suspekt, lehne ich ab. Mein Versuch, Alternativen zu den Versteinerungen der Konventionen, der Institutionen aufzuzeigen, begründet sich in nichts ausser in meinen Erlebnissen. Ich glaube, man verzeiht sich in der Lebensmitte (und im Alter) alles – ausser nicht richtig (intensiv) gelebt zu haben!

Gewiss ist es einfacher, zum Leben, wie es sich nun mal darbietet, Ja und Amen zu sagen. Kuschen wir vor dem Arbeitgeber, respektieren wir ein paar letzte Konventionen der Kirche, denken wir etwas blöde vom Militär als Friedensstifter, akzeptieren wir die Moralvorstellungen der gängigen Gerichte, und wir haben keine Probleme. Doch so verpassen wir unser eigenes Leben, vergewaltigen wir unsere eigenen Ansichten, die wir eigentlich hätten.

Wir leben auf keiner Insel, wir müssen uns anpassen. Doch selbst in der Anpassung gibt es Bereiche, Bezirke der individuellen Freiheit. Wir alle haben Beziehungen, Termine, Verpflichtungen, doch ich liebe es, von den befreienden Zuständen des Chaos zu sprechen, vom Milieu des Unbehausten, Nicht-Urbanisierten, von den Seelenwüsten des Eros, von den Grenzen und Grenzenlosigkeiten des Ichs, so als ob es keine Zeiterfordernisse, keine Zeitdominanten gäbe. Mit diesen Ansichten wurde ich eigentlich von keinen Menschen ermutigt; man schalt mich einen Narren und Ignoranten. Ich überlegte viele Jahre lang und kam zum Schluss, dass ich trotz allem das Chaos, das Glück liebe, derart, wie ich das Chaos und das Glück für mich vestehe.

Seien wir keine Sklaven der vorgegebenen Ordnungen, bleiben wir nicht versteinert in den Gesetzmässigkeiten der eindimensionalen Ansichten der Nachbarn – lösen wir uns auf das hin, was uns ausmacht: ein unverwechselbares Individuum zu sein im korrumpierten Brei der prostituierten Gesellschaft, im tödlichen Dschungel der Fremdbestimmungen.

Das Chaos ist eine offene Grösse. Das Chaos ist fast wie ein Mythos. Wir leben in Kosmogonien. Beim Sonnenaufgang ist alles neu. Die Beklemmungen der Nacht weichen dem Optimismus des Lichts.

Sind diese Gedanken auf unser Leben übertragbar?

Hören wir endlich auf, unser Wissen auf das auszurichten, was andere sagen. Tief im Innern wissen wir – spüren wir –, dass wir urunverwechselbare Menschen sind. Was die Eltern, was der Pfarrer in der Sonntagsschule, was die undurchsichtigen, schlangaalwendigen Gesetze in den Windrichtungen der jeweiligen Macht sagen: Was geht das den wahren Menschen an? Richtlinien sind horizontlose Befehle von Feldweibeln (Achtung, still gestanden!), sie gehen am eigentlichen Leben vorbei.

In den grossen Fragen des Menschseins, von Werden und Vergehen, von Welt und Leben, Tod und Auferstehung sind wir zu oft blind gläubig; was unsere Vorfahren und dubiosen so genannten Autoritäten proklamierten: Lassen wir sie in der Steinzeit (oder im Kindergarten)!

Nach Homer liegt die Ursache für alles Werden in den Meergottheiten Okeanos und Thetys sowie im Wasser überhaupt, im Strömen des Wassers, in der Brandung des Ozeans; bei Hesiod erscheinen das Chaos, Äther und Eros als die Uranfänge des Alls. Die Vergänglichkeit des Lebens, Lust und Qual, Gelingen und Scheitern, Schicksal und Notwendigkeit sind Fragen der Verantwortung (und der Schuld), der Ordnungen und des bildhaften Mythos. Ich denke, und darum ist das Chaos. Voilà. Die Bildung des Kosmos ist eine Frage der jeweiligen Interpretation. Ob die Erde eine Scheibe oder eine Kugel sei, konnten wir erst seit Kurzem beantworten. Wir helfen uns erbärmlich behelfsmässig mit dem jeweiligen Wissen, um uns klar zu werden, was wir denken sollen. In fünfhundert Jahren werden wir vielleicht wissen, dass unsere Milchstrasse bloss ein Molekül eines grossen kosmischen Tiers ist.

Alors, tun wir nicht so, als ob unsere bekannten Ordnungen festgefügt seien. Die heutige Physik weiss auch nicht viel mehr, als dass alles im Fluss sei. Panta rhei. Im Grunde genommen wissen wir Modernen nicht viel mehr als die Menschen vor Tausenden von Jahren. Einmal ist das Atom unteilbar, später wird es teilbar. Einmal ist der Kosmos eng begrenzt, dann ist er grenzenlos, ja sogar derart unverständlich sich ausweitend, ins Nichts rasend, dass einem der Atem vergeht (mit Blaise Pascal). In den Ansichten über die Welt gibt es kein gültiges Amen, keine zum Vornherein festgefügten Glaubensüberzeugungen. Alles ist wahr und alles ist falsch.

Das Chaos ist eine feste Grösse; wer es «darunter» haben möchte, verfängt sich in infantilen Milchrechnungen. Per saldo ist alles offen, nicht bilanzierbar: Mit diesem Widerspruch zu leben, schafft geistige Freiheiten, hat man sich erst einmal damit befreundet.

Wer selbstständig zu denken beginnt, beginnt das Chaos zu lieben. Antworten des Katechismus sind unhaltbar, ja sogar lebensfeindlich. Du sollst ... du musst ... du darfst nicht ... usw. dürfen getrost als blamable Verknöcherungen der Orthodoxie, der Systemversteinerungen, der Gesellschaftslügen (mit ihren spiessigen Moralvorstellungen) abgetan werden. Zutiefst muss ich nichts sein – darf ich das werden, was ich bin.

Werfen wir die Fremdbestimmungen über Bord, tauchen wir ein ins Chaos: Was undenkbar war, wird möglich.

Wegweiser weisen nur auf die abgesicherten Wege und Pfade, sind Instrumente der Touristen. Fernab von den gängigen kleinen Zielen – im Urwald des Neuen – gibt es keine Wegweiser, ist jeder auf sich selbst angewiesen, auf seine Instinkte. Dies verunsichert bloss am Anfang; sehr bald merkt man, dass die Ungewissheit, der Urwald schöner, faszinierender ist als der kleine Stadtpark. Wem die Augen aufgehen, der sieht, dass die Ordnungen nur Täuschungen sind – dass das Chaos (ohne jedes Gitter) lebenswerte Abenteuer bietet, von denen sich der Schulmeister nichts träumen lässt.

Das Chaos ist eine quellsprudelnde Lebensqualität, die das Kleinkarierte nicht bieten kann. Am Anfang der Ichfindung ist es vonnöten, alle Ordnungen wegzuwerfen und in den Ozean des Chaos einzutauchen. Die Entdeckungen im Chaos werden herrlich sein.

Am meisten Missbrauch wurde mit «Gott» und «Ich» getrieben: lächerliche Illusionen zuhauf.

Der Vogel setzte sich auf den nahen Baumast – wir sahen uns an; nun ist mir jeder Atemzug ein Geschenk.

Unser Festnetz- und mobiles Telefonsystem funktioniert herrlich, junge und alte Menschen machen überdurchschnittlich oft Selbstmord. Da kann doch etwas nicht stimmen! Die Arbeitslosigkeit wächst, die Unzufriedenheit wuchert, die Langeweile lähmt, die Sinnlosigkeit dominiert. Warum lebe ich? Was ist der Sinn meines Lebens?

Unser Leben ist derart lächerlich monoton geworden, dass wir uns mit Geschichten der Stars vergnügen (welches Kleid sie trugen, wie sie sich schminkten, ob sie ein Goal schossen oder nicht usw.); das ödet mich masslos an. Doch wer wagt es zu sagen, dass das Diktat der Mode dümmlich sei? dass das Ausgerichtetsein und Ausgeliefertsein an die Presse, an den Bildschirm, an die herzlose Nachbarschaft Zeitvergeudung und zutiefst massenwahnhysterische Idiotie sei? Wir wollen um Himmels willen nicht auffallen, kleiden uns nach genormten Billigvorstellungen, kuschen vor den ranzenbehangenen Platitüden der Chefs. Unser Zeitalter will leistungszertifiziert sein wollen: o Lächerlichkeit! Wir krüppeln für ein starres System, das nichts anderes im Sinn hat, als uns auszusaugen. Hochneurotische selbsternannte Alphatierchen belfern und geifern den ganzen Tag, als ob sie uns etwas zu sagen hätten. Machen wir Schluss mit diesem Totentanz –: leben wir selbst! Klagen wir die Wirtschaftsbonzen endlich ein, bewirken wir einen Haftbefehl gegen die Blutsauger in den Etagen der Konzerne, beginnen wir unser eigenes Leben.

Was könnte das sein, ein eigenes Leben zu leben? Ich bramarbassiere in dieser Nacht in meinem alten Bauernhaus zwischen Wurzelfüssern und Spiralgalaxien, höre Rossinis melodramma semiserio «Torvaldo e Dorliska», rauche meine leibnizische krumme Pfeife: So ist halt mein Tusculum, voilà. Maunzli, mein über alles geliebtes Schildpattkätzchen, schläft neben mir auf meinem Pult – so, als ob es keine Erdbeben, Verwüstungen, Dammbrüche und sartreschen Nihilismen gäbe! Was für ein Wunder: Maunzli ist Laotse, ich bin ein Nichts, so denke ich rabaukelnd und rikonozzottelnd zackenbarschvergnügt. Zutiefst denke ich, dass eigentlich nur die Kunst das (mein) Leben lebenswert macht, alles andere ist doch Alfanzerei, Firlefanz, Bedeutungslosigkeit usw. Da brenne ich immer noch! (... und werde bis zu meinem letzten Atemzug grossbrandverwüstet brennen, ha!). Auch wenn ich oft verzweifelt und lebensmüd geworden bin (bei meinen Zehntausenden von Jahren eigentlich nicht verwunderlich), liebe ich wie eine Wüstenmaus, wie ein geheimnisvolles Atoll, wie ein Gewitterregen vernunft- und also kopflos das Leben, ich bin mit jeder Nacht neu ins Leben und die Lust aufs Neue verliebt in den Augenblick, hohnlache auf alle Dogmen und Systeme und gesellschaftlichen toten Hüllen – weil immer alles reliktfrei lebenslusttaumelnd herrlich werden kann, ja? Ich nähere mich mit Schlemilschen Riesenschritten oder auch mit rabelaisgleichen «Gargantua-und-Pantagruel»-Bockssprüngen mir selber, und das begeistert mich seehundgenüsslich selbst, sapristi. Meine Zeitgenossen haben kaum was erlebt, mussten noch niemals durchs Rodinsche »Höllentor» ... (Jetzt höre ich Rossinis ekstatisch-trunkene «Zelmira».) Ich erblicke bloss schülerhaft-dilettantischen, haubitzenhaft dümmlichen Schwachsinn, ein bisschen angeworfene Psychologie, familiären Mief, handgestricktes Engagement, Regional-Hurra-Schummrigkeit, Zweierkasten-Idiotie: Ich weiss nicht, was Erfolg bedeuten könnte. Kann ich mit meiner Lebensangst, die tief in mir rumort, Kapital schlagen? Da lächle ich, das geht doch mich nichts an. Und nach allen Verzweiflungen kann man nur Selbstmord machen oder zur Doxologie vorstossen (zur Joie de vivre), so sehe ich es unabwendbar für mein kleines Verlorensein in den Ganglien des Nichts, in den synästhetischen Bildern der wuchernden Lebensfülle ... – Alles ist Fülle, peripatetisches Palaver (ich meine das positiv!), (sokratisches) Gespräch am Ilios, atomistisches Erkennen und fragmentarisches (vereinzeltes) Singen im Ganzen, im Teil ... Denken die blühenden Kirschbäume an Verkaufszahlen? ... da habe ich wohl zu viele japanische Bücher (vor allem Yasunari Kawabata und Soseki Natsume) gelesen.

Soeben habe ich geflüstert, «Maunzli, ich hab dich gern», und da schwänzelte es...

Ich verzichte auf eine kommerziell-gängige «Bekanntheit» mühelos. Ich lebe mich mit meinen Sinnbildhaftigkeiten, und ob das auf Resonanz stösst oder nicht, ist mir absolut egal. Und doch: In meinem kleinen Lebensumfeld, das ich nicht zu verwässern gedenke, geschieht viel, das heisst: Ich lebe einfach drauflos, und das ist herrlich. Es gibt gewiss wenige Menschen, die das Leben so lieben wie ich. Und auch jetzt, da die Verschattungen meiner Existenz bedrohend zugenommen haben: Ich lebe! Und singe rübezahlhaft auf meine Art davon, basta.

Lektüre: Henri Joseph du Laurens, "Mathieu oder Die Ausschweifungen des menschlichen Geistes"

Ach ja, die Solothurner Literaturtage! Wo liegt Solothurn? am Jangtsekiang? am Nil? im Kaukasus? bei Wandersleben? bei Miranda do Corco? in Osttimor? Ach, sapperlotnochmals, ein Adolf Muschg sieht schon richtig, wenn er meint, das einzige, was ein Schriftsteller heute gegen die Versimplifizierungen, gegen die Verflachung des Denkens, gegen das Genormt-Geklonte tun kann, ist, hochartifizielle, komplexe Texte zu schreiben ... Das binäre Denken rund um den Computer verdummt; die ganze «Intelligenz» des elektronischen Grossrechners besteht aus den Zahlen 0 und 1, und wenn eine dritte

Möglichkeit dazukommt, versagt sie, voilà. Das ist im Grunde lapidar, ja sogar erbärmlich. Die Kunst fokussiert die Totale, die grösstmögliche Komplexität. Mein ganzes Wesen ist heliotrop, d. h. von der Sonne, vom Licht angezogen. Du kennst, lieber Ludwig, meine Affinität zur Balance von Hell und Dunkel, zum Leichten und Schweren, meine Liebe zur Coincidentia oppositorum (ich rede immer wieder davon). Ich liebe das Dämonisch-Groteske eines Friedrich Dürrenmatt oder Edgar Allen Poe eher als die trockenen und biedern Belehrungen eines Max Frisch ... Und aah: Was soll ich mit dem apodiktischen Imperativ der gängigen Literaten- und Kritikerzunft anfangen, dass alles gesellschaftsrelevant, politisch sein müsse: Da muss ich kräftig lachen! Ich suche Identität nur in der Komplexität und in den Widersprüchen, die sich im Fragment dem Ganzen annähern. Der Strukturprozess in der Evolution findet von relativ einfachen Gebilden in den verschiedensten entgegengesetzten Richtungen zu immer komplizierteren Formen – zu einer höhern Ordnung in einer Kohärenz, die den menschlichen Atem verschlägt. Und müsste die Literatur nicht auch davon reden? die gesamte Kunst davon handeln? komponieren? bildhauern? malen? Gott allein ist selbstsubsistent, durch sich selbst existierend – und ist dies nicht auch die Kunst: aus sich selbst in sich selbst hinein existierend?? Vielleicht tönt dies etwas elitär, doch ich denke in etwa schon so. Was den Menschen vom Wildschwein unterscheidet, ist die Kunst, das Violinkonzert. Wer erblödete sich, Marc Chagall oder Hölderlin oder Mozart oder Rodin oder Rilke vorzuwerfen, dass bei ihnen das Politische fehlt? Gewiss, es darf ruhig eine gesellschaftsrelevante Literatur geben, doch zu postulieren, dass alle Literatur heute «politisch» sein müsse, ist Schwachsinn per se. So gesehen taugt für mich die Schweizer Literatur nicht viel – und seine Kritiker noch weniger. Zudem denke ich, dass es gar keine Schweizer Literatur gibt. Die Dichtung ist gesamtmenschheitsbezogen, oder sie ist nicht. Wo ist in der Schweiz heute ein derart grosser Lyriker, wie es der spanische Lyriker Vicente Aleixandre war? Und wo ist in der Schweiz ein Roman in der Grösse von Clemens Brentanos «Godwi» oder wie Baltasar Gracians «Das Kritikon»? – Nur blamable Dürftigkeit! Und wenn sogar ein Spitzenpolitiker, Bundesrat Moritz Leuenberger, wie ein lächerlicher Pfau seine blassen Ironien zum Besten geben kann, dann hat die Literatur völlig abgedankt – so wie in Solothurn. Nee, nichts für mich. Das hat in meinen Augen nichts mit Literatur zu tun, sondern ist kapriziöser Unsinn, letztlich stinkender, geiler Mist. Man nenne Leuenberger doch so, was er ist: ein Dummkopf, eine schäbige verfaulende Mohrrübe, ein schädlicher Schimmelpilz! Doch nein, in Solothurn tanzte man um ihn: widerlich. Ich wollte ihm keine zwei Minuten zuhören, dafür ist meine Lebenszeit zu schade. – Kein Kritiker hatte den Mumm, derart offen zu reden, und damit disqualifizieren sich alle (erneut). Schrumpelgemüse bleibt Schrumpelgemüse, basta. Wahrheit ist immer sinfonisch. Ich verabscheue das Eindimensionale, so wie es derzeit in der «Schweizer Literatur» dominant ist, mich interessiert nur das unendlich-dimensionale Erleben, das myriadenhafte Wahrnehmen des Seins, die Zetrümmerung eines Strukturzusammenhangs, offen auf die Summa eines urunverwechselbaren Abbildens einer labyrinthischen Gegenwart, die eigene Zeichen, Harmonien, Dissonanzen schafft: Das ist für mich Kunst. Die Vernunft kann nicht anders, als sich in Antinomien, Widersprüche zu verwickeln. Was liest man davon? Geschichtchen von Opas und Tanten und Dreiecksbeziehungen. Es ginge in der Literatur ums Leben mit seinen artenvielfältigen Formen, um die Selbstgestaltungen in Lust und Verzweiflung, um das Vergängliche in der Transzendenz. Eine Cumuluswolke muss sich auch nicht rechtfertigen, so wenig wie ein Ruderfusskrebs (Kieferfüsser), wenn er seine Eier legt ... Ein Künstler schafft

ein Universum, gestaltet das Kleinste in der gegenüber-
stellenden Ekstase zum Grössten im mystischen Einssein
mit allem und im zerquälten Ungenügen seiner Natur – –
– ha, was plappere ich da? Und es ginge um die ge-
fährdete Schönheit. Die Begriffe einer gesellschaftszeit-
bedingten «Sittlichkeit» taugen zu nichts im Vergleich zu
einer Ästhetik des Menschen, die immer wieder neu gefunden werden müsste in Annäherungen und auf Umwe-
gen des konkreten Daseins, in den Schicksalsgeworfen-
heiten des Individuums. Man komme mir also nicht mit
Gute-Nacht-Geschichtchen. Das Leben ist abenteuerlicher und im Grunde genommen ganz anders, nämlich
x-tausendfach verwirrter, komplizierter, komplexer,
vielschichtiger. Schönheit ergibt sich nur aus der Immanenz eines Seins, alles andere ist Tapete, Operette,
nicht der Rede wert. (Und da käme noch das Problem des
Bösen hinzu. Undundund.) Ach, lieber Ludwig, ich
könnte noch lange «so» weiterfahren, denn ich denke halt
gern (auf meine Art – auf meine Unart?).

Du hast mich wiederum, lieber Ludwig, reich beschenkt,
mit den ausgeliehenen Büchern. Ich ahne, dass sie mir
herrlich durchgeistigte Nachtstunden schenken werden.
Du weisst in etwa von meinen Widerständen gegen die
esoterisch-gnostische Geheimwissenschaftslehre eines
Rudolf Steiner ... Doch ich freue mich, vertieftes Ken-
nenlernen vor mir zu haben. – Ich bin schon ganz pri-
ckelnd erregt, Sri Aurobindos «Göttliches Leben» für die
Sommernächte bei mir zu haben ... –

Kennst Du Max Picard?

Du, im Juli habe ich drei (oder vier) Wochen Ferien, ich
werde in meiner Eremitei bleiben; doch ein klein wenig
etwas «Unterhaltsames» möchte ich doch noch erleben,
Motorboot fahren auf dem Bodensee, ein gutes Essen in
einem Gartenrestaurant, Seenachtfest, Gartenfest
(Geburtstagsparty von mir), New Orleans Jazz Festival in

St. Gallen, eine CD, ein Buch, Porto für einen Hamburger Schriftsteller, mit dem ich korrespondiere (er bewundert mich), Geburtstagsgeschenk für meine Schwester, notwendige Sommerkleider und/oder so. Könntest Du mir ein kleines Darlehen von 600 Franken geben (vertraglich geregelt), denn meine jetzige finanzielle Schraubenzwinge erlaubt mir keinen einzigen Sprung...

Ich will in den nächsten Wochen extra für Dich, Ludwig, ein Exemplar meiner Liebesgedichte «Auf deinen Fingerbeeren tanzt das Weltall» ringheften lassen, meine Gedichte aus den Jahren 1995 bis 2007. Meine neusten Gedichte, ab 2008, will ich in meinen Ferien sammeln – unter dem (vorläufigen) Titel «Ein Punkt im Nichts». On verra.

Du, ich habe vorgestern Nacht Deinen Lyrikband «Gesang des Schweigens» zu Ende gelesen und gestern Nacht in einem einzigen Zug Deine hundert Seiten Liebesbriefe. Sie haben ein wunderbar-einmaliges Melos, das mitreisst. Du musst sie unbedingt publizieren! Sie nehmen eine geistige Höhe ein, die unvergleichbar ist. Es hat etwas «Heiliges» in diesen Briefen. Frederica, Karin, fragt Dich einmal, wer Du, Ludwig, eigentlich seiest, da so wenig «Konkretes» aus Deinem Leben mitgeteilt wird; das ist schon etwas Merkwürdiges (und das ist keine Kritik!). Du «schwebst» gleichsam auf einer Liebesseinshöhe – weit über allem Irdischen. Das ist das Wunder dieser Briefe. Manchmal dachte ich, die Liebesbeteuerungen dürften noch etwas individueller ins Bild gefasst sein (da sie vereinzelt in längst bekannten Liebesbildern daherkommen, anstatt urunverwechselbar gestaltet; – doch das ist bloss meine kleine Optik und, wie gesagt, keine Kritik). Gewiss ist: Diese Liebesbriefe haben mich begeistert, mitgerissen – und bereichert.

Und noch so vieles habe ich von Dir geschenkt bekommen: «Glückselig im Sein» will ich demnächst feiern, und auch Deine Tondokumente harren noch der Entdeckung. Ich bin glücklich, Ludwig, dass ich all das von Dir geschenkt bekommen habe. Es sind für mich neue Seinserfahrungen. Ach, hätte man doch zehn Leben! (um das zu lesen, was man möchte – ich bin zurzeit lustvoll verstrickt in Heinrich Manns Romane).

Du, nimm bitte diesen Brief einfach als das, was er ist, eine lockere, assoziative Emanation, ohne jede Wichtigkeit, ohne jede letztendliche Gültigkeit – eben als Brief. Du bist ein wunderbarer Mensch und eben gottseidank keine Goldwaage. Zu vieles habe ich im Umkreis meiner Gedanken nicht gesagt, nicht sagen können oder schlecht gesagt. Doch unsere schöne Beziehung geht weiter, das ist mir ein grosses Glück, dafür bin ich sehr, sehr dankbar.

Ich wünsche Dir eine flockenleichte Zeit.

Lektüre: Erich Neumann, "Ursprungsgeschichte des Bewusstseins"

Lutzenberg, 2.9.08

Lieber Ludwig

die letzten Wochen, ja Monate waren die schlimmsten meines Lebens; es war meine qualvollste Zeit, weitgehend bedingt durch die pekuinären Unmöglichkeiten ... Mein Hausverkauf und die neue Mietsituation werden wohl meine Lage wesentlich verbessern. Ich sitze jetzt buchstäblich umgeben von Schachteltürmen, meine Tausende von Büchern müssen verpackt werden. Es ist eine herkulische Arbeit ... Zudem habe ich viele Originalbilder von Malern: hoffentlich kommen diese von Lutzenberg unbeschädigt am neuen Destinationsort in

Staad an. Ich freue mich einerseits riesig auf die neue Wohnung, doch sie könnte tückisch sein: Die Vermieter im gleichen Haus sind Superbünzli, hundertprozentige Spiesser. Na, in der Regel treffe ich den richtigen einfühlsamen Tonfall (fast) immer ((sofern ich will)). Warten wir ab. Zudem liegt die Wohnung an einer viel befahrenen Hauptstrasse, den Lärm unterschätze ich gewiss. Ich habe im dritten Stock eine Dreizimmerwohnung (70 Quadratmeter) mit Cheminée, im zweiten Stock kann ich die Terrasse direkt zum See mitbenützen (die Hälfte, ca. 30 Quadratmeter). Da es eine Dachwohnung mit viel abgeschrägten Decken ist, habe ich eher wenig Wände für die Bücher. Wie sich das konkret entwickelt, weiss ich noch nicht. Ferner: Die Situation für mein geliebtes Kätzchen Maunzli ist nicht gut. Ich befürchte, dass sie sterben wird ... (das würde mein Leben bis zum Ende belasten, beschatten). Einerseits freue ich mich auf die Änderung, gleichzeitig würgt sie mich.

Seit Monaten habe ich keine Gedichte, keine Sätze mehr geschrieben. Ich bin elementar verschüttet. Werde ich mich "freischaffen" können?

Ich werde mein Leben wiederum derart gestalten, dass ich mit meinem Geld durchkomme, doch Sinn stiftend sind diese Lumpen gewiss nicht. Ich las in den letzten Nächten fast zweitausend Seiten von Heinrich Mann über den König Henri Quatre, was für mich eine ganz intensive schöne Bereicherung war. Meine Erlebnisse mit der Liebe sind zurzeit auch eher angstbeladen oder schlicht gescheitert – doch ohne Liebe kann ich nicht leben. Von diesem ganz persönlichen Kapitel meines Lebens weiss kaum ein Mensch, na, ist ja auch meine Sache. Ich hoffe, dass ich "am Bodensee" auch in dieser Beziehung wiederum positiven Schwung bekomme.

Ich werde jetzt zehn Exemplare meines Lyrikbandes "Auf deinen Fingerbeeren tanzt das Weltall" ringheften lassen – als Versuch, dass sie nicht untergegangen sein werden, wenn ich einmal nicht mehr bin.

Im Grunde genommen ist es eine entsetzliche Qual, in dieser von Kriegen und Armut verseuchten Menschheit leben zu müssen. Man kann wohl positiv philosophieren, was aber immer ein Luxusprodukt der Privilegierten ist (und mit dem Leben, wie es effektiv ist, nichts zu tun hat).

Nun beginne ich mit der Lektüre von Doris Lessings monumentalem Roman "Die viertorige Stadt"; Doris Lessing ist ein überragendes Genie, ihre leidenschaftlichen, sinnlichen Allegorien von Werden und Vergehen der Menschheit nimmt einem den Atem.

Religionsphilosophisches mag ich zurzeit eher nicht, ist es doch zusehr schönfärberisch bei den Haaren herbeigezogen, da hilft kein anderes Argument.

Nun, die Erde dreht sich in diesem tödlichen Kosmos, wie ein tanzender Derwisch, in Ekstase und Ernüchterung. In diesen Polen verbleibe ich.

Nochmals – und gewiss immer –: Ich danke Dir, liebster Ludwig, für Deine Hilfe der letzten Monate. Ohne Deine Hilfe hätte ich nicht überleben können. Und kein Biograf hätte sich bei meinem Ableben bemüht.

Ganz herzlich, Dein Paul

P.S.: Am 15. September kann ich die Schlüssel meiner neuen Wohnung holen, am 23. September zügle ich. Meine neue Adresse: Hauptstrasse 63, 9422 Staad.

Lieber Ludwig

Soeben habe ich den Computer und den Drucker in der neuen Wohnung installiert (ein musealer Mac mit iks vielen Kabeln); langsam beginnt`s in meiner neuen Wohnung «menschlich» zu werden (obwohl noch ca. 50 Bücherkisten unausgepackt herumstehen); und mit dem Licht ist auch noch nicht alles top, und in der Küche habe ich immer noch kein Tischchen. Egal, ich höre schon längst Opern, rauche meine salamanderroten Pfeifen, trinke einen Tropfen Weisswein – und schrieb bereits die dritte Brosmete in meinen neuen Gemächern am Bodenseeufer ... Morgen habe ich Besuch (Olivarius mit seiner Freundin), dann gibt`s Fondue und anschliessend setzen wir uns ans Cheminéefeuer.

Es ist vielleicht eine lustige Sache, Du, doch mit zunehmendem Alter werde ich geistig jünger und jünger. Ich lache mehr und mehr auf all die vielen gravitätischen Weisheitslehrer, die nichts als ihre persönliche Spintisiererei ins Allgemeine zu erheben wünschen. Ich lehne das Allgemeine längst ab, bin obsessiv dem Individuellen verschworen, was, ich sag`s verschmitzt, eine total echte künstlerische Position ist. Ich kann mit den Gefolgsleuten einer jeden beliebigen Doktrin nichts anfangen, dünkt mich auch geistig tot, gewiss sind die Äusserungen der Funktionäre der Parteien, der Religionen im Grunde genommen widernatürlich, da NATUR immer auch Verschwendung, Ekstase, Raub, Mord, Lust, Brandopfer, Prostitution, Askese, Fieber der Wüste, versöhnende Mythen, Widerruf, Umarmung, Gift, Balsam, keuchende Abdrift, versengende Landschaften, Weigerung, Zustimmung, flammende Augenblicke, Nacktheit, Fruchtbarkeit, Geschlechtlichkeit, Orgasmus, unendliche Wahrnehmungsfülle und noch vieles mehr ist – aber niemals Systemerfüllung, Moralgebote, Gesetzestreue eines iks beliebigen göttlichen Molochs sein kann. Die menschliche Freiheit findet sich nicht bei den Heloten der Macht, bei den Idioten der Traditionalisten, in der Engstirnigkeit der Beamten. Die Freiheit des Geistes wurzelt in der Sinnenhaftigkeit, in der sinnlichen Welterkenntnis, anderes finde ich Stuss. Beim neuen Literaturnobelpreisträger Jean-Marie Gustave Le Clézio («in der sinnlichen Ekstase», wie die Nobelpreis-Jury bekannt gab) ist eine tief verwurzelte Menschlichkeit in der globalen Offenheit zu finden. Was lebt, ist immer mit Lust und Leid verbunden, also sinnlich (und existenziell) erfahrbar. Abstracta sind Maschinen, Roboter – in der Evolution nicht der Rede wert, im Regenbogen vom Nichts zur Seinsfülle bedeutungslos. Die Unendlichkeiten offenbaren sich nur im Ich. Religionsstifter und selbsternannte Weisheitslehrer irren, sind mir lächerlich, wenn sie die Sinne überwinden wollen. Das sage ich, der kleine Paul Gisi, ungeniert. Die grössten Künstler der Menschheit haben (fast) alle das Sinnliche gefeiert und gestaltet. Je grösser und tiefer sich der Mensch ins kosmische Sein erhebt, desto dankbarer nimmt er die Sinnenhaftigkeit mit all ihren Wundern an. Die menschliche Erdhaftigkeit und Sinnlichkeit überwinden zu wollen, ist monströs (und unmenschlich). Ich glaube niemals, dass dies ein Gott wünscht. Es gilt doch zutiefst noch menschlicher zu werden, verbunden mit dem Sein, das bedeutet keine partielle Abtötung der menschlichen Befindlichkleit. – Schauen wir uns in der Geistesgeschichte um, da wimmelt es von Scharlatanen und hohlköpfigen Pseudoeiferern, die uns vernebeln wollen. Da hohnlache ich natürlich! Der echte Künstler feiert, gestaltet das Leben, wie es ist – auch mit seiner unendlichen Qual – in seiner erschreckenden Dürftigkeit und jähen Zeitlichkeit – und tröstet sich niemals mit Philosophemen, die bloss Künstlichkeit, Kitsch sind. Doch ich weiss, sich da durch diesen Dschungel zu schlagen, ist Herkulesarbeit.

Das Denken der Menschheit hat noch kaum begonnen, gewiss ist aber, dass Belehrungen immer dumm sind, niemals weiterhelfen, im Gegenteil eher retardierendes Element, Sand im Getriebe der geistigen Evolution sind. Eine grosse Erfindung Gottes ist das Ich mit seiner Sinnenhaftigkeit, seiner Sinnlichkeit – in der Gegenüberstellung zu den Galaxien, zum Sand, zu den Meerwellen, zum Flussgeschiebe, zu den Sternen, zu den Wolken usw. Ich denke, dass es wesentlich, wesenhaft gilt, unsere Menschlichkeit im unendlichen Ich zu finden – denn nur das Ich ist verbunden mit dem All (dem All-Einen). Wer anderes sagt, ist in meinen Augen als Künstler nicht ernst zu nehmen, der streut nur gesellschaftlichen, spiessigen Sand in die Augen ... (das habe ich längst durchschaut). Beten wir die Flamme des Seins an, diese können nur in der Sinnlichkeit des einzelnen Menschen, im Ich erfahren werden. Ich weiss, mit dieser Ansicht stehe ich weit allein in der Geschichte da, macht aber nichts. Mich beeindruckt nur, was andere Menschen sagen, wenn`s aus einer ganzheitlichen, urbewussten, urerfahrenen Menschlichkeit, die sich selbst bejaht, kommt, und nicht jämmerlich versucht zu kastrieren. Der Mensch ist nicht Geist allein, soll er auch in Zukunft nicht werden, sondern er ist ein fragiles Wunder, das nur lebt, wenn seine (Wahrnehmungs-)*Sinne* intakt sind. (Und diese gilt es zu erweitern.) Bewusstsein lässt sich für den Menschen nicht trennen von seiner ganzen Geworfenheit (um etwas sartresche Terminologie zu zimbeln). Bewusstsein ist höchstens die Spitze des Eisbergs (das sagten schon die grossen Seelenforscher vor hundert Jahren). Der Mensch ist von den Sinnen wesenhaft determiniert, wird von ihnen in den Strömen des Weltalls getrieben. Als ich, lieber Ludwig, Deine «Brosmete» las, die so beginnt; «Willst du dein wahres Ich erfahren, lass alles Sinnliche behutsam hinter dir ... »_ erschrak ich etwas. Das Ziel, ein makelloses Wesen ohne Körper (wie Du weiterschreibst) zu werden, ist für mich falsch. Da

75

denke ich eben anders. Der Künstler befasst sich mit den Kettenreaktionen der Assoziationen, Erinnerungen, Erlebnissen im sinnlich-erotischen Jetzt, wo sich die philosophischen (und ethnologischen) Wahrnehmungen der einzelnen Menschen, ausschweifend und beherrscht, in der Zerstäubung des Zusammenhangs, im Sichfinden und im Abschiednehmen, mit ihren Schicksalen verzahnen, kaleidoskopartig in der Brechung des Ichs. Ich denke schon (und ich meine das nicht negativ!), dass Du ein grosser esoterischer Seinsdenker bist, leider etwas auf Kosten des pulsierenden Künstlers. Der echte Künstler deklariert keine Weisheiten (denn diese gibt es immer nur auf Widerruf in der Evolution), sondern er stellt den Menschen dar, wie er *ist*, mit all seinen Begrenzungen, Erbärmlichkeiten und Wunderseligkeiten. Da gestaltet sich Kunst, da singt das Dasein. Das andere ist Religion, System, Doktrin, Glaube – auch Utopie, Hoffnung. Wir müssen uns nicht «entsinnlichen», um Mensch der Zukunft zu werden, der im grössern Sein aufgeht; wir müssen noch ekstatischer Mensch werden, noch sinnlicher, um mit dem Sein der Zukunft zu partizipieren. Nur in der Vollendung des Ichs (das das Unermessliche ist), findet sich das grössere Sein. Bejahen wir die sinnenberauschte Menschlichkeit, die es ermöglicht, auf der Stufenleiter des Seins ins Kosmische aufzuklettern. Anderes ist Illusion. Und sogar Unmenschlichkeit, Folter, Masochismus, Irreführung in eine Sackgasse ... Erkenntnis ist nur im Dasein möglich, und das Dasein des Menschen besteht zum kleinern Teil aus Geist, wesentlicher ist das Sinnliche (ja sogar mit seiner Sexualität). Und jenen «Weisheitslehrer», der weiszumachen versucht, dass der Mensch sich in den Sinnen abtöten muss, lehne ich radikal ab.

Lieber Ludwig, das sind halt so meine kleine Gedanken, Überzeugungen, und ich bin mir bewusst, ich müsste diese in einem dicken Buch relativieren, besser: differenzieren, pointisieren. Doch dies hier ist nur ein spontaner Brief. Ich bleibe wohl immer sehr «jugendlich», das heisst, gesellschaftsrelevant gesetzte Ansichten sind und bleiben mir ein Gräuel. Dass Du berechtigt manche Gegenargumente liefern könntest, Du, das nehme ich an, ich habe hier nichts behauptet, sondern einfach etwas rikonozzottelt, was natürlich aber schon auf meiner Linie liegt. Was taugt eine Ansicht, die das Blut nicht in Wallung bringt? Ich denke mir, es geht nicht darum, die Materie zu verlassen, sondern die Materie, den Körper zu vergöttlichen. Dass der Geist da ein gewichtiges Wort mitzureden hat, ist mir klar. Doch ein Geist ohne Körper ist ein Gespenst, und damit befasse ich mich nicht, das langweilt mich (wäre auch tumb unkünstlerisch). Maunzli ist gerade in ihrem sinnlichen Wesen Laotse; verstehst Du mich noch, lieber Ludwig? Ich denke schon, denn ich habe kaum einen andern Menschen wie Dich kennen lernen dürfen, der so weit, so gütig ist. Du bist als esoterischer Seinsphilosoph der Menschheit ein paar Jahrhunderte voraus, und ich bin als kleiner Lyriker einfach sehr sinnlich zeitverhaftet (der aber die gängigen zeitdominanten Ansichten lächelnd ablehnt). Dass wir uns (irgendwie dennoch fast wesensverwandt) nahe und sympathisch sind, dagegen sprechen unsere verschiedenen Ansichten gewiss nicht. Ich respektiere die Polyvalenz anderer Ansichtsmöglichkeiten, solange auch ich respektiert werde.

Nun ist die Nacht tief vorgerückt, der Bodensee vor meinem Fenster (ich schaute gerade hinaus) schweigt geheimnisvoll, die Lichter vom andern Ufer (Lindau? ich weiss es nicht) funkeln zu mir herüber. Ich hoffe, ich werde in meinem neuen Tusculum noch manche Gedichte und Sätze finden – der erste Brief ging an Dich, Ludwig. Ich glaube, hier fand ich einen Genius loci, wo ich noch zum Besten meines dichterischen Wesens finden kann. (Jetzt schrieb ich, ich merke es, dreimal hintereinander "finden", Du siehst, Ludwig, ich suche ...)

Das Denken ist eine Lust des Daseins. Die Sinne zerstäuben den Zusammenhang (als ob`s das gäbe) – ich habe mich in der Formulierung wiederholt, ich weiss – die Kontinuität des Ichs singt in der Unendlichkeit (oder für die Unendlichkeit). Warum willst Du, Ludwig, die Sinne hinter Dir lassen, sie ausschalten? Je sinnlicher das grössere zukünftige Sein sich findet, desto gottnaher wird es sein, hm.

Ach, Ludwig, ich könnte noch lange auf diese Art rabaukeln, doch vielleicht ermüdet Dich das, nervt Dich gar, und das möchte ich nicht. Ich bin glücklich, dass ich Dir auf diese offene Art schreiben durfte, Du. – Nun esse ich noch griechische Oliven, Pommes chips und Asiago, milden spanischen Käse, bei einem Schluck Walliser Domherrenwein. Du siehst, ich liebe das Völkerverbindende (Maunzli bekommt noch Pouletgeschnetzeltes aus Ungarn.) Und das bei Bellinis Belcanto.

Schreib mir bitte wieder, schick mir Deine nächtlichen «Brosmete», ich tauche jeweils in Zustimmung und Ablehnung in sie (wie es auf intellektueller Basis nicht anders sein kann). Meine «Brosmete» sprechen Dich gottseidank auch nicht überall in Zustimmung an – was ich gut finde.

Du bist ein wunderbarer Mensch, lieber Ludwig, unsere Beziehung ist unvergleichlich toll.

Ganz herzlich grüsst Dein dankbarer Paul

Lektüre: Hans Henny Jahnn,
"Pastor Ephraim Magnus"

Lieber Ludwig,

mit diesem Wohnungswechsel ist noch viel mehr verbunden als nur ein Wohnnungs- und Ortswechsel. Ich liess z. B. alle vielzehntausend Briefe meines ganzen Lebens, teils von manchen international bekannten Künstlern und Wissenschaftern, entsorgen. Ich werde nun bald sechzig Jahre alt und buhle längst nicht mehr um Ruhm, um eitle Alfanzerei. Ich schreibe weiterhin meine Gedichte und Sätze, und ob diese gelesen werden, interessiert mich kein bisschen mehr. Ich habe keinen Marktwert, die Zeit interessiert sich nicht für mich, hélas, soll mir recht sein. Ich bin beileibe nicht verbittert, sondern fühle eine starke vergnügte Kraft in mir, die mir, wie seit vierzig Jahren, sanft beisteht, mich selbst zu werden, mich selbst zu sein. Wie unmündig sind doch jene Menschen, die erbärmlich glauben, dass das Ziel, die Erkenntnis eines andern Menschen auch ihr eigenes Ziel sein könne (müsse). Nur was selbst geschaut, erkannt wird, taugt etwas, bringt persönlich weiter. (Deshalb sind Ratschläge auch immer unnütz.) Dass meine vierzig- bis fünfzigtausend, meist vielseitigen Briefe auch untergehen werden, betrübt mich nicht; ich lebe im Augenblick, in der Vis-à-vis-Sekunde zum Kosmos. Wenn jemand sich erkühnte, meinem Leben, meinem Schreiben eine gewisse «Wichtigkeit» beizumessen, könnte er meine Briefe publizieren (sie gehörten zum Weltbesten, was es brieflich gibt); – doch auf diese Idee kommt unser Maschinenzeitalter nicht (und PCs sind auch nur blöde Maschinen). In der Geistesmentalität steckt Europa immer noch im neunzehnten Jahrhundert. Doch damit beschäftige ich mich nicht.

Lieber Ludwig,

ich höre Joseph Haydns «Stabat Mater», das Cheminéefeuer brutzelt, der grosse gelbe Mond hängt geheimnisvoll überm See, ich trinke einen kryptischen Cognac, qualme meine Pfeife – in meinem neuen Tusculum kann ich vraiment leben! Meine finanzielle Lage ist zum Guten eingefädelt …

Heute Nacht schrieb ich ein paar Gedichte ("Unter der Haut der Nacht"), die "dunkel" intoniert sind.

Die Sonne stürzt ins Erdreich
Weinstöcke im lavasteinigen Trichter
tanzen mit Langusten –
im durchwühlten Nabel ruht ein Gott

*

Über die Rundung der Lust
perlt das Nocturne –
Achatströme im Blut
wir finden uns
in der Umarmung des Orkus
im Traum der Schleiereule
sehr fern sehr nah
irgendwo in mir
küsst das All mein Schweigen
komm zu mir
wir verlieren uns zusammen

*

Unter der Haut der Nacht
pulsiert Schwermut
der Körper der Liebe
sucht
den Körper DU –

die Krustenechse
beisst unbarmherzig tödlich zu

ich fliege
ich fliehe
in deine Arme WÜSTE
in mir
denn es gibt keine Rettung

*

Seit Wochen lese ich in meinen langen Nächten Iwan Turgenjew: Was für ein herrlicher Koloss! Ich liebe seine hochsensible, äusserst sinnlich differenzierte Sprache, seine Charakterbeschreibungen, die sich in Lust und im Verzicht qualvoll entwickeln, er war ein dichterisches Genie. Als Lyriker bin ich wohl auch nicht allzuklein, doch das merkt niemand, ich gehe unter.

Zutiefst bin ich ein enthusiastischer Mensch, das heisst, (irgendwie) gottbegeistert, da ich mich vom Numinosen wesensmässig ergreifen lasse und Erhellung in meiner Endlichkeit erfahre, in der «Dreieinigkeit» von Religion, Kunst und Philosophie, teilnehmend am Seinsgrund des Wahren und Schönen. Diesen Weg beschritt ich schon immer – und gedenke, ihn bis zu meinem letzten Atemzug weiter zu beschreiten. Und wenn die Zeitumstände mich vollends zur Strecke bringen werden, bin ich eben existenziell gescheitert. Ich bemühe mich extrem, ein "normales" Leben zu führen, leiste den Tribut an meine Verfehlungen, meine inkommensurable Schwäche – doch bis wann? Und ich werde offensichtlich von den Belangen der «Normalität» überfahren – derweilen ich einfach meine Gedichte schreiben will (ich bin seit Monaten total verschüttet).

In der Prosa hätte ich noch vieles zu leisten, doch der Fortsetzungsband der «Nachtwucherungen» gelingt mir wohl niemals mehr, ich habe die Kraft, den Atem dafür nicht mehr. Die Fragmente versinken in den Fluten des kleinen individuellen Seins.

Nelly Sachs war zeitbedingt schmerzzerrissen dunkel – wie auch Paul Celan, der Selbstmord machte, sich in die Seine stürzte. Es kann sein, dass die barmherzigen Fluten der Seine auch mich einmal aufnehmen. Ich denke mehr und mehr daran. Einstmalen lebte ich oft und leidenschaftlich gern in Südfrankreich, doch seit über zwanzig Jahren konnte ich keine «Ferien» mehr machen, lebte zwangsweise immer nur in der Schweiz – einem letztlich gesehen doch grausamen geistlosen, unkünstlerischen Kleinstaat. Die Horizonte gehen hier nicht über Haben und Soll hinaus. Hier zählen nur Abgestumpftheit, Klischees, Banalitäten, Geistlosigkeiten, versteinerte Traditionen. Wer lebt, wer leben will, wird durchs unmenschliche System ermordet. Wer zahlt, ist reputierlich. Wer Zahlungsschwierigkeiten hat, wird gnadenlos vernichtet. Das ist leider eine soziologisch-politische Gnadenlosigkeit unseres Leistungssystems. Nun, ich bin gewillt, aus meinem Schlamassel zu finden, doch mit diesen Zahlungsforderungen kann ich es unmöglich. Ich bin bloss ein kleiner Korrektor und ein Lyriker ohne Erfolg. Auf dem kann man doch herumtrampeln, bis dass seine Knochen knacken. Milliardenverluste werden vom Staat abgefangen, doch ein paar Hunderter werden mit Gefängnis gebüsst, so ist der Staat.

Es gibt die Sozialethik, es gibt die Individualethik, es gibt die Seinsethik, mir schwirbelt der Kopf. Ich verstehe viel, ich verstehe nichts, beides.

In dieser Nacht könnte ich noch von vielem philosophieren, doch ich mag nicht mehr. Ich fühle mich am Ende. Wie liebte ich doch die sinnenberauschte Auferstehung, doch ich weiss nicht mehr, ob sie mir vergönnt sein wird.

Ich danke Dir, Du, dass Du bis dahin gelesen hast, denn ich weiss, Du lebst in höhern Sphären.

Nimm mich zum gesagten Wort. Herzlichst grüsst Dein Paul

Lektüre: Blaise Cendrars, "Moravagine"

Lieber Ludwig,

ach, Du hast mir zwei derart gute Briefe gesandt, dass ich ganz glücklich bin! Deine inspirierte Leseprobe aus dem Buch «Universensein» werde ich an den Weihnachtstagen in meinem Tusculum lesen, ich freue mich riesig.

Ich darf bescheiden sagen, dass ich ein umgänglicher Typ bin; die Beziehung mit meinem Nachbarn unter mir, im zweiten Stock, entwickelt sich als hochproblematisch. Bis jetzt hatte ich in meinem ganzen Leben niemals Probleme mit Mitmietern, ich weiss mich anzupassen. Doch er beschwerte sich bereits, er ist Säufer, ca. zwischen 65 und 70 Jahren – dass ich nachts Lärm mache, wenn ich nachts mit dem Auto ankomme oder fortfahre. Dann und wann ist mein Freund Marcel bei mir, und ich fahre ihn nach Rorschach nach Hause. Ich sagte meinem Nachbarn (unter mir), dass ich das nicht ändern kann und werde, auch wenn es mir Leid tue (er schläft bei offenem Fenster über meiner Garage); ich habe das unbezweifelbare Recht, von der Wohnung wegzufahren oder anzukommen, wann ich will.

Nach einem knappen Jahr, wo ich mein geliebtes Kätzchen Maunzli eingeschlossen hatte, liess ich es seit zwei, drei Tagen manchmal auf die Terrasse, was ihr offensichtlich gut tat. Heute Nacht rief ich von meinem Fenster aus zwei-, dreimal nach Maunzli, und da brüllte der Nachbar «Ruhe», es war zwanzig Minuten nach neun Uhr (abends). Ich erwiderte nichts – doch ich bin nicht gewillt, dies kommentarlos einzustecken, niemals!!! Ich lebe nicht in einem Altersheim! Ich werde ihn stellen! Im Leben mit andern Menschen bin ich sehr scheu und konziliant – doch wenn ich mich ungerecht behandelt fühle, werde ich unmissverständlich kontern! Ach, dieses Haus ist extrem ringhörig, ich höre seinen Fernseher, höre ihn deutlich mit seiner Posaunenstimme sprechen, wenn er, dieser bald siebzigjährige Mann, «Mami» schreit, er lebt mit seiner alten, 92-jährigen Mutter zusammen. All das stecke ich mühelos, ergeben ein, doch wenn ich «Maunzli» rufe, akzeptiere ich um 21.20 Uhr keine erbosten Schreie! Ich werde mich noch in dieser Woche bei den Vermietern, den Hausbesitzern beschweren. All das verbraucht Substanz, Nerven; manchmal zittere ich buchstäblich. Doch in diesen Dingen werde ich niemals klein beigeben, basta! Ich versuche, auch finanziell über die erschwerten Runden zu kommen: Heute kam die Zahnarztrechnung von Fr. 910.80 – wie bezahlen? Ich bin erschreckt ratlos, ich weiss nicht mehr ein und aus. Manchmal denke ich mir, dass Nicht-mehr-leben-müssen besser wäre als Lebenzu-müssen ... In diesem Monat nahm ich Fr. 450.- mehr ein als sonst (Zeitungsartikel in der App. Zeitung und Gedicht im App. Magazin), doch die Rechnungen saugen mehr als das auf.

Lieber Ludwig, ich wollte Dir einen «weihnächtlichen» Brief schreiben, – doch ich bin kein Christ; zudem mache ich diesen gesellschafts-schwachsinnigen Kauforgien-rausch nicht mit!

Im Frühling/Sommer will – und werde! – ich dann und wann mit Freunden und Freundinnen auf meiner Terrasse mit Radiomusik sanft und rücksichtsvoll festen, und dann kann mit der schreiende, pöbelhafte, bieralkoholisierte Mitmieter den Buckel runter-rutschen und ich werde ihm raten, auf den Friedhof zu gehen. Hier ist es sowieso sehr, sehr laut an der Hauptstrasse, bei (Garten-)Restaurants in der Nachbarschaft – und da lasse ich mir nichts kom-mandieren.

Lieber Ludwig, ich möchte Dir – als existenziellen Dank – Carl Jakob Burckhardts Trouvaille "Ein Vormittag beim Buchhändler" schenken.

8. Febr. 09

Lieber Ludwig,

ich rauche jetzt meine salamanderfarbene Pfeife, trinke ein zungenkräuselndes Rotweinchen, höre Bellinis Me-lodramma «La Sonnambula». Die Lust zu denken ist bei mir seit Jahrzehnten da, die Welt in ihren milliarden-fachen Mannigfaltigkeiten zu erkennen, in den unendlich möglichen Wesensvergegenwärtigungen (individuell) wahrzunehmen. Die mikroskopisch zerfallene Welt, die Atomisierung des Seins kann durchaus als Einheit eines

«Urteils», besser: als unmittelbar sinnliche Abbildung
einer kosmischen Allgesamtheit, eines grenzenlosen
Ganzen aufgefasst werden. Ja, ich denke – weitab von
den gängigen Gesellschaftsstrassen – meine Welten, versuche sie zu durchleben, versuche, neue Welten
(Weltinnenräume) in meiner Lyrik zu schaffen. Und das
gewiss seit über vierzig Jahren. «Unbeirrbar» würde ich
das nicht nennen (wie mir letzthin der Philosoph Raffaele
F. Schacher, der mir vor ein paar Tagen telefonierte und
ein paar Bücher von mir bestellte), denn ich habe stets
allergrösste Zweifel und Unsicherheiten in den Laby-
rinthen des Geistes, in den Einbrüchen des «Ewigen», in
der Coincidentia oppositorum, in den grossen Atemwel-
len der verschiedenen Völker in ganz verschiedenen
Zeiten – mit all ihren Denk- und Glaubensgewohnheiten.
Überzeugungen mag ich nicht, denn, so meine ich, sie
sind Hindernisse, Bremsklötze, Verhinderungen der Freiheit. Erst mit dem Zweifel beginnt`s so richtig spannend
zu werden. Apeiron, ein zentraler Begriff der antiken Philosophie, was das Unbegrenzte meint, also der unbegrenzte Urgrund und Ursprung für alle endlichen Dinge /
in allen Dingen, mag ich sehr. (Die streng wissenschaft-
lichen, systematischen Bewältigungen eines Aristoteles
mag ich nicht, stehen sie dem eigentlichen wehenden Le-
bensatem nicht nahe ...) Nun, ich habe viele «Sätze»
geschrieben, in denen ich denkerisch (und biografisch)
ausufere, mich sammle, mich verliere – aber eben, es sind
Augenblicksnotate, Noten eines Feuers, Skurrilitäten,
Dummheiten, Lichtblitze, die ich niemals Aphorismen
nenne, denn ich will und kann nicht in Konkurrenz treten
mit Lichtenberg, E. M. Cioran usw. Ach, lieber Ludwig,
Du siehst, ich zwackle und zwickle wieder durch meine
Nächte, denkend, träumend ... – Verstehen, Erkennen hat
für mich viel mit Musik zu tun, mit Synästhesien, mit
Farben und Formen, mit Mystik und Sinnlichkeit. Jedes
Dogma ist mir ein Gräuel, jede Autorität lehne ich radikal
ab. Wir sind alle Wanderer in den Begebenheiten des

Seins, in den Prädikabilien der Lust und der Depression; es wäre keine gescheite Frage: Was ist "besser", in der Wüste zu pilgern, in den letzten Regenwäldern umherzuirren, in Korallenriffen zu tauchen, über Ozeane zu fahren, in den Stratosphären zu gondeln, durch Grossstädte zu rasen (usw.)? Panta rhei – immer noch! Der «Unterschied» von Natura naturans und natura naturata (Gott als Gesamtursache alles natürlich Werdenden im Gegensatz der erzeugten Natur, als der durch Gott gewordenen Natur, nachzulesen etwa bei Giordano Bruno) ist für mich, ich kann's nicht unterdrücken, eine Haarspalterei, chotzdonnersapperlotnochmals. Ich bin halt ein Rübezahl. Zudem: Jetzt käme die «Zumutung Gott» (denkerisch) ins Spiel, und da fühle ich mich schachmatt. Eine Ameise kann auch nichts über die Tiefenpsychologie der Menschen wissen; was wollen wir Würmlein Mensch über Gott wissen? Nicht einmal, ob es ihn gibt, ist uns zu erkennen vergönnt – oder man kommt von (irgendeinem) Glauben daher, und das finde ich nicht nur gefährlich, sondern meist dümmlich. Die tiefe Ehrfurcht vor der Schöpfung genügt mir. Die Naturphilosophie hat manche gescheite Sächelchen parat, und doch: auch diese sind sprachliche Konventionen, Abmachungen innerhalb von definierten Sprachspielregeln (Wittgenstein sagt dazu Tolles, doch der modert jetzt in meiner Garage...). – Nun, der alte, letztlich konservativ gebliebene Fontane würde im «Stechlin» dazu sagen: "Das ist ein weites Feld" ... (herrlich!)

Irgendwie mag ich den Panpsychismus, die Allbeseeltheits«lehre» (Spinoza, Schelling), dass ALLES beseelt ist – was in der Annahme einer unpersönlichen-überpersönlichen Weltseele als Bewegungsprinzip des ganzen Weltgeschehens gipfelt; ich liebe auch Teilhard de Chardin. Und das müsste doch, hm, in die situationsethische Reflexion und Inspiriertheit des Humanen münden. Doch wenn ich mich umschaue: Nichts als Operette, Talkshow, Entertainement! Das hat mich schon zum Weinen gebracht! Nun, ich bin, nochmals gesagt, niemals unbeirrbar meinem Weg gegangen, weiss eigentlich schon längst nicht mehr, was mein Weg sei; als letzte Hilfe ist es schon so, dass ich Gedichte schreiben möchte, wie es sie in den letzten fünftausend Jahren noch keine gab (einfach weil es mich noch nicht gab); ich misstraue allen Antworten abgrundtief – suche lediglich kosmische Entsprechungen, Irrlichter, Augenblicksaufhellungen, Apperzeptionen, also Erfassungen im Ich, die in der Ekstase verbunden sind mit existenzialphilosophischen Stimmigkeiten (in der Geworfenheit des Seins; Sartre) der Seele, mit den Tödlichkeiten und Entstehungsgrossbränden des Kosmos, im Rasen der Lust, in der Askese der Bescheidenheit, im mystischen Taumel à la Johannes vom Kreuz. Davon singt das echte Gedicht! Gewiss, es gibt gute gesellschaftsrelevante, politische Gedichte, doch ich lebe anderswo. Ich lebe in den Ganglien der weltallunendlichen Evidenzen, weine mit einem weinenden Kind, entwerfe in dieser Zeit zeitlose Gedichte wie Kathedralen, was da der modische, erfolgreiche zeitgenössische Künstler meint, interessiert mich nicht. Bei all diesen saisonal hochgejubelten Schriftsteller«grössen» muss ich lachen, denn bei diesen ist alles da – ausser Substanz und Sprache. In diesem Sinn bin ich schon etwas «unbelehrbar unberührbar», uff. Nun, ich bilde mir darauf keine grüne Bohne ein, ich lebe einfach im wackligen Versuch, mich selbst zu leben, meine Verlorenheiten im Gedicht aufzufinden. Es geht mir um das Abbild des grössern Bilds in mir.

In den letzten Jahren erfuhr ich viel Dunkles, erlitt ich finanziellen Schiffbruch, entgleise. Und mein Budget kommt einfach noch nicht zum Zug; ich humple zu vielen Zahlungsaufforderungen, Rechnungen, Steuern, Gebühren hintennach – zutiefst im Innern weiss ich, dass ich es kaum schaffe und eigentlich mein Leben beschliessen könnte. Brr, ich denke autosuggestiv leider nicht so positiv wie Du, lieber Ludwig. Selbst beim Benedictus von Schuberts As-Dur-Messe würgen mich meine Unfinanzen.

Ich erlebe meine Nächte meist als irrational, als ein Mahlstrom, der etwas anderes, Lebensbedrohenderes ist als das begrifflich-logische Denken (die alte Tante ratio), ich werde überflutet von den Kaskaden des «übermenschlichen» Begreifens, auch wenn es in der Endlichkeit erkennbar wäre. Auch wenn ich das syllogistisch Stoische liebe, mein Leben ist ungewisseren Mächten ausgeliefert ... auch in den Klauen des Alltags. Ich erlebte in den letzten Monaten massiv, dass Philosophie (die ich leidenschaftlich liebe) ein Kulturgüterluxus darstellt. In der Armut wird bald alles zur widerlichen, höhnischen Phrase, zur eitlen Predigt! Und das hasse ich bis zu meinem letzten Atemzug. Ich bin Lyriker, der vom Leben, vom ganzen Leben singen will – doch die Töne bleiben mir im Hals stecken! Und wenn ich gar keine Gedichte mehr schreiben kann, will ich meinem Leben Schluss setzen, denn dann bin ich`s nicht mehr.

Nun, in meinem Schreiben (sofern ich noch schreibe) werde ich niemals Konzessionen an den verflachten Zeitgeschmack machen. Ach, dieses Tohuwabohu! Dass ich mich als Narr fühle, macht mich fast wiederum etwas glücklich. Ich möchte mich mit zunehmendem Alter am liebsten nochmals zu ungeahnten Höhen der Spiritualität und der Sinnlichkeit erheben – in einem Liebeslebensrausch, doch es sieht so aus, als ob mir das nicht vergönnt sein würde. Es ginge mir um eine Doxologie, die aus den finstersten Qualen aufersteht.

Du, ich wünsche Dir auf Deinem Weg nur Gutes, herzlich grüssestens Paul

Lektüre:Peer Hultberg, "Requiem"

Lieber Ludwig

Du, Dein letztes gutes Mail-Schreiben riss mich aus meiner Depression, aus meiner Lethargie – machte mir riesigen Mut! Ich will wiederum vermehrt, vertiefter kämpfen, dass ich nicht untergehe; die (dämonischen) Unterströme wollten mich hinunterziehen; auch wenn die Geldangelegenheiten mich vernichten können, ha, es geht mir zutiefst ums Sein in mir, um die atemschöne, befreite, losgelöste Freiheit, die in mir musiziert. Das Geistsein fällt mir schwer, da ich sosehr dem Sinnlichen verfallen bin (und es auch gutheisse), doch ich weiss und spüre, es geht gleichzeitig um anderes: um was? Da weiss ich lange noch nicht so viel wie Du, lieber Ludwig. Doch ich fühle mich als Pilger, der, wenn auch mit wunden Füssen, weiterzugehen hat ... Und ich werde weitergehen, bin gewillt, weiterzugehen! Heute Nacht erlebte ich so etwas wie ein zages Anklopfen des Seins, was ich bestimmt Dir zu verdanken habe. Ich will zu "meiner" Doxologie vorstossen, denn wenn mich das labyrinthische Wahrnehmungsdunkel auch fasziniert, so weiss ich doch seit meinen ersten bewussten Jahren als Lyriker (so etwa mit siebzehn Jahren), dass das «Grössere», die Lichtfäden in mein Wesen hinein züngeln, um mich zum Grossbrand, zum Lob der Schöpfung zu entfachen. Dass der Glaube ans grosse Sein erst nach vielen Qualen und Verzweiflungen des Denkens und Erlebens erreicht werden kann, weisst Du ja auch, der grosse Seinsphilosoph Ludwig Weibel. Obwohl ich in diesem Jahr sechzig Jahre alt werde, fühle ich mich wie in der geistigen Pubertät ... Heute Nacht schrieb ich die ersten Gedichte in diesem Jahr, ich lege Dir etwas bei; sie sind wohl noch nicht formvollendet (leicht etwas zu statisch), doch ich will sie als Fragmente behalten. Irgendwie spüre ich, dass in mir noch Schätze, Tempel, Höhlen, Unterwasserwunder, Weltallharmonien zu finden sein werden

– diese möchte ich entdecken und davon im Prisma meines kleinen Seins singen. Ich glaube tief, dass alles Maya, Täuschung, Illusion ist, doch ich glaube auch, dass es eine indeterminable, inkommensurable Grösse – das Göttliche – gibt, die in uns Menschen singt und sprudelt und tanzt und lacht und west; dieses Wunder kommt aus dem Ursprung und mündet in den Ursprung – vollendet sich im gesamtmenschlichen Dasein, kulminiert in der Zeitenlosigkeit des Seins, in dem, was grösser ist, als wir sind, aber bereits in uns existenziell angelegt. Das Leben ist wie ein spritziger Lambrusco, man muss ihn nur trinken! Die ganze Materie, von dem ich als Lyriker singe, ist ganz mit höheren Möglichkeiten geladen – deshalb bin ich auch einem humanistischen Pantheismus nahe. Die ganze evolutionäre energetische Konvergenz nähert sich der universellen Einheit; die Anthropozentrik ist kein Ort, sondern Angelpunkt des Universums, eine Bewegung, hin auf das Selbst-Subsistente, was nur Gott sein kann. Alles ist immer nur ein BILD der Wahrnehmung, des Denkens, des Suchens, doch hinter den unendlich vielen Bildern strahlt das Göttliche durch in seiner (für uns Menschen) Bildlosigkeit, weil er das Sein IST. Davon zu reden vermögen alle Priester (Theologen, Schriftgelehrten) aller Religionen mehr schlecht als recht – dazu braucht es schon den Künstler! Ich sehe Dich, Ludwig, als philosophischen Künstler (ich wäre ein lyrischer Künstler). Die geistige Potenz der Materie kann nicht esoterisch sein, sondern ist ein Pulsschlag des bewegten, bewegenden Herzens in unermesslicher Subtilität. Ich glaube an die Unendlichkeit des Chaos, des Nichts, des Nichtseins. Die immanenten Daseinsformen sind unendlich – finden sich vollendet in der Fülle des Seins, im Atem Gottes. Die absolute Vielheit des Nichts existiert nicht, so einfach ist das. Jedes Bewusstsein ist eine Wolke des Nichtwissens, verändert sich in jedem Wind, nimmt zu, löst sich auf, es ist bloss eine Frage der Metaphysik. Und doch: Unser Bewusstsein ist auch ein

Sichannähern an die totale Komplexität, ein Herantasten an die grosse Wirklichkeit, die das Sein ist. Die Affinitäten der Materie, der Schöpfung suchen die Leidenschaften des Geistes im unermesslichen Netz der universellen Vielheit – was in den künstlerischen Inspirationen Ausdruck sucht. Als Lyriker singe ich von der Schönheit einer menschlichen Hand als (Teil-)Abbild Gottes. Die göttliche Kosmosheit kann niemals eine Geheimwissenschaft sein, sie offenbart sich in der Liebe, auch im Allerkleinsten seiner Werke. Unser ganzes Dasein ist Finalität, so denke ich.

Letzthin las ich eine Romanbiografie über Darwin (ist ja recht aktuell jetzt) von Irving Stone, «Der Schöpfung wunderbare Wege» – doch aus dem «Darwinismus» stahlt das Göttliche erst recht hervor, man muss nur lesen, interpretieren können. Charles Darwin schuf eine grossartige künstlerische Sichtweise auf dem Boden der Forschung des Lebens (ist fast so schön wie der biblische Schöpfungsbericht); er interpretierte das Sein im (biologischen) Werden – so wie van Gogh im impressionistischen Licht, Marc Chagall in der mystischen Trunkenheit, Joseph Haydn in der diaphanen Ergriffenheit seiner Messen. Wir erleiden alle Schiffbruch mit unsern Termini – ausser wir singen, tanzen ekstatisch.

Lieber Ludwig, ich danke Dir für alles; Du beschenkst mich existenziell mit Deinem Künstlersein, dadurch, wie Du gütig bist.

Ganz herzlich grüsst Dein kleinerer Bruder auf dem Weg zum Sein, Dein Paul

Auf die Oberfläche
aller Erscheinungen
male ich
die Vision der Illusionen

IN DEINER HAND
ich nehme nichts an
lehne nichts ab
ich verweile
in der Gegenwart in mir
und flüstere dir zu KOMM

   *

In dir musiziert
die Lust des Leichten
die Wahrnehmung der Atome
das Tanzen der Galaxien
Purpurarieneidechsen Wolfszahnnattern
Silberreiher Braune Witwen
Einzeller und Milchstrassen
die ganze Schöpfung
singt in mir
das Schweigen der Erde glüht wie tausend Sonnen
IN DIR

Lektüre: Anais Nin, "Unter einer Glasglocke"

Du liebst kultivierte Gespräche und Briefe, so wie Burckhardts Text über die Begegnung mit Rilke in Paris. Ja, ist
wunderbar! Dazu muss ich sagen: Das Kultiviertsein ist
eigentlich nur unter Reichen möglich. Burckhardt war su-
perreich, Rilke hat nie einen einzigen Tag in seinem
Leben in einem Angestelltenverhältnis gearbeitet, reiche
Damen servierten ihm alles; Rilkes Leben ging haar-
scharf am Snob vorbei. Gewiss, das tut seinem Werk an
sich keinen Abbruch, ich liebe ihn immer noch als einen
der allergrössten Lyriker in der deutschsprachigen Literatur. Doch wer kein Brot mehr hat, dem vergeht die Kul-
tiviertheit ...

Bei Rudolf Steiner mit all seiner «Geheimwissenschaft» wird es mir aber echt dégoutant, wenn er in seinen vier Vorbemerkungen seiner Geheimwissenschaft zu den verschiedenen Auflagen zwanzig Seiten braucht, um sich zu wehren, zu verteidigen gegen jene, die ihn nicht oder falsch verstehen. Das ist für mich elende Stümperei, Lächerlichkeit, ein religionsfanatischer Spiesser im Denken, der seine gestohlenen Pseudoweisheiten als elitär verkauft. Rudolf Steiner war bis über sein fünfzigstes Lebensjahr in homoerotischen Männerbünden, das heisst, er war stockschwul, wollte dies aber kaschieren. Nun, seine Sache, interessiert mich nicht im Geringsten. Schlimmer ist, dass er manche rassistische Äusserungen, die er nie dementiert hat, gegen die Neger von sich gab. Und seine Gesichtszüge strahlen auch keine harmonische Heiterkeit aus, sie sind irgendwie "entgleist". Zudem mag ich das Esoterische nicht, ich liebe das für alle Menschen Offenbare, das offenbare Geheimnis des Lebens, die Auffächerungen des Innern im Äussern und die Einfaltungen des Äussern im Innern (und dafür braucht es keine Geheimzirkel; gnostisches Raunen ist mir suspekt); ein Mensch, der in seiner Biografie Hochnäsigkeit aufweist, ist für mich disqualifiziert. Nun, lieber Ludwig, Du gewichtest, interpretierst natürlich alles versöhnlicher – es gehört zu Deinem Wesen, alles im besten Licht sehen zu wollen. Und dann denkst Du, dass alle, die noch nicht so denken wie Du, schon noch in diesem oder im nächsten Leben so denken werden wie Du. Nun, das ist Deine Freiheit, und für Dich und mit Deinen Seinsvorstellungen hast Du sicher recht. Doch das ist *eine* Wahrheit unter vielen andern ... Du bist überzeugt, dass alle auf diese/Deine Wahrheit einschwenken werden. Ich denke nicht schlecht davon, Du, – doch ich denke anders! Ich denke pluralistischer, multikultureller. Es gibt nicht nur den Nil – es gibt auch den Mississippi. Du denkst völlig autoritär eurozentrisch (als ob es eine alleingültige Wahrheit gäbe, so à la Papst ex cathedra). «Wahrheiten» sind immer mit den veränderbaren Spielgesetzen der Sprache verknüpft, und da gibt es Milliarden von Menschen, die anders denken. Wahrheit enthüllt sich in den Eigenschaften des Kleinsten und des Grössten, und das Grosse ist nicht gültiger als das Kleine (ich habe eine perspektivische Sicht). Und neben der «Wahrheit» des Denkens gibt es die »Wahrheiten» der Dichtung, der Malerei, der Musik, der Skulpturen, der Amöben, des Schweigens, der mythischen Götter der ganz verschiedenen Völker zu ganz verschiedenen Zeiten. Und dass alles aufs totale Sein, zum Punkt Omega hin sich entwickelt, glaube ich immer weniger. Das Zerfallende wird vermutlich stärker sein als das Einigende. Und in zwei Millionen Jahren wird die Menschheit bloss noch als Albtraum der Erde in Erinnerung sein. – Zu «Wahrheit» liesse sich herrlich eine Nacht lang zimbelnd nachdenken, doch ich mag nicht. Ich denke mir immer mehr, dass eine jede (abschliessende) Antwort auf das Leben eine Lüge ist – es gibt nur Fragen zum Leben.

Lieber Ludwig, ich denke sehr gut von Dir, zu Deinem Leben, zu Deinem Schreiben, denke aber auch, dass Du Dich mehr und mehr in hymnischer Seinsekstase befindest und frage mich bang: was hat das mit dem Leben noch zu tun? Deine nächtlichen seinstrunkenen Texte sind mir nicht mehr ganz nachvollziehbar, verstehbar. Gut, ich weiss, Du sagtest es mir schon, vielleicht versteht man Dich erst in achthundert Jahren, was soll`s. Diese elitäre Abgehobenheit darfst Du sicher pflegen in Deinem hymnisch-ekstatischen Höhenflug, doch ich vermute, sie kann kaum von einer Handvoll Menschen verstanden werden. Da bin ich doch lieber der kleine Künstler, der in den Strudeln des Lebens umhergeschleudert wird. Oder: Deine Heiligkeit ist imposant. Du siehst Dich als Lehrer der Menschheit ... Du, nimm bitte meine Briefworte nicht im geringsten als Angriff, was sie zutiefst nicht sind und sein wollen; Du weisst, Positionsbezüge gehören existenziell zu meinem Leben. Manchmal haben Deine Texte ein Pathos, das ich nicht mag. Eine Bruckner-Sinfonie hat kein Pathos in ihrer überwältigenden Monumentalität, sie ist noch im grössten Rausch, in der wildesten Gottestrunkenheit, in der sinfonischen Masslosigkeit *einfach*.

Du hast Dich anerboten, dass ich Dich besuchen darf, das ist so gütig, hilfsbereit von Dir, mein lieber grösserer Bruder, doch ich sage ab. Ich sage es offen: Du würdest es (selbstverständlich) nicht lassen können, mir Ratschläge zu erteilen, was ich, Du weisst es, einfach nicht ertrage. Jetzt in dieser aufgewühlten Phase noch weniger als sonst. Ich bleibe lieber ein Zausel, ein zottiger Waldschrat, der seine Monologe vor sich hinmurmelt. Etwa in fünfundzwanzig Wochen werde ich sechzig Jahre alt, und was ich schon als Zwanzigjähriger nicht ertragen konnte, Ratschläge zu meinem Leben zu bekommen, ist jetzt vierzig Jahre später noch ausgeprägter. Wenn mir jemand helfen will, soll er mir Geld schenken, mit dem andern (dem selbstanalytischen Psychologischen) werde ich selbst fertig. Ich liebe das Leben leidenschaftlich, und wenn ich es nicht mehr liebe, ist es meine existenzielle Freiheit, Schluss zu machen (Du kennst halt Sartre und Co. nicht). Deine Weisheit ist zutiefst sehr bürgerlich, nahe am Predigtton; das Rebellische, Anarchische, Aufbegehrende ist Deinem Gestus fremd. Deine Seinsschriften sind alle irgendwie zur Erbauung, zur Belehrung geschrieben. Ein grosser Künstler will zu nichts belehren, er will darstellen. Doch Du bist eben anders, darfst Dich in Deinem Seinshöhenflug glücklich schätzen, Du. Gewiss hattest Du auch Dunkles in Deinem Leben, musstest kämpfen, und hast Dir eine durch Jahrzehnte angeschulte hart erworbene Disziplin einen Modus vivendi erworben, der bewundernswert ist. Mein Leben ist zutiefst anders, und das siehst Du leider nicht.

(Ich sehe bei Dir ja auch nicht alles.) Meine Lyrik «belaste» ich bewusst nicht mit Gesellschaftskritischem und Konfessionen aller Art (ich stelle einfach mit meinen Worten dar), da sie existenziell ist, doch in meiner Prosa sage ich ungeschminkt, was ich als Zeitgenosse zu dieser verlogenen Welt (Gesellschaft) denke. Und gerade dieser rebellische Teil gehört zum Besten meiner Prosa. Ein ganz grosses Segment der Literaturrichtung ist für Dich Terra incognita, ich sage das nicht vorwurfsvoll, herrgottnocheinmal, ist aber typisch für Dich. Du hast Deine mystischen Höhenflüge gewählt – ich tauche eher lieber in den Abgründen unbekannter Ozeane. Ich meine nicht im geringsten, dass meine Art besser ist – sowenig Du eben denken solltest, dass Deine Art besser ist. Es sind zwei verschiedene Arten zu denken, zu leben. Ich respektiere mühelos Deine Art, liebe sie sogar. Ludwig, noch kein Mensch hat mir praktisch (finanziell) so geholfen wie Du, hilf mir bitte weiterhin, indem Du meine Andersartigkeit respektierst. Ein Katholik respektiert den Juden auch nicht, wenn er ihm immer wieder die eigene Wahrheit unter die Nase reibt und denkt, er soll nun endlich rechtmässig denken. Wahrheit kann nur immer komplementär verstanden werden, ja? Als ich vier Tage vor dem Februarlohn nichts mehr zu essen hatte, fragte ich den Philosophen Raffaele F. Schacher, der mir so bewundernde Briefe auf mein Werk schickte, ob er mir zweihundert Franken ausleihen könne, da antwortete er mir mit Sprüchen, dass wir alle auf der Pilgerschaft seien, dass die Not stähle und solchen Quatsch (sie kann auch schwächen); er gab mir also Steine anstatt Brot. Dass ich mit einem solchen Menschen nichts mehr zu tun haben will, ist für mich absolut klar! Letzthin las ich von Ernst Benz, Professor der Theologie, Doktor der Philosophie usw., den Essay «Teilhard de Chardin und Sri Aurobindo», in den Details hoch interessant und bereichernd – doch vor der Attitüde des Sonntagsschulhaften konnte ich die Augen nicht verschliessen. Wenn Religionsphilosophie zur Moral verkommt, zum Zeigefinger: siehe, so ist es (und eben nicht anders), werde ich nicht nur misstrauisch, sondern lehne sie radikal ab. Vom Lehrstuhl herab gibt es nichts zu verkünden ausser Dummheiten. So wenig wie in den Naturwissenschaften, so wenig gibt es in den Geisteswissenschaften letztgültige Antworten. Es gibt nur Bruchstücke, so oder anders wahrgenommen. Und jede Erkenntnis bleibt immer in statu nascendi. Erkenntnisse können nur auf Widerruf, augenblickshaft «richtig» sein, sie ändern sich stets; auch die Annahme eines totalen Seins beruht auf subjektiven Annahmen von sehr begrenzten Menschen ... im Grunde genommen wissen wir rein gar nichts Transzendentales, ist alles Täuschung, Hybris. Wir relativen Kümmerlinge können doch nicht vermessen so tun, als ob wir etwas übers Absolutum wüssten, als ob wir als Teile etwas übers Ganze auszusagen befähigt wären. Eine Ameise kann auch nichts Schlaues über Theokrit oder über Pergolesis «Stabat Mater» aussagen, doch das Menschlein glaubt, etwas über Gott, über das Sein an sich aussagen zu können? Ich denke mir, der echte Künstler wäre gerade hier, in der Wissenslosigkeit, zuhause. Der Mystiker in der dunklen Wolke des Nichtwissens (Johannes vom Kreuz; der Mystiker, den ich vielleicht am meisten liebe). Und dann kämen noch Tausende von andern Aspekten tiefenpsychologischer, medizinischer, religionsphilosophischer, surrealistischer, dämonischer, ethnischer, soziologischer, struktureller, kongruenter und inkongruenter, abstrakter, sinnlicher, sexueller, polyphoner, intellektueller, variierender, impulsiver, fiebriger, expressiver, impressionistischer, morbider, biophiler Begebenheiten (Wahrnehmungen) dazu, so dass ich mich bang frage, wie es möglich sei, dass es Menschen gibt, die so tun, als ob sie etwas wüssten ... als wäre es abschliessend klar, was sie sagten. Es gibt nichts Abschliessendes! Alles ist im Fluss (Heraklit).

Lektüre: Marina Zwetajewa, «Ein gefangener Geist»

Lieber Ludwig, es ist schön, Dir so offen schreiben zu dürfen; ich weiss, Du liest gut. Und dass Du in vielem nicht mit mir einverstanden bist, sagt mir ja nur, dass Du mein Bruder im Geiste bist. Das Leben im Geist ist ein Abenteuer, wir sind wirklich alle auf dem Weg, in der Stratosphäre oder auf dem Meeresgrund. Wo wäre der Unterschied, bitteschen? Das Dogma unterscheidet, doch darauf kommt es nicht an. Der Künstler unterscheidet nicht, ihm ist alles Synästhesie. Der denkende, suchende Mensch ist immer unterwegs – wohin? Das zwischenmenschlich Interessante ist doch, dass wir das nicht so genau wissen; ich weiss aber, dass Du wohl nur wenig unter dem allergrössten Gipfel, den die Menschheit, den ein einzelner Mensch je erreichen kann, Dich befindest. Da neige ich mich mit Ehrfurcht vor Dir, Ludwig. – Doch es gibt auch Menschen (wie mich), die sich auf der Reise ins Innere des Taifuns, in die Höhlen des Ozeans, in die Turbulenzen des Kosmos, in die Ganglien des Unterbewusstseins, in die Labyrinthe der Nächte, in die letzten Korallenriffe der Liebe begeben (verirren), dass das, «worauf» sie gehen, längst kein Weg mehr ist, sondern ein unüberschaubar breiter Strom (mit tödlichen Strudeln), der irgendwo, irgendwann in ein Meer mündet, das noch nicht bekannt ist.

Ludwig, Dein Werk steht riesengross, durch nichts vergleichbar in der Zeitlandschaft. Wer kann Dich in Deiner Grösse sehen?
Ich wünsche Dir ganz herzlich eine schöne Zeit, grüssestens Dein Paul

27. März 2009

Lieber Ludwig,

Deine Leseproben zeigen mir, dass Du – mit grossem Willen und tief inspiriert – konstant eine schöpferische/philosophische Schaffenskraft hast, die bewundernswert ist.

Da sind bei mir die Schwingungen nach oben und unten viel rasanter. Und manch Konkretes nervt mich: Als ich an einem Samstag um 14.15 Uhr meinen Wohnungseingang staubsaugte, reklamierte der Mieter unter mir (der bald 70-jährige Alkoholiker), ich solle aufhören, sein Mami (93-jährig) schlafe, ich müsse bis 15 Uhr warten. Vor wenigen Tagen läutete es an der Wohnungstür und die Vermieterin reklamierte, ich solle das Dachfenster (für mein Bad und WC) schliessen, sie heizen nicht für die Luft draussen; ich sagte, pardon, doch jetzt bleibt es offen, ich muss durchlüften. Vermieter und Vermieterin sagten mir, ich solle doch etwas leiser die Treppe hinuntergehen, das störe sie. Ich entgegnete, ich kann halt noch nicht ganz fliegen. Und wenn ich "nachts" um 21 Uhr noch rasch mit dem Auto fortfahre, um in einem Tankstellenshop was zu holen, werde ich tagsdrauf gefragt, was ich noch zu tun gehabt hätte. Da entgegnete ich, dass sei mein Privatleben. Und jetzt wurde mir gesagt, ich müsse meine Blumenkisten auf der Terrasse entfernen, sie seien zu schwer, ich hätte sie halt nicht zu zügeln brauchen. Mich schmerzt, diese schönen Blumenkisten zu entfernen; nun, alle werde ich nicht entfernen, lasse es dann halt zur Explosion kommen. Die Leiter (mit den breiten Stufen), die ich vor dem Fenster auf die Terrasse habe, damit Maunzli hinausgehen und hereinkommen kann, wurde entfernt, weil sie störe. Ich stellte sie wieder hin und sagte, wenn sie nochmals entfernt würde, mache ich ein derart grosses Theater, dass ihnen Hören

100

und Sehen vergehen werde und sie während ihres Rest-
lebens dies nicht mehr vergessen werden. Und in der
Wohnung soll ich doch nicht so viel mit der Katze
spielen, sie springe aber gar viel auf und ab ...

Nun, lieber Ludwig, bis jetzt war ich sehr einsichtig
entgegenkommend, doch mir platzt jetzt der Kragen über
dieses intolerante Spiesserpack, das wohl ausser saufen,
scheissen und nörgeln nichts mehr kann (verzeih diese
rüde Redensweise, doch meine Geduld mit diesen widerlichen, kranken Hämorrhoiden des Seins geht zu
Ende!).

Und in der Garage stehen etwa zweitausend Bücher, die
in der Wohnung keinen Platz haben, das halte ich auch
nicht mehr lange aus.

Doch zügeln kann ich von mir aus nicht, habe kein Geld.
Überhaupt das mit dem Geld: es ist ein kotziges Würgen
von Monat zu Monat, kann nicht mal mehr eine Oper-CD
kaufen, kaufte die Romane (in einem Band) von Bohumil
Hrabal, die ich endlich lesen möchte, doch dieses Geld
wird mir fehlen – ich wäre froh, mein Leben wäre
beendet. Was soll all dieser ganze stupide Unsinn? Die
Scheissgesellschaft mordet mich als Lyriker, das ist die
ungeschminkte Wahrheit. Und ohne Gedichte ist mein
Leben sinnlos.

Du siehst, ein prachtvoller Frühling!

Herzlich grüsst Paul

Lektüre: E. M. Cioran, "Das Buch der Täuschungen"

Die neue Biografie über Lion Feuchtwanger begeistert mich. Zudem lese ich Gedichte von Eugene Guillevic, ferner Prosa von Claire Goll, Proust, Kafka, Hesse, Fromm, Poe, Baudelaire, ein Buch über Zürich von Zürcher Literaten, Sartre und – um nicht nur ganz "brav" zu sein – auch Zweitlesungen einiger Bücher von Henry Miller (dessen Gesamtwerk ich 1974, vor 40 Jahren, las).

Soeben habe ich Deine Liebesbriefe "Was die Liebe sich ersonnen" zu Ende gelesen – und bin einfach sprachlos geworden. Was für eine viele Welten umfassende Liebesmystik! Und immer auf einer hohen, ja allerhöchsten menschlichen Gefühlsebene sich abspielend, sich verwirklichend, die mich immer wieder atemlos machte. Dein ganzes, tiefstes, höchstes Sein schwingt sich in Deinen Briefen aus, singend, glühend, lichterloh brennend. Deine vielen Liebesgedichte erschlossen sich mir nicht immer spontan, haben sie doch einen Gestus der Sprachwerdung, Sprachnehmung, eine Bildhaftigkeit, die das Antiquierte streift, Liebesgedichte, die nicht zu einer individuellen Verwandlung vorgestossen sind, sondern sich gängigen poesiealbumnahen, konventionell verwaschenen Formulierungen anempfiehlt. In Deinen Liebesbriefen hingegen gibt es viele Perlen an Einsichten, Erkenntnissen, wie sie unsere Zeit kaum mehr kennt. Deine Liebesbriefe zu lessen war für mich ein Fest, Du hast so viel zu sagen, und Deine hymnische Begeisterung kennt alle Höhen der platonischen Liebe.

14.2.12

Lieber Ludwig,

Mit Wasserdrachen, Gelbkehlchen, Paul Klees Bildern, Gedichten und Tuschbildern des Zen-Meisters Sengai,

Wolfgang Amadeus Mozarts "Missa Solemnis" (KV 337), allen Menschen, der Schönheit des Gesangs und des Seewellenmurmelns, mit dem Tanz des Windes, den unendlich vielen Sternbildern im Nachtgewölbe des Universums zu leben: Du, ich bin leidenschaftlich atemlos ins Leben verliebt! Manchmal fasse ich es kaum, wenn mich die göttliche Fülle des Seins streift, nicht als abstraktes diffuses Gefühl, sondern in der mikro- und makrokosmisch erlebten Fülle der Schöpfung mit ihren abermillionenfachen ganz einmaligen Lebensbedingungen. Wunder um Wunder brennen in mir, erfüllen mich in einer taumelnden nicht eingrenzbaren Begeisterung! Zutiefst ist das Leben Leidenschaft, Ekstase, Lust, LIEBE. Eine brennende Trunkenheit überfällt meine Seele, wenn ich versuche, Spitzkopfkugelfische, Laubheuschrecken, das Sternbild Füchslein, Gedichte von Vicente Aleixandre, die Architekturen, Skulpturen und Bilder von Le Corbusier, die weiten Romanströme von Thomas Wolfe, mein geliebtes Kätzchen Maunzli, das Wanderleben des Sophisten Protagoras von Abdera, russische Mönchsgesänge, Johannes vom Kreuz, unscheinbare Kieselsteine, Auguste Rodins Skulpturen, Rainer Maria Rilkes "Sonette an Orpheus" zu umarmen. Farben, Formen, Klänge, Wortwucherungen, Schraffierungen, Erhellungen, Verdunkelungen: das Leben ist ein Fest, ich trinke es stürmisch! Ich weine vor Freude beim Betrachten einer Tropfsteinhöhle, einer feingliedrigen Hand, eines Windmühlenatems, bin glücklich über die ungestüme Brandung eines nackten Körpers, über die Wanderdüne einer Zuneigung, den Blütenzweig eines Arms, stürze mich in den Traum einer Wolfsbeere, singe im lasziven Tanz. Manchmal weiss ich nicht mehr, wo mir der Kopf steht, ich möchte einfach weinen, lachen, trinken, singen, tanzen, umarmen, umarmt werden. Ich habe eine dithyrambische, dionysische, anachronistisch-anachoretische Natur (doch Werner Heisenbergs Unschärferelationen und Quantentheorien sowie Ludwig

Wittgensteins "Tractatus logico-philosophicus" sind mir nicht ganz fremd). Wie es auch sei, als kleiner Strudelwurmlyriker lasse ich DIE WELTEN in mich einstürzen, ich mag das.

Was gäbe es Schöneres, als den Wind in der Hand, in den Augen, auf der Stirn, im Wort, in einer Beziehung? Der Wind ist da, wenn man sich ihm aussetzt. Das schafft einen grossen Raum, besser: fächert das Raumlose auf. Der Wind ist das Besitzlose, Niemalsbesitzenkönnen; ich liebe die "beständige Flüchtigkeit" des Winds; Wind ist Lebensatmen, Blättergeraschel, Wellentanz, Wolkenfantasie, Lichtgesang, Nachtflüstern, ein kalter Sturzwind, ein heisser Wüstenwind: WIND IST LEBEN. Man weiss nur ungefähr, von woher der Wind kommt, man kennt nicht, wohin er hinzieht; der Wind ist in sich ziellos, absichtslos, man kennt die Stunde seines Erscheinens, seines Verschwindens nicht – er ist einfach da (oder dann nicht da). Etwas wie die Liebe.

Ich höre jetzt Karl Ditters von Dittersdorfs Oratorium "Ester" und bin tief in mir versunken, vebunden mit der brennenden Schönheit.

Seit Oktober des letzten Jahres habe ich nichts mehr (für mein Werk) geschrieben, und es wird wohl gewiss noch lange dauern, bis ich wieder schreibe; das ist gut so! Ich erlebe zurzeit immer wieder ekstatische Liebeslusttaumelleidenschaft, doch ich habe die Worte, die Bilder, die Formen, die Klänge, um davon adäquat, aufschäumend zu singen, noch nicht … Ich nehme diese schöpferische Pause gelassen (zuversichtlich). Nur wenn es mir gelingt, NEUE Liebesgedichte zu schreiben, bestehe ich vor mir. Ich bin in einer Verpuppungsphase, "erträume" einen Quantensprung; es muss "Neues" her! Ich bin neugierig gespannt, wohin mich die Verpurzelungen noch führen werden, ich taxiere es als ein existenzielles Geschenk, dass ich offen für vieles geworden bin in einer Freiheit, in der ich auch vieles ablehnen kann, darf. Wer schöpferisch ist, kann dies nur auf der evidenten Basis der Freiheit – hin zu einer "Fruchtbarkeit" der Wahrheitsmöglichkeit der individuellen Wahrnehmungen der vielfältigsten Schöpfung (Geschöpfe) des Seins, des Werdens. Meine Verpuppung kann sich nur zum EINFACHEN entwickeln (verbunden in der absoluten Komplexiät). Da fühle ich mich wie neugeboren, erst am Anfang …! In meiner körperlich alternden, feststellbar zunehmenden Müdigkeit entwickelt sich eine sinnliche, geist-seelische Quirligkeit, von der ich gespannt bin, wohin sie mich führen wird!

Ich habe in diesen Tagen mein elftes "Sätze"-Bändchen *"Testament der Leidenschaft"* abgeschlossen, ich schmunzle: vermutlich echt "gisisch" (hat auch veritable Angriffe …); es ist mein Opus 90 (es wird vor Dir nicht bestehen).

Für die Prosa, so sehe ich, muss und will ich die Wortschatzfülle etwas herunterfahren. Einfacher werden.

Ich denke mir, dass die FANTASIE ein Ur-Element für die Kunst ist. Ich habe vier Jahrzehnte mich mit Philosophie beschäftigt – und weiss nicht, was sie ist; oftmals darbt die Philosophie daran, dass sie zu wenig fantasieeingefärbt ist, dass sie zu begrifflich, zu systematisch sich gebärdet. In der Philosophie gelte es doch, davon zu reden, zu hinterfragen, was man SIEHT, und das hiesse, *Bilder* der Überlegungen, der Wahrnehmungen zu finden, "sinnlich anschaulich" zu sein. Philosophen produzieren vielfach eitle Spreu. Wichtiger, humaner wäre doch, ein weinendes Kind zu trösten, einem verzweifelten Menschen die Hand zu halten, ein verängstigtes Tierchen aufzunehmen, mit einem fröhlichen Menschen zu tanzen. Ich muss mit mir existenzielle Retrait halten, um weiterzusehen … Manchmal fühle ich den Puls eines Menschen, eines kleinen erschöpften Geschöpfes in mir, und das ist grosse Beglückung, Bereicherung, das ist viel! Das hat mit Liebe zu tun – mit Liebe zum Sein. Davon möchte ich singen – doch wie?

Ich liebe es, in meinen Träumen, im Wolkenkuckucksheim zu leben, versponnen in mir sebst, in meinen ekstatischen Liebeslustbeziehungen, doch mit meiner Restvernunft sehe ich die "stumpfsinnige" Realität ungeschminkt so, wie sie ist. Und das ist bedrohlich …
Dass ich meine Kunst nicht voll leben kann, sondern mich mit den Kalamitäten des Lebenserwerbs herumschlagen muss, ohne jemals auf einen grünen Zweig zu kommen, belämmert mich, macht mich schier k.o.

Ich kann mir nur noch Fusel leisten, was Cognac ist, weiss ich schon längst nicht mehr, verdammt, vierzig Wochenstunden (oder mehr) in dieser voralpinen Provinzdruckerei, bei einer auffallend rüden geistlosen rüppelhaften Provinzeitung sich abzurackern und sich kein Auto leisten zu können, keine Restaurantbesuche mehr machen können, geschweige denn Opernbesuche, ist sehr, sehr happig! Fluch auf alles!!!
Ich maile Dir diesen Brief. Du kannst ihn Dir bestimmt ausdrucken; ich habe zurzeit keine Kuverts, keine Briefmarke, ich muss wie ein Idiot sparen.

Leider habe ich keinen Zopf wie Graf Münchhausen, um mich an dem aus dem Sumpf zu ziehen; dafür liebe ich Don Quichotte, der seinen klapperdürren Gaul sattelt und mit einer Lanze wutschnaubend auf eine Windmühle losstürmt! (Manchmal muss man kämpfen, auch wenn es "nur" Windmühlen sind.)

Lektüre: Mircea Eliade, "Das Mädchen Maitreyi"

29.4.12

Lieber Ludwig

Du weisst, ich bin nicht stolz, Stolz ist mir absolut wesensfremd! Ich ruhe einfach tief in meiner Einheit Schreiben – Leben, Leben – Schreiben, und das ist (für meine Prosa wie für meine Lyrik) untrennbar, nicht dividierbar.

Du gibst mir immer wieder Ratschläge, dass ich in meinem Werk weniger angriffig sein solle, jeweils nur *ein* Thema positiv ausarbeiten solle. Siehst Du nicht, dass oftmals gerade die Gleichzeitigkeit vieler Themen, das polyvalente sinfonische Zusammenführen von angeblich Widerstrebendem meine unverwechselbare Art ist? Dein Blinder Fleck verletzt mich. Dein Weg kann nicht mein Weg sein. Und immer wieder gibst Du mir zu verstehen, dass ich die Reife schon noch erreiche, ich solle nur weitermachen. (Du nervst mich damit.) Du siehst leider nicht, dass ich über zweiundsechzig Jahre alt bin und wohl auf dem Höhepunkt meines Schaffens und mich eben zuweilen in andern Dimensionen wie Du suche (im Wort und in der Wahrnehmung des Seins, des Werdens, des Verlierens, im ureigenen Instrumentieren der Gegenwart, meines Ichs). Ich erlebe das Leben dithyrambisch, ekstatisch, orchestral, farbintensiv, rebellisch – Du schön brav bürgerlich.

Jaja, mit "Ratschlägen" ist es so eine Sache! Ich gebe Dir auch nicht den Ratschlag, etwas verständlicher zu schreiben, da ich glaube, dass Deine hymnischen Höhenflüge in einer antiken "hohen Redeweise" (manchmal auch, wie alles Esoterische, das Eklektizistische streifend) kaum mehr nachvollzogen werden können. ("Zarathustras" Zeiten sind vorbei.) Ich muss gestehen, zu Deinem "Universensein 4" fand ich keinen Zugang; Deine hehren Sätze gehen am wahren (zeitgemässen) Leben völlig vorbei. Und fürs Mystische bist Du oft zu kompliziert: wahre Mystik ist sehr einfach, verständlich im liebestaumelnden Sagen (wie bei Ramon Llull) – und das mit Worten aus unserer Zeit (sonst wirkt sie befremdend dilettantisch antiquiert). Da lese ich bei Dir (im "Universensein 4"): "Du bist der wahre Keim und Kampfstoff Meiner Virtuosität im redlichen und wohlgefälligen taufrischen Über-Mich-Verfügen auf der geistbelebten Götterspur." Pardon, das ist Schrott, wie geht das: *Kampfstoff* zu sein im *taufrischen* Verfügen? Ludwig, das ist lächerliches Wortgeklingel. (Das Taufrische ist gewaltlos.) Ich denke mir, Du müsstest unbedingt kritischer Dir selbst gegenüber sein. Was bedeutet das: "Halleluja darf ich singen vor dem eigenem Gehör" (im "Universensein 4"): kein einziger Mensch unserer Zeit kann diese, pardon, selbstgefällig-narzisstisch-pseudomessianische hohle Überheblichkeit, dieses "Wortgeschäpper"geniessen. Du flunkerst. Und dann Deine grosse Schreibweise von Mir, Uns, Mein – schrecklich! *"Halleluja darf Ich singen vor dem eigenen Gehör":* damit disqualifizierst Du Dich in Deiner Ernsthaftigkeit selbst. Es gibt keinen Philosophen, Dichter und Mystiker der letzten paar Jahrhunderte, der solchen Unsinn schrieb.

Ich verbiete Dir, mir für mein Schreiben Ratschläge zu geben, ich brauche sie nicht!

Ein Gärtner versucht, die passende Umgebung für das neue, wachsende Pflänzchen zu schaffen, doch er gibt dem Pflänzchen keine Ratschläge, wie es wachsen soll, das macht es von sich aus richtig, paarig gefiedert, grazil netznervig oder knollig, so eben, wie es in sich ist, aus sich heraus wird. Ein Gisi ohne Angriffe wäre eben kein Gisi, sondern ein Weibel. Was wären Thomas Bernhard, Fridrich Dürrenmatt, Strindberg, Henry Miller, Elfriede Jelinek, Luginbühl, André Gide, Jean-Paul Sartre, Tolstoi ohne ihre existenziellen Angriffe auf den Snob, auf die Verlogenheit einer parasitären Ungleichgesellschaft? Ich achte diese Künstler sehr.

Da will ich noch wie nebenbei flüstern, dass ich die Aphorismen von H. K. Iranschähr, die Du in Deinem Lukas-Verlag herausgegeben hast, schwach finde, wenig originär, wie angelesen. Fast überall war ein Wiedererkennungseffekt, weil man das schon einmal irgendwo gelesen hat. Es ist mir alles zu sehr aus zweiter Hand, zu allgemein ungefähr. Und dann spricht er sogar von "Sünde", was ein enger, sehr begrenzter und fragwürdiger Begriff ist, gewiss zu behauptend; für einen echten Philosophen ist der mickrige christologische Begriff "Sünde" Sahne. Nichts Singuläres. Manchmal raunt Iranschähr auch etwas esoterisch und *penetrant autoritär.* Oder er schreibt im Kapitel "Religion" vom "heiligen Kampf" (das ist nahe am "heiligen Krieg", prost!), mein Gott, mit solchem bluttriefendem Unsinn sollte man endlich aufhören! Es steckt auch viel fad allgemein gehaltene Belehrung in Iranschährs Aphorismen. Und die "priesterliche Warte", von der aus er wie ein engstirniger dogmatischer Papst ex cathedra argumentiert, ist einfach widerlich. Und was er im Kapitel "Psychologie" schreibt, ist Ramsch, Ansammlung von Platitüden, hält keiner ernsthaften Denkweise stand. Mit derartigen Verkürzungen ist nichts gesagt! Und das sollen, wie im Untertitel suggeriert, "Weisheitssprüche" sein??? "Es gibt keine Erlösung der Seele ohne Loslösung vom niederen Ich." – Das *"niedere* Ich"? (Zuerst glaubte ich, ich hätte mich verlesen.) Das "Ich" ist in der geistigen Evolution etwas ganz Grosses; von der vegetabilen Vereinzelung der Geschöpfe findet das Geschöpf das Bewusstsein zu sich selber. Beim kritischen, das heist genauen Lesen von Iranschähr findet man fast nur Spreu, Behauptungen, in einem vagen Bewusstsein, das passé ist, das nicht mehr auf der (denkerischen) Höhe unserer Zeit ist. Iranschährs Aphorismen erscheinen mir wie aus einem billigen Trödelladen.

Lieber Ludwig, Du siehst, ich mache mir meine eigenen Gedanken (geschult u. a. hauptsächlich bei Platon/ Sokrates oder beim grossen japanischen Philosophen Keiji Nishitani, "Was ist Religion?"; das eurozentrische Denken ist mir zu eng!) Ich liebe auch das epochemachende monumentale Werk "Geschichte der religiösen Ideen" des Universalgelehrten Mircea Eliade, wo er den Spuren des Heiligen in *allen* Kulturen und Kontinenten nachgeht. Was für ein Fest des Nach-Denkens!

Sicherheit, Gewissheit im Denken ist dogmatisch und dadurch unwichtig, sektiererisch verfehlt, für mich ein Graus. Wenn`s wichtig wird, ist Offenheit, Freiheit, Nichtwissen vonnöten, und "Nichtwissen" ist ein sehr hoher Grad von Bewusstsein, ich denke an den grossen spanischen Mystiker Johannes von Kreuz mit seiner "dunklen Wolke des Nichtwissens" und an viele buddhistische und indische, upanishadische Weisheiten; das "christlich"-abendländische Denken ist nur *ein* Aspekt auf dem Erdenrund. In den afrikanischen nubischen Liebesgedichten "Das tätowierte Herz" und in den "Gedanken über die Liebe" des persischen Mystikers Ahmad Ghazzali (11./12. Jahrhundert) und in den Gedichten Adonis` auf der Schwelle zum 21. Jahrhundert kommt mehr philosophische, menschliche Weisheit in einer atemberaubend künstlerischen gedankengeschliffenen Bildhaftigkeit zutage als bei den meisten europäischen eitlen, gespreizt-professoralen Lehrstuhlinhabern der Philosophie.

Ich erhebe keinen Anspruch, ein Denker zu sein, doch alle meine Ansätze zum eigenständigen Denken hast Du, Ludwig, bis jetzt geringgeschätzt, ***wenn sie von Dir, von Deinem Denken abwichen.*** Dass ich im Leben finanziell versagt habe, heist nicht, dass ich als Künstler und Denker nicht ernst zu nehmen sei. Du nimmst mich nur ernst, wenn ich auf Deiner "Spur" bin; wenn ich davon abweiche, belehrst Du mich. Damit habe ich nicht nur

Mühe, sondern lehne es vehement hoch bewusst radikal ab.

Lieber Ludwig, ich mag Dich in Deiner rätselhaften Einzigartigkeit und erwarte, dass auch Du mich in meiner rätselhaften Einzigartigkeit akzeptierst, ohne mich zu belehren (ich hasse Belehrungen!). Ich hatte in den letzten Monaten ein Satori-Erlebnis; ich bin im Meditieren kein Greenhorn, wie Du leichtfertig (und völlig unwissend und vorschnell und nicht haltbar sehr erhaben in Bezug auf mich) meinst. Dass mein anders eingefärbtes Meditieren zu andern Ergebnissen führt wie Dein Meditieren, musst Du mir uneingeschränkt zugutehalten. (Es gibt DIE Wahrheit ein für alle Mal nicht!)

Mein geliebtes Kätzchen ist am Samstag gestorben. Ich bin sehr, sehr traurig, sie fehlt mir.

30.4.12

Lieber Ludwig

als ich heute in der Bude Dein Mail sah mit Deinem Hinweis, dass Du mir einen Vortrag von Rudolf Steiner in den Anhang stelltest, traute ich schier meinen Augen nicht, musste ich tief durchatmen; ich schrieb Dir doch einmal argumentativ sehr ausführlich, warum ich Steiner nicht mag, ihn nicht zu lesen wünsche. Und dann las ich Steiners ersten Satz, "dass die Menschheit seit dem 15. Jahrhundert in das Bewusstseinszeitalter eingetreten ist". Für mich ist das borniert, engstirnige Dummheit: was ist mit dem Bewusstsein der Maya? Der Chinesen? Der Indianer? Der Kelten? Der Afrikaner?

Steiners Geringschätzung des Vegetabilischen, des Mineralischen ist Bildungsdünkel, finde ich schwachsinnig!

Gerade mit einer Spiritualität, mit der Geistigkeit bekommt das Wunder "des Kleinen" seinen göttlichen Glanz. Dass Steiner "Geist" und "Physisches" gegeneinander ausspielt, ist schwachsinnig dualistisch gedacht, da ist der verknorzte Steiner kläglich auf der Stufe des Manichäismus stehengeblieben. – Nun, ich habe den Vortrag gelesen und finde ihn horizontlos, einseitig, dürftig, unkünstlerisch steril. Und was er über "Sprache" sagt, ist ohne ernsthaften Belang, trifft das Wesentliche überhaupt nicht. "Misstönend" soll das "Kleine" sein? O dieser eingebildete, zerquälte Tor! Steiner faselt geistesumnachtet von den "Schabe- und Wetztönen, die Roh- und Streichtöne der physischen mineralischen Welt" und meint das negativ. Und später kolportiert er lächerlich etwas vom "heutigen Untergang": Ich kann es nicht milder sagen, ich kotze vor diesem unreifen, eitlen aufgeblähten Trottel Steiner!!!

Ich gehe auf anderes in seinem breiigen Vortrag nicht ein, dafür ist mir meine Zeit zu schade.

Also, bitte, Ludwig, lass es ein für alle Mal sein, mich mit diesem Steiner zu belästigen, besinne Dich auf Dein respektvolles Feingefühl, das Du doch im Grunde hast.

Manchmal befürchte ich, Dir sind alle philosophischen Dimensionen bachab geglitten, weil Du Deine Ansicht derart hartnäckig mir unterjubeln willst. Du kannst mir mitteilen, was Du liebst, OHNE Dir einzubilden, dass ich das auch lieben müsste (Du bist ja kein Meinungsdiktator). Du, Ludwig, schreibst mir: "Den für Dich wohl auch interessanten Vortrag …"; wenn Du das glaubtest, bist Du wirklich von allen guten Geistern verlassen.

Dieses Minibriefchen ist nicht nach meinem Geschmack, ich liebte es, meine Gedanken freier, wellender, zusammenschauender, differenzierender, Geschöpf-näher zu instrumentieren, doch Deine unsensible Überrumpelung mit dem Steiner-Vortrag zwang mich, nochmals auf diese Art deutlich zu werden.

Ich mache einen Strich über diese unnötige Konfrontation zwischen uns und sage mir einfach, Dein Geist ist etwas verdunkelt gewesen, weil Du mich zutiefst nicht ganz, sondern nur partiell respektierst und nicht als unabhängiger, eigenständiger Künstler anerkennst, doch das ist Dein Fehler, nicht meiner. Du wärst gross, wenn Du nicht nur das an mir magst, was auf Deiner Spur liegt, sondern wenn Du fähig wärst, meine Verschiedenheit zu schätzen. Deine Ratschläge machen Dich klein, sehr klein. Da muss ich Dir zurückgeben, was Du mir einmal sagtest: Mach nur weiter so, Du bist auf dem richtigen Weg, die Reife kommt schon noch.

Lieber Ludwig, meine grosse Dankbarkeit Dir gegenüber bleibt ewigs bestehen (doch Du musst Deine Ratschläge absolut einstellen – und komm mir bitte niemals mehr mit diesem Scheusal Rudolf Steiner!!!).

Jetzt kommen sonnige, südlich warme Tage in unsere Breitengrade und mein Geist freut sich demütig an den mineralischen, pflanzlichen und tierischen Geschöpfen der Natur, an diesen herrlichen Instrumenten des göttlichen Konzerts in den Weltallwinden der Liebe.

Herzlich grüsst Paul

Stefan Andres, "Die Versuchung des Synesios"

Lieber Ludwig,

dass Du auf meine Briefsturzfluten derart mit unerschüt-
terlicher Contenance reagiert hast, war für mich ein Fest:
ich danke Dir existenziell. Ich bewundere und liebe Dich
und es hätte mir weh getan, Du hättest Dich von mir
zurückgezogen. Es ist doch herrlich, uns in unserer
Verschiedenartigkeit und Einzigartigkeit zu respektieren.
Ich spüre wieder, dass Du mich akzeptierst, so, wie ich
bin ...

Am 28. April ist mein über alles geliebtes Kätzchen
Maunzli gestorben, Du weisst, dass ich dadurch eine
meiner schönsten intensivsten "Welten", Beziehungen
verloren habe; der Verlust ist für mich nicht eindämmbar
qualvoll, schreiend, entsetzlich, schmerzblutend Mich
schüttelt es jeden Tag, jede Nacht vor Tränen. Sogar in
der Bude muss ich immer wieder haltlos weinen ... Ich
bin in ein tiefes schwarzes Loch gefallen. Vorletzte
Nacht war ich bei meinem lieben Freund Tim, er zündete
Kerzen an, es war ganz still, er setzte sich nah zu mir,
nahm meine Hand, und wir mussten beide lange weinen.
Tim liebte Maunzli auch, Maunzli war gern auf seinen
Beinen. Jetzt kommt Maunzli nie mehr, das ist schwer zu
"verkraften". Es ist ein Verlust, der meinen Lebenswillen
stark geschwächt hat, der mich einsamer macht. Es gibt
keinen Trost, es gibt nur das unerbittliche Leben, die
Vergänglichkeit. Die gnadenlosen Täuschungen. Dann
und wann blitzt im Augenblick Liebe auf – und es gibt
die ekstatische Liebe zu den Geschöpfen, die mein Leben
bestimmt (niemand nimmt davon Kenntnis, auch wenn
ich seit vielen Jahren davon rede; niemand glaubt mir,
niemand versteht das). In den letzten Monaten und
Wochen und Nächten hat sich die tiefe Beziehung zu
Maunzli vielfach verstärkt, Maunzli wusste, dass sie sterben werde – und war bis zur Erschütterung anhänglich.

Und sie hat zwei Tage vor der Agonie Abschied von Marcel und von mir genommen, ich weinte in jener Nacht bis in den Morgen hinein, ich wusste auch alles. Maunzli schlief in meinen Armen, nocheinmal schwach schnurrlend. Am liebsten verkröche ich mich jetzt in eine Höhle. Es ist so schwer weiterzuleben.

Mit aller meiner Sinnlichkeit und mit allen meinen philosophischen Gedanken verkörpere, umfasse ich eine leidenschaftliche Liebe zu allen Geschöpfen des Seins, besonders zu den kleinen; ich liebe die Weisse Robinie, das Staudenfeuerkraut, den speckgrauen unscheinbaren Kieselstein, den Wabenkalkschwamm, Kelchwürmer, den kecken Blattfusskrebs in den Schmelzwassertümpeln, das betörend schöne Marienkäferchen. Mir sind sie unfassbar herrliche *Ausformungen* des Geistigen wichtiger als alle Philosopheme der Welt. Das Menschlich-Geistig-Abstrakte ist vielfach bloss Eitelkeit, aufgeblähte Vorläufigkeit, Narzissmus; alles, was ist, ist Träger eines auf sich selbst zentrierten Psychismus, unersetzbar wichtig auf ein konstituierendes Element im Mikro-Universum in Bezug auf den Kosmos. Und da "minder" auf das Mineralische, Kleingeschöpfliche zu schauen, finde ich schöpfungsverachtend und also gottesverachtend. Dass der Mensch, der menschliche Geist die "Krone" der Schöpfung sei, wage ich zu bezweifeln. – Doch ich weiss, das ist „ein weites Feld" (um mit Fontane im "Stechlin" zu reden). Fünf Minuten vor zwölf in der Geschichte der Erde trat der Mensch auf und brachte unabsehbare Zerstörung. Zudem ist die Geschichte des Planeten Erde im Universum ein lächerlicher Pappenstiel, wenig von Bedeutung, kaum eine Fussnote. Alles Geistige, das nicht ins Grenzenlose offen ist, erscheint mir als eine Hysterie. Das Sein wogt, liebt, atmet, zuckt in den myriadenvielen Geschöpfen und Gestirnen des Weltalls, des Planetchen Erde, und da den menschlichen Geist überbewerten zu wollen, ist faustdicker Grössenwahn. Der Schöpfergott hat die Abermilliarden Geschöpfe geschaffen, nicht um in einem allgemeinen "Geist" zu verrecken, in einer leblosen finalen Zukunft sinnlichkeitsfern sich zu finden resp. sich zu verlieren. Ein Wiesenkerbel mordet nicht, ein Sonnenstrahl mordet nicht, ein Wolkenbild, ein Wind mordet nicht, ein blühender Kirschbaum mordet nicht, eine Elegie von Rilke, ein Bild von Chagall morden nicht, ein Klavierkonzert von Mozart mordet nicht, ein Sandkorn mordet nicht, ein Grashalm mordet nicht – es ist der menschliche Geist, der mordet, zu Abermillionen, die Geschichte beweist es. Der menschliche Geist findet immer wieder Gründe, um andere Menschen abzuschlachten. Nochmals: Wenn ich die Schöpfung betrachte, so ist alles gut – bis auf den niederträchtigen menschlichen Geist, der ein Ungeheuer ist. (Ist wohl Gott aus dem Ruder gelaufen.) Dass der menschliche Geist sich auch auf hohe mystische sanfte, friedfertige Vollendung aufschwingen kann, bestreite ich nicht. Doch meist sieht es anders aus: Päpste und Philosophen (wie Heidegger) blieben Afterasseln vor der Massentötungsdiktatur. Es war immer so: Politik liebt das Bluttriefende. Laternenfische, Palmenschmätzer, Sternbilder, Erdbeeren sind friedfertiger. Ich weiss, lieber Ludwig, diese Gedankengänge werden Dich verwundern; doch ich bin überzeugt, dass der echte Künstler sich nicht so sehr den Gedanken, dem Geistigen sich verschreibt, sondern dem Konkreten, das vom Geistigen getragen wird. Vor der Kunst, wie eine Rosenmöwe ihr Nest baut, ist jedes Philosophiebuch lächerlich.

Klar, der menschliche Geist kann auch etwas Grossartiges, Faszinierendes, Kosmos-Vollendendes, Himmel-Vorwegnehmendes sein (doch zumeist ist er bloss einseitiger Wahn, Ätzendes, kalter Kaffee ...).

Lieber Ludwig, ich wollte Dir heute Nacht einfach ein paar meiner lockern Gedanken mitteilen ...

Du, ich wünsche Dir eine gute, schöne Zeit, herzlich grüsst Dein dankbarer Paul

PS.: Ich lege Dir meine Brosmete "Wirklichkeit und Fiktion" in den Anhang, sie erscheint am 9. Mai in der Zeitung.

Wirklichkeit und Fiktion

Ich liebe es nachzudenken, darüber nachzudenken, was Wirklichkeit, was Fiktion ist, wie wahr Träume sind oder wie wirklich der Tisch ist, der vor mir steht, oder wie wirklich die Wolken sind, die seltsame, unablässig sich verändernde Figuren in den Himmel malen. Wenn ich mir vorstelle, wie die Türe im Ferienhäuschen quarrte, ist diese Vorstellung noch wirklich? Wenn ich in der Fantasie eine Flasche Wein auf einem Tisch erfinde, ist das eine Ahnung? Eine Annahme? Eine Utopie? Eine Vision? Ein Hirngespinst? Wunschdenken? Nun, ich suche da keine vorschnellen Antworten, ich möchte die Fragen aushalten.

Es ist offensichtlich, manchmal sind Angstgefühle konkret ungerechtfertigt, Luftgespinste, was aber nichts daran ändert, dass sie für den betreffenden Menschen real existieren. Ist das Urwüchsige wahrer als das Artefakt? Ist das Waschechte wirklicher als das in den Gedanken Erfundene? Wer möchte in allen Wahrnehmungen abschliessend behaupten, was Sein, was Schein ist? Die Welt formt sich aus in ihren milliardenvielfältigen mineralischen, pflanzlichen, tierischen und menschlichen Selbstverwirklichungen, Seinsbestimmungen, im Sandkorn, in den Milchstrassen. Wird Literatur besser, wenn sie hieb- und stichfest authentisch ist? Ist Homers "Odyssee" hieb- und stichfest, oder geht es nicht auch um die

117

Erfindung, Verformung, um die Verwandlung? Vielleicht auch um die Transzendenz, oder einfach um saftiges Abenteurertum im Spannungsfeld von Götter, Helden und Versagern? Um den Spass, dramatisch zu fabulieren?

Manche Menschen bilden sich ein, Gott zu kennen, zu wissen, was er will; für diese Menschen ist ihre Einbildung Wirklichkeit. Sind religionsanthropologische Thesen auf die Wahrheit zertifiziert? Oder sind sie bloss Wahn? Wer kennt den "Urmeter", den Massstab, mit dem sich messen liesse, was wahr, was unwahr ist? Lustträume sind für den Träumenden erlebte Wirklichkeit und wahr – gibt es diese Wirklichkeit, diese Wahrheit in einem menschheitsgültigen Sinn?

Wahrheit und Wirklichkeit sind Variablen, sie verändern sich mit dem Standpunkt. Den Tisch sehen wir nur von einem einzigen Standpunkt aus mit vier rechten Winkeln; verschiebt sich die Position, sehen wir den gleichen Tisch mit zwei spitzen und zwei stumpfen Winkeln: Da, bei anscheinend handfesten Dingen, beginnt das Reden über Wirklichkeit zu wackeln.

So gesehen, gibt es die "gleiche" Wirklichkeit für alle nicht, die perspektivische Sicht verändert alles – und bleibt in sich wahr.

Wie wunderbar, folgern zu können: Die Fiktion ist authentisch und wahr – eine Wirklichkeit, die sich stets verändert.

Lektüre: Max Jacob, "Höllenvisionen"

Lieber Heiliger Lodovico, endlich kann ich Dir die Gesamtausgabe meiner Liebesgedichte "Auf deinen Fingerbeeren tanzt das Weltall" schicken; es geht eigentlich nur noch um die zwei, drei oder vier letzten Kapitel, die Du noch nicht hast. Ich schrieb diesen Zyklus 1995 bis 2010, also während sechzehn Jahren (irgendwo erscheint das gleiche Gedicht zweimal, das wird in der nächsten "Ausgabe" natürlich behoben; zwei, drei Fehler werden auch noch getilgt).

Jetzt im Jahr 2011 publizierte ich auch bereits drei Mini-Liebesgedichtbändchen – "Feueratem", "Ich bete deinen seenelkenweissen Körper an" und "Sonnenfackeln" – und die wiederum etwas grössere Liebesgedichtsammlung "Erfüllt von den Wirklichkeiten" wird im Herbst dieses Jahres erscheinen. Als Motto meisselte ich in den Marmor: "Unterirdisch überirdisch / UNUNTERSCHEIDBAR / tief verschlungen / ineinander".

Mein elftes (tumultuöses) "Sätze"-Bändchen "Chimärenerwachen", an dem ich zurzeit auch intensiv arbeite, wird Anfang des nächsten Jahres 2012 erscheinen.

Ein grösseres Prosaprojekt geistert durch meinen Kopf, stürmt durch mein Blut, doch solange ich Arbeitssklave bin, wird es scheitern. Mein philosophisches Scriptum "Es zu sehen, das ist es" ist nach der Niederschrift von drei Kapiteln auch ins Stocken geraten.

Doch am Wichtigsten sind mir meine Liebesgedichte, an denen ich zurzeit arbeite. Dass ich bereits das siebzehnte Jahr hauptsächlich Liebesgedichte schreibe (neben prosaischen Alfanzereien), verrät Dir, Ludwig, dass ich ein sehr aufgeschäumtes Leben habe (doch ich möchte es gar nicht anders!). Fast möchte ich pointiert zugespitzt sagen, dass alle Gedichte Liebesgedichte sein müssen, doch ich möchte diese Haltung eigentlich nicht philosophisch-essayistisch begründen, mir genügt es zu realisieren, dass am Ende meines Lebens alle meine Gedichte, die ich schreibe, Liebesgedichte sind.

Es kann durchaus sein, dass ich völlig in der Armut versinke, dass die "geordnete" Welt über mich schwappt, dass ich weggeschwemmt werde ... Mit meinem Kopf gebe ich Gegensteuer, doch ich darf Dir sagen, dass ich letzthin, auf der Seeterrasse sitzend, ein Satori-Erlebnis hatte; es ist schwierig, in ein paar wenigen Sätzen zu sagen, was das bedeutet. Etwa so: die Wirklichkeit der Wolken, des Sees, des Himmels, der Bäume, des Ufers, der Vögel, meines Atems wurde intensiver und intensiver, es war ein universelles Sich-Annähern an das Dasein, eine bis jetzt noch nie erlebte Fülle durchströmte mich, es war eine sinnliche, sinnenhafte Erfahrung, die meinen Geist berührte, Entgrenzungserfahrungen wühlten mich in heiterer Gelassenheit auf, ich fühlte mich existenziell tief befreit in einer ganzheitlichen Umfassung, Ich und Zeit wurden überflüssig, eine "Leerheit" durchwärmte mich, eine grosse gelassene Abwesenheit durchpulste mich, Intellekt und Verstand wurden bedeutungslos – es war ein angenehm brennendes Glücksgefühl.

Diese verbalen Mitteilungen, Du, tönen zutiefst zu blass im Vergleich zu dem, was mir wirklich aktiv "geschah". In "unserer" Wirklichkeit dauerte alles vielleicht bloss zehn Minuten, doch in jenem Zustand gab es keine Zeit, die Dimensionen waren gewaltig anders. Inzwischen bin ich leider wieder längst in die "normale" Erfahrungs- und Wahrnehmungswirklichkeit der gewohnten Massstäbe zurückgefallen, doch unzerstörbar tief in mir lebt die andere, neue, grössere Wirklichkeit, die ich zum Glück niemals mehr vergessen kann. Ich glaube, meine jahrzehntelange "Liebe" zum Paradoxalen, zum Zen-Koan, hart mich "dorthin" geführt, besser: liess mich offen sein für den grössern Seinsanruf. Ich bin überzeugt, dass meine neusten Liebesgedichte von dieser feurigen Meditation noch wirklichkeitsreicher werden, in diesem Sinn: "ERFÜLLT VON DEN WIRKLICHKEITEN / BEFREIT VON ALLEM".

Ich erlebe zurzeit, dass Fülle nahe am Leeren ist, und in diesem Seinsbereich ist das Etwas weder negativ noch positiv, da gibt es keine Wertungen (Wertungen, ob positiv oder negativ, sind mir suspekt, zu gesellschaftsnah, sie sind Variablen der Zeit, des Vergänglichen).

Ich bin guten Mutes, doch ich denke schon, dass die FREIHEIT des Selbstmords (nach Sartre, den ich liebe) eine passable Sache ist, ein existenzieller Codex humanum. Ich glaube, ich nähere mich meinem künstlerischen Ende (mit meinen Liebesgedichten, meinen "Sätzen"), und dass evtl. kurz vor meiner Pensionierung „meine Stricke" reissen, ist möglich.
Ludwig, ich wünsche Dir eine gute Zeit, herzlich grüsst Dein dankbarer Paul

Juan Carlos Onetti, "Lassen wir den Wind sprechen"

Karfreitag, 29.3.2013

Nun bin ich zu Hause, höre Gaetano Donizettis Tragedia lirica "Belisario", habe soeben Alfred Döblins Roman "Berlin Alexanderplatz" zu Ende gelesen, bin noch aufgewühlt erschüttert!

Ich hatte heute Karfreitag Arbeitsschicht in der Bude, sah Deinen Text, den Du gestern mir mailtest, habe ihn ausgedruckt, liess ihn aber leider in der Bude liegen, was ich jetzt bedaure, da ich ihn nochmals lesen wollte. Doch ich arbeite wiederum an Ostermontag und werde das nachholen . Dein Text ist wiederum – wie gewohnt – aus einem Guss, philosophisch, spirituell, ein wahres Fest.

Seit sieben, acht Monaten schreibe ich dichterisch nichts mehr, zwei, drei "Sätze", zwei, drei Gedichte, ich sage das buchstäblich. Ich hoffe, wenn ich frühpensioniert bin, dass ich mich wieder erhole und neu zu schreiben beginnen werde.

Ich muss meine Brillengläser verbessern lassen, ich sehe die Buchstaben bald nicht mehr ... (die jetzige Brille ist 15 Jahre alt). Manchmal muss ich jetzt um zehn oder elf Uhr nachts mit dem Lesen aufhören, weil alles vor meinen Augen verschwimmt, und das ist doch für mich kein lebenswerter Zustand.

Lieber Ludwig, Du bist für mich wie ein grösserer Bruder, Du hilfst mir unermüdlich, ich weine vor Freude, ich bin Dir so dankbar! Was würde ich machen ohne Dich?

Wenn ich meine Publikationen betrachte, sehe ich sie wie etwas Fremdes, sie berühren mich nicht mehr. Irgendwie, irgendwo ist ein Strick in mir gerissen.

Wenn ich nicht mehr arbeiten muss, möchte ich mein Prosaprojekt "Simon der Dichter. Teilsichten aus einem Künstlerleben" fortschreiben, autobiografisch verfremdete Kabinettstücklein und fantasievoll eingefärbte Realitäten und Realitätserfindungen. Liebesgedichte und "Sätze" werden sich wohl auch wieder einstellen

Doch noch muss ich vier Monate arbeiten; ich werde alles daran setzen, dass ich das durchhalte, es ist eine Qual geworden.

Du hast mir einmal folgenden Meditationstext per SMS
gesandt, den ich seither täglich durchmeditiere, der mir
sehr hilft.

ICH BIN

Es – das Weltendenken – denkt mich. Sie – die Welten-
seele – webt mich. Er – der Weltenwillen – wirkt mich.

*

Das hat mir unendlich viel geholfen, täglich, nächtlich.
Ich anerkenne Dich als Spiritus Rector uneingeschränkt.

Ich würde Dir, lieber Ludwig, gern wieder einmal einen
langen poetischen, existenziell-philosophisch ausufern-
den Brief schreiben, doch ich bin leider einfach nicht in
der Verfassung, verzeih mir. Ich denke mir, die Schönheit hat ein ganz besonderes Sein: die Schönheit der
Sehnsucht, die Schönheit der Erfüllung! Mein ganzes
Leben ist zutiefst auf Schönheit ausgerichtet, jene des
menschlichen Körpers, der Farben, der Töne, des Worts,
der Träume, der (gedanklichen, philosophischen) Vorstellungen, die Schönheit in der Fantasie, der existenziellen Freiheit. Dass "Schönheit" schmerzen, dass Schönheit der Anfang des Schmerzes sein kann, hat niemand
besser gesagt wie Rainer Maria Rilke. Es gibt ein "Ur-
schönes" (bei Platon), und von dorther, so denke ich,
kommt jeder Atemzug, dorthin geht jeder Atemzug. Der
gichtige Kant hat beim "Willen", genauer, bei der
"Pflicht" Halt gemacht, als er zu eng übers "Schöne"
räsonierte; zur "Schönheit" hat der Philosoph Johann
Friedrich Herbart "Besseres", Tieferes gesagt, auch unter
dem Gesichtspunkt von Harmonie und Disharmonie Ich
denke mir (gisisch), "Schönheit" ist wie ein Basilikumtopf: ohne Besitzstreben wird man unmittelbar

"ganzheitlich von einem Wohlgeruch erregt"; Schönheit ist ein interesse- und zielloses Wohlgefallen an der Schöpfung, an der vollkommenen Einheit der Mannigfaltigkeit, eine Übereinstimmung der sinnlichen Erscheinungen und des intelligiblen Wesens, eine Annäherung an das "Urbild", das in allem ist. Die romantische "Blaue Blume" *ist* Schönheit; Schönheit ist eine Selbstoffenbarung des Geheimnisses. Vor der Schönheit eines Korallenwels', eines Affenadlers, Ligusterschwärmers, einer Büschelglockenblume, eines Sternbilds, einer Flusstallandschaft, einer Hölderlinschen Elegie, eines Bildes von Vincent van Gogh, einer Messe von Anton Bruckner, einer Predigt von Bernhard von Clairvaux über das "Hohe Lied der Liebe", eines Gedichts von Wilhelm Lehmann bebe ich zutiefst ... Die Schönheit eines menschlichen Körpers bete ich haltlos an: Augenbrauen, Fingerbeeren, Lippen, Halsrundung usw., ich taumle!

Nimm diesen Brief bitte einfach als kleines Lebenszeichen von mir, mit Ideen, die Dich vielleicht komisch dünken (und da Du mich so gut kennst, mögen sich gewisse Themen litaneihaft, leitmotivisch wiederholen), doch sie sind echt und ehrlich, anfragend, mitteilsam wie seit lange nicht mehr, existenziell, herz-zustimmend.

Lektüre: Else Lasker-Schüler, "Mein blaues Klavier"

Meine monatelange Krankheit, mein Burn-out hat mich tief verändert; ich stand kurz vor dem Herzinfarkt. Doch ich sehe wieder Lebensdimensionen, die mich aufrichten, und dass diese nicht in der Gesellschaft, nicht im Beruf liegen, wirst Du verstehen. Ich möchte noch ein paar Sächelchen schreiben.

Es ist immer die Leidenschaft, die das Leben schön macht. Das ist und bleibt für mich ein Credo. Ich bin der Welt noch nicht ganz abhanden gekommen, doch die Distanz zum Gewöhnlichen ist schier unüberbrückbar geworden. Seit meinem Burn-out bin ich "stiller", ruhiger geworden; ich denke viel, möchte von dem Neuen wieder schreiben können.

Halsanhals
nephritgrün
deine unauslotbaren Augen

wir murmeln
Verrücktes

halten uns
an der Hand

ich tauche
in sie
finde mich
verliere mich
in deinen Höhlen
                pg

        *

Jean-Paul Sartre hat eine über zweitausendseitige philosophische Studie über Gustave Flaubert geschrieben, seit Monaten wühle ich mich mit Hochgenuss durch sie, ich bin sehr begeistert; nach meiner Pensionierung werde ich wohl schwergewichtig Lyrik und Religionsphilosophisches lesen. On verra.

Ich cimble, klavichorde, spinettle, gonge, klarinettle, geige am Ostermontag weiter.

Per SMS, die mich glücklich machten, hast Du mir angekündigt, dass Du mir eine philosophische Betrachtung über das Wesen des Unendlichen per E-Mail geschickt hast, – Du ahnst es, ich ging heute Ostermontag mit erwartungsvoller Haltung in die Bude. Und siehe da: herrligg! Jetzt höre ich (zuhause) Georg Friedrich Händels "Dramma per musica" "Giulio Cesare" und habe mich soeben nochmals in den philosophischen Artikel vertieft. Du, Deine Gedanken über das Weltliche und das Weltenraum-Unbegrenzte finde ich atemlos gut!!! Mit wenigen Sätzen setzt Du Grenzen ins Ich-Sein und verschiebst die Grenzen ins Unendliche des Geistraums: das ist genial! Ich werde Deine Gedanken noch ein paar Mal auf mich einwirken lassen.

Deine Zuwendung zu mir erlebe ich als einen allerschönsten Strom von Geist, Güte, Menschlichkeit, Hilfsbereitschaft, wie ich das in meinem ganzen Leben noch nie erfahren habe.

Mein Geist ist wieder neugierig geworden auf die Philosophie des Altertums, auf asiatische Weisheiten, aufs weltumspannende Reden über Gottbezogenheiten, auf den Relativismus der Herakliker, auf die Wirklichkeit des freien Denkens. Du weisst es, vor "absoluten" Aussagen scheue ich mich, ich liebe das Relative, Vorgegebenheiten, Widersätze, Widersprüchlichkeiten (wie Yin und Yang), die sich ergänzen, ein Ganzes, eine Einheit werden, ohne zu nivellieren. Ich mag Blitze, flackernde Nordlichter – steter Sonnenschein würde mich erblinden lassen; ich mag die Bewegung, den geistigen Fluss mit seinen Windungen, den Strom mit den verschiedenen Untiefen ... Da bin ich halt kein Heiliger einer bestimmten, bestimmbaren Richtung, sondern ein kleiner Strudelwurmkünstler, der von Weltperioden träumt, die in Bewegung sind, im Aufstieg und im Niederstieg (Zerfall). Wenn ich frühpensioniert bin, werde ich mir den gesamten Platon (Sokrates) zu Gemüte fuhren (ich habe eine vierbändige Gesamtausgabe), denn die Fragen, ob das Gute ein Wissen sei, über Wiedererinnerung, über die Reichweite des Apriorischen, über die Methexis (Teilhabe) und Urbild, über den Wirklichkeitscharakter der Ideenwelten, über die Wesenheit des Seins, der Mensch und die Seele usw. usw., das ist doch einer der spannendsten "Romane" der Menschheit ...!

Lieber Ludwig, ich wünsche Dir eine gute Zeit – und bin Dir so dankbar. Herzlich grüsst mit Liebe Dein Paul

Lektüre: Emile Ajar, Monsieur Cousin und die Einsamkeit der Riesenschlangen"

*

Brief von Ludwig an Paul

Was Du, wie kaum ein anderer, verstehst, lieber Paul, ist, schreibend ganze Gedankenkomplexe aufzubauen und mit diesen offenbar zu machen, wie es in Deiner Innenwelt aussieht, was Du bevorzugst und was Dir verabscheuungswürdig erscheint. Nur schon das macht Dich zu einem wertvollen Partner, mit dem man sich gerne unterhält, weil seine Welt Substanz hat, Grütze, Wortgewandtheit und enormen Stil.

Wie Du das auch begreifst, ist es nicht nötig, sich über Positionen zu streiten, die nun einmal auf verschiedenen Erkenntnisebenen liegen. In dieser Hinsicht muss sich jeder eben selbst belehren. Mir scheint jedoch, dass sich die grossen Denker mit den Jahren in ihren Ansichten immer näher kommen, weil die Gegensätzlichkeiten, mit denen man sich redlich auseinandersetzt, die Tendenz haben, sich sowohl zu ergänzen, wie auch, im Punkte Omega, sich aufzuheben im Begriff des reinen Seins, das hinter sämtlichen Erscheinungen der Welt und des Lebens seine Kraft und seinen Eigenwert bewahrt.

Für Dich kann nun das Prinzip des geduldigen Übens in der Weise zur Anwendung kommen, dass Du Dir jedesmal, wenn's Deinen Sinn beschäftigt, einen Ausdruck vorlegst wie: Ich werde höchstens siebzig Jahre leben und am Ende sanft und frohgemut hinübergehn.

Für mich heisst das: Ich werde mindestens neunzig Jahre leben und meinen Werken Erfolg und Nachhaltigkeit verleihen.

Deine klare Definition der Zukunft bereitet mir eine grosse Freude, und ich wünsche Dir von Herzen, dass Du damit ruhiger, poetischer und vor Dir selber konsequenter leben kannst.

Interessant ist auch, dass Du vor allem aus den Spannungen heraus zum Schreiben motiviert bist. Das war für mich früher auch so und ist es unterschwellig auch bis heute geblieben. Aber es gibt nun doch Momente, wo ich mich aus der vollkommensten Entspannung heraus äussern kann. Das wird dann zu einem Lobgesang des Alls, voll Sanftmut, Herzlichkeit und Güte, der sich leichthin in die empfänglichen Gemüter senken soll, sie innig zu erlaben.

Damit soll's für diesmal gut sein. Ich bedenke Dich mit Liebe, Licht, Feinsinnigkeit und Frohmut alleweil, wenn ich Dich vor mir seh. Und in des Frühlings Spriessen wird uns allen wieder herzlich wohl.

Voll Seele Dein Ludwig

Lieber Ludwig,

Du hast mir einen wunderbar sanften, differenzierten, menschlichen Brief geschrieben, ich danke Dir von Herzen. Dass Deine Gedanken sich fast aussschlieslich mit dem Sein befassen, ist für mich ein Wunder: da habe ich wieder dazugelernt, ich danke Dir.

Mein lyrisches Schaffen ist auch tief mit dem Sein verbunden – in den Abermillionen Formen und Teilchen, wie sie Gott geschaffen hat, in der (animistischen) sinnlichen Kreatürlichkeit des Lebens. Anstatt mich einer Abstraktheit zu nähern, bleibe ich gern der Schöpfung, so wie sie ist, nahe, in der konkreten Fülle ihrer Wesen. Dieser existenzielle Unterschied zwischen uns ist uns nicht neu. Dein Leben, Dein Schreiben ist philosophischer als mein Leben, mein Schreiben. Mein Bezug, meine Liebe zum Kreatürlichen ist für mich keine Vorstufe des Seins, sondern das ganze Sein in seinen konkreten Ausformungen. Da dürfen wir uns unterscheiden, ja?

Ich denke mir schon, dass ich in einigen Jahren bewusst und willentlich "hinübergleiten" möchte und werde, mein Lebenswille ist nicht mehr so stark – und ich darf sagen, ich habe unendlich viel erlebt. Es darf einmal genug sein zu leben (ich strebe kein hohes Alter an, ich weiss es).

Für mich ist das Körperhafte des Seins keine Vorstufe des Abstrakten Seins, sondern in sich selbst wertvoll, genügsam, formvollendet, anbetungswürdig. Ich weiss, Rudolf Steiner und andere denken nicht so, sondern "elitärer", auch esoterisch, und Du weisst es, das ist nicht mein Weg, ich lehne ihn sogar ab. Da dürfen wir uns doch beide respektvoll je anders anerkennen, akzeptieren.

Mein ganzes Künstlerwesen geht ins Herz der kreatürlichen Schöpfung und nicht in den Kopf, ins Hirn, in das Abstrakte des Seins; die kleinen Seinslebewesen sind nicht geringer als Engelwesen ...! Da widerspreche ich Rudolf Steiner, Du weisst es. Ich sehe nicht ein, warum ich seine Denkweise übernehmen sollte, meine Jahrzehnte meines eigenen Lebens haben eine andere Richtung eingeschlagen, und was für Rudolf Steiner richtig war, kann für mich falsch sein, daran gibt es nichts zu rütteln. Du weisst es auch, „absolute" Aussageweisen sind für mich ein Gräuel, ich liebe das Sinfonische, das Polyphone, das Relative, die Widersprüche, denn Leben heisst Sterben und Sterben heisst Leben, eins durchs andere hervorgebracht, sich bedingend, sich abstossend, sich vereinigend. Ich meine, der Absolutismus hat heute auch in der Philosophie nichts mehr zu suchen, das ist denkerisch (und nicht nur politisch gesehen) passé.

Nun, lieber Ludwig, das sind nur locker hingeworfene Gedanken, Gedankenfetzen, ich bin im Grunde genommen zu müde zu schreiben, der heutige Arbeitstag hat mich ausgelaugt.

Ich habe mit der Schweizerischen Literaturgesellschaft in Zug Kontakt aufgenommen wegen meiner Prosa "Oleivo der Maler" und mit meinen Liebesgedichten "Glutsturz in den Adern", sie will mir in drei, vier Wochen Bericht geben. Ich hege keine grossen Hoffnungen, doch versuchen wollte ich's doch einmal wieder.

Dass ich zur Ausgewogenheit zugunsten meiner Psyche noch viel lernen kann, weiss ich sehr gut – nur, ahnst Du es, ich sträube mich auch dagegen, – denn ich will kein „Heiliger" werden. Tiefenpsychologisch gesehen, ist es schon so, werden die Teufel ausgetrieben, verlassen auch die Engel das Haus ...; ich habe immer aus den enormsten Spannungen heraus geschrieben. Ich sage etwas überspitzt: Glück stumpft den Künstler ab, Unglück peitscht ihn zu den grössten Kunstwerken an ... Wem es zu gut geht, der schaut Fernsehen, wem es schlecht geht, der reibt sich auf, eine Elegie zu schreiben (etwa so, hm). Mein rebellisches Wesen ist kontradiktorisch; letztlich genügt mir keine bekannte philosophische Richtung.

Wenn man meint, dass Ausgewogenheit zur Harmonie neigt, nun ja, dann bin ich noch meilenweit davon entfernt. Erst die Disharmonien ermöglichen eine Harmonie. Harmonie ist immer auch dem Romantischen nahe, was ich mag, doch ich stelle die Harmonie nicht über die Disharmonie; das Weltall ist voller Disharmonien – so wie das kleine Leben auch. (Anderes wäre Schönfärberei, Zuckerbäckerei.) Ich weiss, da steht der kleine Paul Gisi auf verlorenem Posten. Egal!

Ordnungen sind wie ein Spülkasten, völlig vonnöten, doch es gibt auch die grossen sozialen, existenziellen, völkischen, seinsrelevanten-tiefenpsychologischen Unordnungen (der Träume zum Beispiel). Da wage ich es nicht, zu rasch Grenzziehungen vorzunehmen.

Lieber Ludwig, heute nur so viel. Ich bin erschöpft.

Ich bin glücklich, dass Du gut von mir denkst, dass Du mir hilfst. Herzlichst grüsst Dein Paul

Lektüre: "Briefwechsel Hermann Hesse –
Rudolf Jakob Humm"

Brief von Ludwig an Paul

Möglicherweise hat Dir das Erlebnis mit Maunzli aus der Verzweiflung heraus den Impuls für Deine überwältigende Schreibwut und -kunst gegeben. Eine solche Sprachgeschmeidigkeit kann ich selbst bei den hervorragendsten Schriftstellern unserer Zeit nicht finden. Ebenso hast Du die Brosmeten schlagartig auf eine neue, faszinierende Stufe angehoben.

Was das Maunzli betrifft, kann ich Dich so gut begreifen. Ich will Dir da eine Katzengeschichte aus meinem Lebenskreis erzählen.

Einige Zeit, nachdem meine Lebenspartnerin, Karin Müller, im Januar 2004 verstorben war, hörte ich von meinen Freunden im Toggenburg, dass sie aus einem Wurf von vier reizenden Kätzchen noch eines zu verschenken hätten. Ich sagte sogleich zu und konnte es kaum erwarten, bis ich das zwölfwöchige Knäuelchen mit nach Hause nehmen durfte. Wir hatten grosse Freude aneinander. Ich taufte es L`aura, mit dem Gedanken, dass es der gute Geist (die Aura) in meinem Hause sei. Nach zwei, drei Jahren geschah es, dass ich für zwei, drei Wochen zu Herrn Kriemler nach Marbella reisen musste. Da habe ich das Kätzchen meiner Nachbarin anvertraut in dem Sinne, dass sie ihm zweimal am Tag in meinem Hause Futter reichte und ihm mit entsprechenden Streicheleinheiten ihre Liebe bekundete.

Als ich von Spanien zurückgekommen war, lief ich natürlich sogleich zur Nachbarin, um mich zu erkundigen, wie es mit der Katze gegangen war. Sie erzählte mir, dass in der ersten Woche alles wie am Schnürchen abgelaufen sei. Das sehr frei gehaltene Tier war sich ja gewohnt, x-mal am Tag und in der Nacht ins Freie zu gehn. Dann aber sei sie plötzlich verschwunden und bisher nicht mehr zurückgekommen.

Ich war sehr geschockt und machte mir heftige Vorwürfe, ob ich nicht eine bessere Lösung hätte finden können. Das Kätzchen kam nimmer zurück und ich stellte mir vor, dass es aus Verzweiflung über meine lange Abwesenheit davongelaufen sei. Das hat mich sehr beschäftigt und hat mir entsprechend weh getan.

Nach einem Jahr der Trauer hörte ich wieder (in der Familie Kriemler) von einem überzähligen Kätzchen. Mit neuer Freude holte ich es in Teufen ab und gewöhnte es an die Lebensweise bei mir. Ich habe es auf Lara getauft, in Erinnerung an L'aura, aber auch an die wunderbare Darstellerin im Film Dr. Schiwago. Meine Lara macht mir mit ihrer Anhänglichkeit und ihren phantasievollen Eskapaden grosse Freude.

Mit der Zeit hat es sich ergeben, dass ich mit einem elektronisch gesteuerten Türchen nur noch Lara im Haus beherberge. Aber vier andere Katzen kommen jeden Morgen zur Sitzplatztür und bekommen dort einwenig Futter. Ich schicke Dir Fotos von der Speisegesellschaft. Lara ist die schwarz/weisse, dann das Tigerli vom Nachbar. Dann zwei schwarze, von denen ich nicht weiss, woher sie kommen. Dann, als grosser Fotostar, der wunderschöne rothaarige Kater "Phöbus", von dem ich kürzlich herausgefunden habe, wo er wohnt.

Das also meine Katzenstory zu Deinem Wohlgefallen. Herzlich

*

Lieber Ludwig,

ich möchte Dir mein Opus 90, meinen elften "Sätze"-Band "Testament der Leidenschaft"" geben; Du weisst, wie ich Dir mitgeteilt habe, ich wollte ihn Dir zuerst nicht zeigen, da ich Deine "Zensur" fürchtete. Es hat viele "Sätze", die Du ablehnen wirst, doch ich denke mir nun, das liegt in der Natur der Sache. Meine "Sätze" wollen keine Weisheit vermitteln, sondern sie sind farbige Murmeln meines Lebens, Denkens, Wahrnehmens, meiner Positionsbezüge. Ich wagte es extra, mich in diesem "Testament der Leidenschaft" unverfroren "nackt" zu geben, als Künstler, als Individuum. Zu Recht liesse sich zustimmend UND ablehnend diskutieren, doch darauf kommt es mir nicht an, ich äusserte mich in dem, was mir einfiel, provokant, milde, scharfzüngig, boshaft, kämpferisch, offenherzig, fragmentarisch, Details in die Totale verwandelnd (um filmisch zu reden), Perspektiven zu zeichnen, den Lichtkegel auf einen Punkt zu richten, sprunghaft der Welt zu begegnen. Manchmal bin ich selbst fast ein bisschen überrascht über meinen "Mut" der Ausschliesslichkeit ... Ich möchte (weiterhin) fern aller bekannten Wege weitergehen, mit Fragen und mit vorläufigen Antworten – so, als sähe ich die Welt zum ersten Mal, neu. Kanonisiertes Vorgedachtes ist mir immer schal, unbedeutend; ich versuche, Ureigenes zu finden, umzuschichten, neu zu kombinieren, wenn's sein muss eben auch zu isolieren. Vermutlich komme ich so nicht allzu weit, dafür beanspruche ich, dass alles persönlich aus mir selbst herauskommt, voilà.

Jetzt arbeite ich an meinem zwölften "Sätze"-Band "Fuss fassen im Bodenlosen" und an meinem Liebesgedichteband "Glutsturz in den Adern".

Im Bogen der Beine
flackert das Kerzenlicht –
die Hände streicheln
tachistisch körperfort

Du, ich möchte Dir noch "Oleivo der Maler – Passagen aus einem Künstlerleben" schenken; etwa vier Fünftel bestehen aus einer Auswahl meiner Brosmeten (die Du kennst), ein Fünftel etwa ist neu. Ich denke mir schon, dass darin die Fülle der Fantasie, des Fantastischen weitherum unerreichbar ist, dass es nichts "Derartiges", Vergleichbares in der Literatur gibt. Das heisst nun gewiss nicht, dass diese "Passagen" super gut sind, doch sie sind immerhin unverwechselbar mein Sprachkörper, "mein Sound".

Ich war, dichterisch gesehen, gut ein halbes Jahr wie tot, ausgebrannt, erledigt, doch jetzt spüre, erlebe ich wieder – es ist wie eine Neugeburt, eine Auferstehung – nach einer Phase der Verpuppung Neues in mir aufkeimen, aufquellen. Wenn ich nicht schreiben kann, ist für mich das Leben, werden selbst die Liebeslustekstasen sinnlos. Es war eine harte Zeit, nahe an der Verzweiflung.

"Das Universum kennt keinen Boden", warum sollte also ich einen haben?

Dass Du, lieber Ludwig, zu mir hältst, ist für mich eine Bereicherung, ja eine existenzielle Stütze, dafür danke ich Dir herzlich. Meine Andersartigkeit ist in Deiner Grossmut, in Deiner Toleranz aufgehoben; ich erwarte gewiss nicht, dass Du alles gut findest, was ich schreibe; doch es ist gut, von Dir angenommen zu sein, mit allen meinen Befremdlichkeiten und Hilflosigkeiten, die ich habe. Im zutiefsten Seinsstrom bist Du mir nahe, darf ich Dir nahe sein. Viele Wege fuhren zum Sein, ich instrumentiere einfach anders als Du, ja? Du hast gewiss wie ich ein paar Menschen, die von Deinem Werk sehr beeinflusst, getragen werden.

Ein paar meiner Liebesgedichte zum Beispiel sind für meinen Freund Tim, und wenn ich sie ihm vorlese und sage, "Tim, das ist für dich, das bist du, das kommt von dir", dann lacht er und sagt, "Paul, du spinnst" und umarmt mich heftig ... Auch "vieles" von meiner frühern Geliebten Maja hielt Einzug undundund. (Ich möchte gar nicht alles "aufschlüsseln".)

((Dass ich erotisch zwischen den Geschlechtern etwas hin und her flackere, gehört einfach zu meinem ureigenen Biotop.))

Nun habe ich recht keck "aus meiner Küche" geplaudert, Ludwig, da ich weiss, alles fällt in Dein grosses Verstehen, in Dein Vertrauen hinein; ich durfte das wie einem grössern Bruder sagen.

Sich Dir in Deinen Büchern zu nähern, Du ahnst, weisst es, ist etwas vom Denkbar-Schwierigsten, da Du eine "Höhe" innehast, die unerreichbar ist. Ich lese immer wieder in ihnen. (Doch ich bin, verglichen zu Dir, so klein.) "Poesie des Seins" ist *inhaltlich* gesehen eine unauslotbare Fundgrube der Lyrik, der Gedanken, der Weisheit, atemberaubend – "im / überwältigenden / Schauen"! (*Sprachlich* gesehen ist dieses Buch nicht sehr hinreissend.)

Lektüre: Marcel Jouhandeau, "Herr Godeau"

Lieber Ludwig, ich danke Dir, dass wir uns kennen dürfen, dass wir immer wieder uns austauschen können, leicht und schwer. Für mich bist Du ein Fest!

Du, ich wünsche Dir ganz, ganz herzlich nur liebenswertes Gutes und Schönes,

Dein kleiner dankbarer Paul

Lieber Ludwig

dass Du mir als "Award" einen Sommerferienzustupf geben möchtest, ist für mich ein Wunder!

Letzthin war ich mit meiner Freundin Claudia an der St. Galler Opernfestspielpremiere (auf dem Klosterplatz) von Hector Berlioz' "La damnation de Faust", es war ein wunderbares Erlebnis.

Du hast mir ein Foto von Buddha, den Du gekauft hast, geschickt: Du, wenn man ihn betrachtet, geschieht's wirklich, dass man in ein höheres Bewusstsein eintritt: fantastisch herrlich! Auf meinem Schreibtisch steht auch ein Buddha, ich schicke Dir ein MMS. (Links siehst Du Deine Bücher.)

Mein neuster Liebesgedichteband "Glutsturz in den Adern" wächst stetig; ich glaube, es sind in der Welt der Lyrik noch niemals ähnliche Gedichte geschrieben worden ... Und mein neuster "Sätze"-Band "Fuss fassen im Bodenlosen" entwickelt sich mehr und mehr zu Paukenschlägen ... Ich gehe nicht so weit zu sagen, diese beiden Opera werden zu meinem Schwanengesang, und doch: ich durfte mich noch "steigern" – nach meiner Verpuppung, nach meinem halbjährigen Schweigen, nach meinen zwei Satori-Erlebnissen, die ich verfluche, die ich segne, denn ausser Liebe ist mir eigentlich alles schal geworden.

In zwei Jahren bin ich pensioniert, wie es dann aussehen wird, steht in den Sternen. Ich habe kategorische Rückzugstendenzen, sehne mich nach einem (fast) mönchischen Zustand: ohne Zeitung, ohne PC, ohne Radio – nur mit meinen Büchern und meinen Manuskripten und den Belcantoopern. Doch aus allerlei zwingenden Gründen muss ich dann zügeln, will auch meine   ca. 3000

Bücher, die zurzeit in Schachteln in meiner Garage vor-sichhindämmern, wieder bei mir; doch wie das finanziell möglich wird, bleibt vorerst ein Rätsel. Zutiefst entdecke ich in mir eine Gelassenheit, die von vielem absehen kann.

Alors, ich arbeite zurzeit unverdrossen an meinem Opus 91 und 92, das gehört einfach zu meinem Atmen! Die Schweizerische Nationalbibliothek in Bern hat längst meine Werke und einige umfangreiche Briefkonvolute archiviert, das ist mir Sicherheit genug. Mir liegt nicht daran, bekannt zu werden, über den Ruhm hohnlache ich, ich lebe einfach, wie ich lebe. Bald kopiere ich das grössere Konvolut meiner Briefe an den Lyriker Felix Güntert alias rhino c. rastlos im Tessin und schicke es der Nationalbibliothek; meine paar hundert Briefseiten an Claudia Vamvas sind auch schon dort. Ich habe es längst aufgegeben, im grössern Rahmen zu publizieren, doch das ist für mich absolut keine Trübnis, im Gegenteil: eine Erleichterung! Für meine vielen Tausende von Brief-seiten bedingte ich mir ein Publikationsverbot aus bis 17. Juli 2049, meinem hundertsten Geburtstag!

Wenn ich sang- und klanglos im Orkus verschwinde, so macht das auch nichts. Ich lebe JETZT! Meine Liebesgedichte teilen hoffentlich etwas mit, wie haltlos ich verliebt bin, wie masslos leidenschaftlich, liebeslusttaumelnd ich liebe – was will ich mehr? Eine knappe Handvoll wunderbarer Menschen in meinem engsten Bekanntenkreis mag, was ich schreibe, das beglückt mich vollkommen. Fürs Literatengeschäft habe ich nur Spott übrig.

Rund um mich sind alle Menschen so erwachsen, ich bin verblüfft, sie sind so vernünftig, so schlau, so erwerbsgierig, so politisch engagiert, so gefühlsfern, so ausgerichtet und eingerichtet in den Hohlformen der

Sinnlosigkeit, der Oberflächlichkeit, sie sind eins geworden mit den Platitüden der Dummheit, der Moden, der Sensationsgeilheit, für mich ein Graus! Ich leide immer noch, weil Maunzli starb, bin beglückt, wenn mir nachts mein Freund Tim telefoniert ... (Vermutlich habe ich noch Kindliches in mir, wie ich der Welt begegne.)

Die Welt kann nach Rilkes "Aufzeichnungen des Malte Laurids Brigge" und nach Kafkas "Schloss" und "Strafkolonie" nicht so tun, als gäbe es diese weltverändernden Kunstwerke nicht!

Lektüre: Jean-Baptiste Louvert de Couvray,
"Die Liebesabenteuer des Chevaliers Faublas"

Lieber Ludwig, ich habe heute Nacht keinen grossen Schreibatem, verzeih mir, ich arbeite seit Wochen in einer Sechstagearbeitswoche für diese Provinzzeitung und -druckerei, zu einem Hundelohn wohlverstanden! Ich bin recht müde geworden, sehne mich nach meinen Ferien! Ich überlege mir ernsthaft, ob ich das Brosmete-Schreiben einstellen solle, es beginnt mich zu belasten.

Du bist wie mein grösserer, weltgewandterer Bruder. Manchmal bin ich so hoffnungslos. Letzthin hat meine Chefin, die Chefredaktorin M. E., mir drei Fehler zornig aufs Pult geknallt, ich übersah zwei Kommafehler und eine Pluralform, mit dem schriftlichen Vermerk "ziemlich lausig", mein sprachliches Know-how wird nicht gesehen, nicht gewürdigt, ich werde wie ein schwachsinniger Unterstufenschüler behandelt. Ich sagte M., "ich bin nicht der Blitzableiter für deine Launen", kehrte mich um und ging. Es herrscht jetzt dicke Luft! Du ahnst nicht,

Ludwig, wie ich in dieser pöbelhaften Provinzzeitung leide!

Na. Ob ich noch zwei Jahre in dieser Berufshölle auszuharren gewillt bin, wird sich erweisen.

Nun weiss ich nichts mehr zu schreiben. Verzeih mir.

Ich danke Dir für alles, für alles, ich denke so gut von Deinem schwierigen Werk!

Herzlich grüsst Dein Paul

Staad, 12.7.14

Lieber Ludwig,

nach einigem Zögern schicke ich Dir meine "Briefe an Simon", erschienen vor etwa zwei Wochen. Sie umfassen einige meiner Brosmeten und einige meiner neuen "Sätze". Weisst, ich zögerte, weil es ein paar "Sätze" hat, die Deinem Leben, Deinem Denken entgegengesetzt sind. Ich billigte mir eine Offenheit zu, wie sie zum Beispiel bei der Beat Generation, bei Allen Ginsberg, anzutreffen ist.

Wegen dieser "Simon"-Briefe bin ich mit Rainer Stöckli in einen Clinch-Briefwechsel geraten (er kaufte sie); einiges findet er genialisch, anderes erzeugt in ihm Brechreiz (meine Stelle mit den Phallen). Nun, ich denke mir, man soll mich nehmen, wie ich bin, und mit "Hausfrauen"-Literatur habe ich nichts zu tun. Klar, man kann Teile von mir vehement ablehnen, kein Problem für mich.

Ich lehne den St. Galler Literaturkuchen auch strikt ab.

Man soll im Gesamt meines Werks meine "Briefe an Simon" nicht überbewerten, doch ich lasse jeden Satz gelten, nehme keinen zurück!

Man kommt mir auch anderweitig mit Moral entgegen, da muss ich hohnlachen. Mein Leben ist sanft vereinmalicht auf andere Begebenheiten abgestimmt, ohne jede Gewalt, immer das Schutzalter beachtend, da gibt es nichts vorzuwerfen. Meine bisexuelle Konstitution führte mich eben auch zu Erlebnissen, die dem verehelichten Kleinbürger versagt bleiben.

Wer mein Werk zu lesen weiss, nunnun, dem ist diese "Offenbarung" nichts Neues. Mir lag am Ende meines Lebens einfach daran, davon offen zu schreiben.

Ich vermute, Du hast noch nicht alle meine "Sätze"-Bändchen, in ihnen ist da und dort eine "Anspielung".

Doch die "Bandbreite" in den "Simon"-Briefen ist ungleich weiter und lässt sich nicht reduzieren auf diese eine Aussage (meine Bisexualität).

Eine Frau, eine Künstlerin, schrieb mir, sie sei entsetzt über mich. Herrgottschtärnechaibnochmals, da muss ich einfach lachen, entsetzt über was? Entsetzt über meine Einsamkeit, meine Hofffungslosigkeit, Bizarrerie, über mein Lachen über die Welt, über mein polyphones Wesen, über meine Bisexualität, über mein eigenständiges Urteilen?

Wenn Georges Simenon schreibt, dass er über zweitausend (oder zehntausend?) Frauen hatte, so schmunzelt man; bei mir gerät man, da ich von Männern rede, in Harnisch, in Bigotterie, in Ablehnung, in Verwerfung. Was für eine verlogene Gesellschaft, die ich hasse!

Ich hatte ein paar existenzielle Liebesbeziehungen zu Frauen, es war allerwunderschönst.

Lieber Ludwig, ich hoffe, Du verstehst meine Diversitäten meines unruhig oszillierenden Lebens, ja? Ich bin immer wieder zwischen allen Mühlen des Lebens, des Erlebens, des Suchens, des Findens.

Alles in allem hatte ich ein glückliches Leben – auch wenn es jetzt etwas flackernd geworden ist.

Seit zwanzig Jahren schrieb ich fast nur Liebesgedichte, sie sind interpretierbar auf Mann und Frau. Wer das nicht sieht, soll mich nicht lesen.

Lektüre: Sarah Kirsch, "Drachensteigen"

13.7.

Rainer Stöckli hat, wie er mir schrieb, meine Liebeslyrik nur deshalb nicht rezensiert, weil er meine Erwiderung fürchtete. Es ist schon so, Rainer bekam in den letzten Jahren einige vielseitige Briefe von mir, in denen ich ihn zerpflückte, zerriss, auflöste; so habe ich auch seine sechs Peter-Morger-Hefte von A bis Z vernichtet, aufgezeigt, dass er Peter Morger schadete, dass er wie ein eitler Pfau sein professoral-akademisches Rad schlug und über alle Köpfe hinweg einfach virtuos vor sich hin brillierte, ohne Bezug zum Thema. Und seine Lyrik habe ich als abgestandenen kalten Kaffee weggeschoben.

Ich geniesse es, mein Urteil völlig unabhängig zu formulieren, ich brauche auf keine Pseudorespektabilität, auf keine Provinzmehrheitsmeinung Rücksicht zu nehmen. Stöcklis literaturpäpstliche Dogmen und oberlehrerhaften Belehrungen sind mir ein Gräuel! Er ist ein widerlicher Narziss, sogar etwas debil in seiner Supergescheitheit.

Lieber Ludwig, ich hoffe, bald wieder von Dir hören, sehen, lesen zu dürfen, Du bist für mich existenziell wichtig. Ich liebe Dich, bewundere Dich.

Herzlich grüsst Dein Paul

Lieber Ludwig,

heute kam Dein lieber Brief mit der grossen Überraschung von 200 Franken, wofür ich Dir ganz herzlich danke.

Das Büchlein "Gewichtlos, schwer von Welt" habe ich in 50 Exemplaren herstellen lassen.

Ich werde in der Armut versinken ... Doch noch lebe ich, rauche jetzt einen Cigarillo Jacob van Meer, trinke ein Weissweinchen und einen Marc, der zehn Jahre im Eichenfass schlummernd träumend gereift ist und höre eine romantische Belcantooper von Gaetano Donizetti, "Marin Faliero", eine Tragedia lirica.

In den letzten zwei, drei Wochen las ich etwa zwanzig Romane, Gedichtbücher und Biografien, darunter auch Meinrad Inglin, der mich wieder neu in Bann schlägt.

Was ich niemals gedacht, erwartet habe, ist geschehen: ich schreibe wieder, und zwar viele Kurzgedichte, die ich – meine Erfindung – "Prismen" nenne, fast japanisch kurz; ich glaube, ich bin auf einer gute Fährte.

Ich werde nun für die Zeitung nur noch 1-mal monatlich eine Brosmete schreiben, keine zwei mehr, ich habe Mühe mit meinen Einfällen. In knapp zwei Wochen muss ich meine nächste Brosmete abliefern, doch ich habe noch kein Thema.

Gesundheitlich geht es mir solala, ich muss Tabletten gegen meinen permanent zu hohen Blutdruck und gegen meine Depressionen nehmen und ich bin einfach stets sehr müde; manchmal denke ich mir, mein Lebenssandührchen geht zu Ende, andererseits gefällt mir das Leben immer noch sehr.

Meine grossen Gedankenkühnheiten, Gedankenbögen, philosophisch, kulturell, existenziell, fehlen mir zurzeit völlig, das bedrückt mich. Andererseits zeichnet sich eine neue, von allem losgelöste Freiheit ab, doch ob diese mich tragen wird, weiss ich noch nicht.

Ich bin froh, Dich in der Nähe zu wissen. Dein "Universensein" gibt mir Kraft.

Lieber Ludwig, ich danke Dir für alles, für Deine Hilfe, Dein freundschaftlich-brüderliches Mirzugewandtsein,

herzlich grüsst Dein dankbarer Paul

Lektüre: Adolf Portmann, "Biologie und Geist"

Lieber Ludwig,

es ist herrligg, dass die Nächte wiederum länger werden; zum Glück bin ich derart zwäg und aufnahmefähig, dass ich pro Tag mühelos acht bis zwölf Stunden lesen kann: das ist ein Fest! In den letzten Wochen las ich Hermann Broch, Kurt Guggenheim, Meinrad Inglin, Marcel Proust, Erich Fromm, Carl J. Burckhardt, Vicente Aleixandre, August Strindberg, J.-P. Sartre, Ernest Hemingway, Knut Hamsun, Herbert Rosendorfer, Blaise Cendrars, Joseph Roth, Stefan Zweig, James Joyce, Poe, Baudelaire, Mayröcker, um nur ein paar wichtige Namen zu nennen. Zudem werde ich in nächster Zeit das Gesamtwerk von Franz Kafka ein zweites Mal lesen; jetzt bin ich tief eingetaucht in Kafkas Leben mit der voluminösen dreibändigen Biografie (2000 Seiten) von Reiner Stach über Kafka, es vibriert in mir enorm ... Und all das, es versteht sich, bei Belcanto, Wein und Pfeife und Kerze. Zwischendurch lese ich immer wieder in Deinem "Universensein", was ein ganz besonderes Fest ist. Du hast den Rang eines Nietzsche, eines Kierkegaard, eines Sri Aurobindo, eines Teilhard de Chardin. Du bist schwer zu lesen, denn es ist schwer, Deinem sehr hohen Niveau zu folgen, doch Dein rhythmisch-hymnischer, philosophischer, gar mystischer Text reissst mich immer wieder mit, Deine kreisenden, mäandrierenden Sätze verweisen ruhig gemessen in den Kern des Lebens, des GROSSEN SEINS. Deine hohe moralliebende Aussageweise wird getragen von einer Menschlichkeit, einem Verstehen, das mich existenziell anspricht, aufwühlt gar. Es gibt nichts Ähnliches in der Kunst, in der Philosophie, in der Religion wie Dein Schreiben, das im Grunde sehr klar ist innerhalb einer Sprachmächtigkeit, die verblüfft und überzeugt. Ich bin Dir so dankbar, dass ich das lesen darf, mein Leben wird dadurch sehr bereichert. Ich bin sicher, dass Dein Werk in der Zukunft wie ein erratischer

Block dastehen wird; spätere Generationen werden ehrfürchtig staunen, was da "geschehen" ist.

Ich schreibe meine "Prismen", es sind Kürzestgedichte; ich denke mir, dass ich gegen Ende dieses Jahres 50 bis 60 Stück haben werde, die ich dann wieder in einem kleinen Bändchen erscheinen lassen werde. Zurzeit habe ich etwa 40 Stück, und das Ganze ist ins Stocken geraten, was mich aber nicht beunruhigt, denn ich kenne mich und weiss, dass in einer der nächsten Nächte wiederum ein weiterer Schub folgen kann.

Meine finanzielle Lage sieht vorderhand nicht so schlecht aus, denn ich kann, nachdem ich mit der Bank konferierte, eine Termingeldanlage von 50 000 Franken früher lösen, erforderte es die Lage; das beruhigt mich. Klar, in drei, vier Jahren werde ich pleite sein und nur noch die AHV haben, evtl. Ergänzungsleistungen bekommen. Die paar hundert Franken aus dem Fürsorgefonds der Pro Litteris sind nur ein Tropfen auf den heissen Stein. Doch für die nächsten Monate bin ich geputzt und gestrählt, ha, weiter mache ich mir keine Sorgen. Wenn ich noch ein paar Jahre lebe, falle ich in Armut, henu, ich bin halt Lyriker.

Ich schicke Dir dann noch meine Brosmete, die morgen in der Zeitung ist, es ist ein Schelmenstück, denn ich schrieb buchstäblich über nichts (da mir kein Plot eingefallen ist). Mich vergnügen diese Zeilen, ein paar Leser werden "verschnupft" sein, olé, ist mir auch recht. Es ist alles Fiktion.

Ich muss in zwei Wochen wiederum zum Arzt, und da hoffe ich, dass ich das Medikament gegen Depressionen absetzen kann; dasjenige gegen zu hohen Blutdruck muss ich wohl behalten, mais on verra.

Wie geht es Dir, lieber Ludwig? Du machst wohl immer noch Deine nächtlichen Diktate, ja? Deine Schöpfungs- und Lebenskraft sind bewunderswert. Ich bin recht müde geworden, doch manchmal zwinge ich mich zu einem Velofährtchen – und dann fühle ich mich auch wohl(er).

Ich muss diesen Brief auf einen Stick laden, mit dem ich ihn dann in einem Copy-Druck-Geschäft in der Stadt St. Gallen ausdrucken kann; ich bin ein Schriftsteller ohne Drucker ... (bekümmert mich auch nicht mehr, ich werde in manchen Punkten gelassener als früher).

Vor einigen Monaten schrieb mir Prof. Dr. Mario Andreotti, dass er mich in die 5. Auflage seines Buchs "Die Struktur der modernen Literatur" aufnehmen werde, was aber nun nicht der Fall ist, ich recherchierte in der Buchhandlung in St. Gallen. Dass ich kein Diplomat bin und jemals einer werde, weisst Du; ich werde ihm demnächst missmutig schreiben, ich habe nichts zu verlieren. Es bestätigt mich einfach wieder einmal, dass der akademische Literaturchlüngel für die Füchse ist, von A bis Z verlogen. Zumindest das muss dieser Andreotti von mir einstecken! Ich werde ihm auch sagen, dass ich sein lehrerhaftes Buch nicht lesen werde, er kann zum Teufel gehen.

Lieber Ludwig, ich bin Dir so dankbar für alles, Du hast mir schon so oft existenziell geholfen, herzlich grüsst Dein Paul

Mit dem Appenzeller Medienhaus geht es heissahoppla rasch abwärts. Hahaa, Paul Gisi verlässt die Firma – und alles kracht zusammen.

Lektüre: Gerhard Meier, "Baur und Bindschädler"

Lieber Ludwig,

meine "Prismen" "Lichthin in deinen schwarzen Pupillen" sind geschrumpft, in einem notwendigen Akt der Überarbeitung habe ich gut zehn Gedichte vernichtet, weil sie mir zu trivial vorkamen; nun muss ich sie wieder aufbauen, was nochmals einige Wochen wenn nicht Monate braucht, denn meine Kapazität des Schöpferischen ist nicht mehr wie früher, dafür habe ich einen neuen "Sätze"-Band begonnen. In den letzten Wochen fielen mir einige "Sätze" ein, ich dachte mir, ich kann ihn nicht mehr beenden, doch heute sagte ich mir, egal, und notierte einiges.

Ich lebe mit Deinem "Universensein", wenn ich auch zugeben muss, ich lese nur in "kleinen Dosen", da es mir sonst zu viel wird, zu viel an Gewicht, an Überwältigtsein. Dein mystisches, rhythmisch-philosophisches, hymnisch lebenszugewandtes Schreiben fordert mich bis zuletzt, ich komme an meine Grenzen mit meinem kleinen Intellekt, doch ich suche Dein Schreiben, bin Dir tief dankbar, dass ich es lesen darf. Du, Dein Schreiben ist wie Honig für mein Altern, ich geniesse Deine poetischen Sätze, die nichts Ihresgleichen finden! Du kennst das Leben wie kaum jemand sonst, "Grandiose Vielfalt in der Einheit ..." lese ich bei Dir und zwirble vor Freude, dies so zu lesen. _ "Ich Bin das Einzige das i s t, geruht das Sein von sich zu sagen und erkläre Mich der Fülle der Weltgedanken aufs Intimste zugetan." Lieber Ludwig, Du trägst das ganze Weltall auf Deinen Schultern, in Deinem Herzen, ich bin sprachlos vor Bewunderung. Die ganze zeitgemässe Literatur hebelst Du mit Deinem "Universensein" mühelos aus, davon bin ich überzeugt. Ganze Büchereien, Bibliotheken werden überflüssig vor Deinem gigantischen Werk.

Bis jetzt habe ich 97 Publikationen, ich möchte gern 99 haben, noch meine "Prismen" und meine neusten "Sätze", wovon ich ja erst ein paar habe. Eine 100. Publikation zu haben wäre mir zu dumm.

Schön und wichtig für mich ist, dass ich täglich meist viele Stunden lesen kann bei Belcanto, Wein, Pfeife und Kerzenschein. Das übertönt meine Depressionen, meine Schwermut, die schon arg in mein Leben gegriffen hat. Mein einst liebesvolles tolles Leben ist etwas geschrumpft, henu, ich nehme es immer noch offen an.

Meine literarischen und philosophischen Interessen über den Hylozoismus (Anschauung, die alle Materie als belebt, beseelt betrachtet), die Sozialethik, die Ataraxie (Unerschütterlichkeit, Seelenruhe, Gleichmut) oder die von Leibniz vertretene Lehre der "Prästabilierten Harmonie" (vorherbestimmer Gleichklang), beschäftigen mich sehr, auch wenn ich sehe, dass ich mich immer mehr dem Konkreten zuwende, dem Konkreten von Rilke, von Pessoas Lyrik (Heteronymen) und Prosa, der Geschichtsschreibung von Carl J. Burckhardt, der literarischen Fiktion von Friederike Mayröcker. Ja, das Leben ist herrlich, Hiersein ist schön!

Und ob mein Leben noch lange dauert oder nicht, es ist mir keine Sorge, Besorgnis, ich lebe auf meine "Prismen" und meine "Sätze" hin, das ist viel. Und ich werde jeden Tag dankbar dafür, dass ich noch lebe.

Und ich habe viel von Dir gelernt über die Transformation des Seins, über das grosse Sein, und das gibt mir Hoffnung, weitet mein kleines irdisches Sein. Du hast mir die Angst vor meinem Ende genommen. Und einmal mein kleines Sein in die Hände des grossen Seins zurückzugeben, stimmt mich eher mit Freude.

So, nun habe ich aber wiederum einen fast langen Brief an Dich gezwitschert, Du wirst ihn verstehen, wirst schmunzeln.

Lieber Ludwig, ich bin Dir sehr dankbar für alles, was Du für mich getan hast, es ist so vieles. Du bist der liebste, grosszügigste Mensch, den ich kenne.

Ich wünsche Dir gute Gesundheit und unermüdliche Schöpfungskraft (nachts bei Deinen Diktaten), herzlich grüsst Dein Dich verehrender kleiner Freund, sehr ergeben, Paul

Lektüre: André Maurois, "Balzac"

25.4.18

Lieber Ludwig

Heute geht es mir nach längerer Zeit wieder so richtig gut, ich höre nach manchen Wochen Opernabstinenz endlich wieder einmal eine Oper, Donizettis "L'Assedio di Calais"; letzthin hörte ich nur Messen und Requiems. Ich hatte nachts schreckliche Albträume, ich glaube, der Tod besuchte mich in meinen Träumen, doch jetzt hat er sich entfernt, weil er feststellen musste, dass ich für ihn noch nicht reif, bereit war. Es ist mir, als komme ich aus einem Tunnel – und ich feststelle, die Welt ist herrlich. Es ist wunderbar alles weit.

Deinen geschickten Text werde ich übers Wochenende nachvollziehend zu verinnerlichen versuchen.

Ich danke Dir für alles und wünsche Dir einen schönen intensiven Abend, herzlich grüsst Dein Paul

Zu Albert:

Ich schreibe ihm sehr viel, er mir sehr wenig. Ich will meine Beziehung zu ihm überdenken, mein Briefverhalten zu ihm. Ich merke, er schreibt mir, wenn überhaupt, recht genervt. Er nimmt es mir übel, dass ich ein schöpferischer Künstler bin, der publiziert – und er in diesem Punkt ein Nichts ist.

Ich komme an meine Grenzen, mit ihm weiterhin Geduld zu haben. Er kann meisterlich fabulieren, leistet aber nichts. Seine Faulheit IST erschreckend! Er macht mit seinem GA kreuzundquerweise seine Kunstfahrten, so auch zu C. G. Jungs Küsnachter Villa, wobei er von Jung kaum mehr als ein Kindergartenschüler versteht. Da kann mir der Kragen platzen.

Ich habe ihn sehr oft angefragt, was er vom Hinduismus und Buddhismus halte, was er davon denke, wie er dazu stehe – er schweigt hartnäckig; henu, in einem indischen Bordell beschäftigt man sich mit anderem ... Er ist sehr intelligent und kann wie ein Husar Briefe schreiben, doch zutiefst ist er recht hohl, ein müder alter verspiesserter Mann, – der von Lyrik und Mystik weniger als eine Spinne versteht. Er mag meine Lyrik nicht, versteht natürlich auch rein gar nichts davon.

Dass Du ihm die Stange hältst, ist Deine Sache. Ich habe mich nun monatelang einfühlend mit Albert beschäftigt, war geduldiger wie ein Kamel. Doch seinen Grössenwahnsinn mir gegenüber toleriere ich nicht mehr. Ich habe es nicht nötig, mich derart behandeln zu lassen. Er behandelt mich wie einen schwachsinnigen Hilfsschüler. Ich muss es sagen, Du täuschst Dich in ihm komplett, ich irre mich nicht. Da Du allüberall das Gute siehst, siehst Du auch in ihm das Gute. Dass Du jetzt an mir zweifelst, schmerzt mich.

Wir bleiben im Gespräch. Herzlich grüsst Paul

Lieber Albertulus

Hans Albrecht Mosers Roman gefällt mir bis jetzt. Saremo, ein Ungläubiger und Künstler, Klavierspieler, der sich immer auf dem falschen Lebensweg befindet, erzählt Praetorius, einem Dichter, sein Leben, immer wieder mit pessimistischen Lichtblicken, wie ich es liebe, so im ersten Teil, "Das Leben eines Ungläubigen"; wie es im zweiten Teil, "Vineta, Entwurf zu einem Roman", weitergeht, weiss ich noch nicht. Im dritten Teil erklärt er Begriffe wie Abstammungslehre, Abstinenzbewegung, Bolschewismus, Konzerte, Museum, Perversitäten, Privateigentum, Psychiater, Regenschirm, Utopier usw. usw., ich erwarte einige Vergnüglichkeiten und Bissigkeiten.

"Vineta" ist sehr gut geschrieben und in weiten Bögen komponiert; ich mag H. A. Moser das Prädikat "genial" nicht geben, er ist, so meine ich, einfach ein sehr guter Roman, in der Schweizer Literatur ein kaleidoskopischer Blick wert, schade eigentlich, dass er in schier völlige Unbekanntheit gerutscht ist. Dass "Vineta" wohl voll autobiografisch erzählt, gibt diesem langen Roman, für dessen Lektüre man Geduld braucht, noch besonderen Wert.

Was liest Du zurzeit?

Jetzt höre ich wiederum Tschaikowskijs "Liturgie des Heiligen Johannes Chrysostomus", die mich sehr bewegt. Russische Mönchsgesänge treffen – wie die Gregorianischen Gesänge "Graduale Romanum" – mein Herz. Und das oft bei Rilkes Gedichten.

Als Zwanzigjähriger verehrte ich Paul Celan sehr, jetzt lese ich ihn wiederum, doch ich finde ihn kalt, oft lebensfeindlich, maniert, teilweise nahe am "höhern Blödsinn". Zuwendungen und Abwendungen wechseln berechtigt in verschiedenen Lebensphasen. Sein Sprachkauderwelsch imponiert mir nicht mehr. Da liebe ich Claire und Iwan Goll, Rose Ausländer, Else Lasker-Schüler, Gottfried Benn, Christa Busta, Philippe Jaccottet, Hilde Domin, Sandro Penna, Pier Paolo Pasolini usw. weit mehr, auch die Gedichte Michelangelos. Ich kann Celans Wortsalat, seine verschrobene, unterkühlte Art nicht mehr einverständlich goutieren. Er war ein Clown, traurig, traurig. Sein Selbstmord "verklärt" nichts.

So viel, so wenig.

Pablo

29.4.18

Lieber Ludwig

Die keltische Artussage – der sagenhaften König Artus, seine zwölfköpfige abenteuerlustigen, kampf- und zechfreudigen Ritter –, eingewoben mit dem Spiel der Elementar- und Luftgeister, und das Ganze weihevoll in einem Animismus eingebettet und erst noch radschlagend zu den zwölf Tierkreiszeichen, die sich um die Sonne drehen, vorzustossen, ist, wie im Text ja selber gesagt wird, nur nach einer Initiationserkenntnis möglich.

Ich habe einige neue Gedichte. Ich bin froh, dass ich nicht brachliege, sondern wie der Frühling neues Leben schaffe.

Du wirst noch aktiver, "schaffenderer" sein als ich.

Das schon sommerlich-sonnige heisse Wetter mit Föhn-wind ist herrlich.

Ich wünsche Dir herzlich alles Gute, diesmal grüsst nicht der alte Zackenbarsch, sondern ein vielfarbenschillern-der, honigliebender Nektarvogel, der die Artus-Runde belauscht und seine persönlichen Gedanken dazu macht.

Liebe Grüsse

Paul

Lektüre: Dieter Fringeli, «Ich bin nicht mehr zählbar

30.4.18

Lieber Ludwig

Deine Fotografien haben mich sehr gefreut und wohlge-tan, ich danke Dir.

Heute habe ich in der Ex Libris-Filiale in St. Gallen ei-nige Exemplare der "düsteren Flammen" bestellt, es gibt 20 Prozent Rabatt und ohne Porto. Diese Filiale schliesst im Juli. Doch ich liess mich informieren: in Zukunft kann man die Bücher, auch mit 20 % Rabatt, telefonisch be-stellen, und wenn der Rechnungsbetrag mehr als zehn Franken beträgt, werden sie per Post ins Haus geliefert, portofrei. Das ist eine gute Sache (die Buchhandlungen geben ja keinen Rabatt). Ich bin froh, darum zu wissen, denn es kann sein, dass ich noch ein paar weitere Bücher von mir bestellen möchte (doch ich muss das noch genauer abwägen).

Lieber Ludwig, es ist ein unfassbares grosses Glück für mich, dass Du diese BoD-Bücher für mich gemacht hast – seit November 2015 bis heute sind es elf Bücher, die "dokumentieren", dass ich noch nicht verstummt bin. Das ist ein Fest, gibt mir auch Mut, weiterhin Gedichte zu schreiben, es sind bereits wieder 36 Gedichte da, doch ob ich auch wieder mit versal geschriebenen Kompositionen aufwarte, weiss ich noch nicht, dazu wäre eine enorme Zusatzkompositionsenergie vonnöten – nun, ich werde schauen, noch viel überlegen. Gewiss ist, die Gedichte erhielten eine weitere Dimension und Welthaftigkeit – und es gibt nichts Ähnliches. "Aus düsteren Flammen" ist ein Höhepunkt meines lyrischen Schaffens (mein Gesamtwerk hat wohl einige Höhepunkte).

Ich bin im Leben gescheitert, doch viele meiner Gedichte durfte ich vollenden, so glaube ich mindestens, und das ist doch GLÜCK.

Lyrische Welten zu schaffen, ist das Schönste in meinem Leben.

Herzlich grüsst Dein Paul

2.5.18

Lieber Ludwig

Mein letzter Brief an dottore Alberto Don Ruiz, Du wirst es zweifelsfrei bemerkt haben, war voll von Goodwill, ein Kabinettstück an Diplomatie. Zum Beisiel nannte ich ihn "realitätsgefestigter", als ich es bin, anstatt "realitätszugeklotzt". Und auf seine an sich völlig undifferenzierten lakonischen bis läppischen, lächerlich schulmeisternden Kürzestzensurausteilungen zu meinen Wortbildern habe ich differenziert, (schein-)emphatisch grosszügig, Verständnis signalisierend reagiert. – Von einer Geistigkeit ist bei Albert weit und breit keine Spur vorhanden. Es erschreckt mich ein bisschen, wie sehr Albert trotz seiner Intelligenz mehr und mehr bierversoffen verdummt, engmaschig, heikel und eitel rechthaberisch wird (das geht aus manchen seiner letzten Briefe hervor, die ich jedoch nach einmaligem Lesen löschte). Zudem ist seine Faultierhaftigkeit widerwärtig!

Deinen Briefwechsel mit Gertrud Huwiler habe ich gelesen, es sind starke Gefühle, Liebesgefühle. Für mich ist es ein bisschen zu lammfromm, die Sätze zu konventionell; die Liebe müsste die hinlänglich bekannten Formulieren hinter sich lassen und zu individuell neuen vorstossen. Auch die Gedichte haben viel Gefühl, doch sprachlich keine Form, können künstlerischen Ansprüchen nicht genügen. Doch welche Briefsammlungen, welche Briefwechsel erfüllen künstlerische Vorstellungen? Es sind Dokumente von Lebenseinfaltungen und -ausfaltungen, und in diesem Sinn, in dieser Sicht können sie im begrenzten Rahmen durchaus interessant sein.

Eindringlich war es für mich, als Du ekstatisch von der Erkenntnis "Ich Bin, Ich Bin, Ich Bin" sprachst, wohl etwas vom Wesentlichsten Deines Lebens. Leider waren diese Stellen zu kurz. In einem "Lebensbericht in Segmenten" müsste das wunderbar weit ausholend, verinnerlichend und anschaulich ausgearbeitet werden können; darauf wäre ich sehr gespannt.

Ich wünsche Dir eine gute, intensive Zeit, herzlich grüsst der trotz Alter immer wieder für vieles und gegen vieles entflammbare Paul

Ich liebe im Grunde Hölderlin, bin von seinem Leben aufwühlend ergriffen, von seiner Tragik. Nur mit seinem hymnischen Pathos habe ich mehr als nur Mühe. Gewiss, er war genial, brachte aber auch beelendenden, nicht mehr goutierbaren Schwulst hervor. Und sein Griechenlandwahn wäre ja nur lächerlich unzeitgemäss, wäre er dadurch nicht in Wahnsinn verfallen. Ich weiss, es ist ein Frevel, so zu reden, doch für kanonisierte Meinungen habe ich nur Spott und Hohn übrig. Wäre Hölderlin nicht wahnsinnig geworden, schrie keine Maus mehr seinetwegen. Er wird schier als "heilig" eingestuft, da das beflissene Bildungsbürgertum es liebt, "umwerfende" Zitate von ihm mit dem Schauer des Entzückens aufzuwarten, pardon, doch dafür habe ich nur Verachtung übrig. In seinen Gedichten konnte er kein "normal" Verständliches, das seine Zeitgenossenschaft betraf, schreiben. Er schrieb als Irrer für ein paar Irre. Zuweilen blitzt in seinen Gedichten ein Moment des Weltverständnisses auf, und man hält den Atem an. Zuweilen scheint es heute so, als dürfte man an Hölderlin keine Kritik äussern, dies mache ich nicht mit. Hölderlin muss mit seinem ganzen Pipapo als entsetzlich gescheiterter Lyriker betrachtet werden, er ist in seinem Höhenflug eine tragische Gestalt. Gewisse seiner Bruchstücke sind imposant. Doch in seinen weihevollen Gesalbtheiten hat er der Gegenwart wie der Zukunft kaum mehr etwas zu sagen. Er ist bloss noch literaturgeschichtlich erwähnenswert.

Du siehst, Ludwig, ich möchte in meinem Urteil Hölderlin gegenüber bewusst nicht "versönlicher" sein, wie Du es wünschtest. Du denkst jetzt womöglich, dass ich mich wiedermal "verrenne", doch dem ist nicht so; seit Jahrzehnten wäge ich mein Hölderlin-Urteil vieles bedenkend ab. Doch ich mag es nicht, wie Hölderlin Sand in die Augen des Lesers streut. Manchmal kommt er mir auch wie ein rethorikgewiefter Prediger vor, der für seine

Überzeugung eintritt – was nun wirklich nicht Sache der Lyrik ist. Und sein Nationalismus ist nun mal widerwärtig, das kann man nicht drehen und wenden, wie man will. Er schrieb irgendwie genialistisch in vorgegebenen veralteten Formen, Lehrer können sich da prächtig entfalten, doch vieles ist einfach Starrsinn, Plunder, Mechanik.

Die Frage, ob Hölderlin ein grosser Lyriker war, stellt sich so nicht; er war ein tragischer Lyriker, der sich selbst und seine Zeit völlig verfehlte, verpasste.

So viel, so wenig zu Hölderlin – mindestens in meinen Gedanken.

Paul

10.5.18

Lieber Ludwig

Soeben habe ich Dein zweites Buch des Liebesbriefwechsels mit Carina, "Was die Liebe sich ersonnen", zu Ende gelesen, und ich bäumte mich auf. Auf Hunderten von Seiten mit ungezählten Liebesgedichten in den für Menschen eben noch höchstmöglich verständlichen und nachvollziehbaren Liebesschwüren hast Du Deine Liebe ausgedrückt, und lässt diese einer konventionellen Ehe wegen mit Madeleine sausen. Carina zitierte Goethe (auf Seite 158): "Alle Verhältnisse sind unzerstörlich, die das Schicksal beschlossen hat." Goethe hat in seinen "Maximen und Reflexionen" viel arroganten Pfupf behauptet, vielfach einfach dégoûtant. – – – – –

"Ach, in deinen Armen sterben", schriebst Du zu Beginn (auf Seite 163), doch Du zogst Dich in Dein Stillschweigen Carina gegenüber zurück, weil Deine Frau Carinas Bemerkung in einem Steiner-Buch nicht tolerierte. Ich konnte das nicht fassen!

Ich habe auch sehr, sehr geliebt, doch einer "Drittperson" wegen ist niemals etwas gescheitert.

In allen Jahrhunderten wollten Liebende auf dem Höhepunkt füreinander sterben, dass lehnte ich seit meinen frühen Jahren vehement ab, lehne ich auch heute noch radikal ab. Ich wollte in der Liebe IMMER leben, leben, leben. Das ekstatische Todesgequassel in der Liebe lehne ich als morbid ab. Liebe will zusammen LEBEN und nicht sterben. Sterben ist mir da zu billig. Carinas Liebe ist gross und echt, doch sie unterliegt dem gängigen Reden.

Du hast "den Fuss in Ungewittern, das Haupt in Sonnenstrahlen", da fröstelt es mich; hehre Worte allein heilen nicht, sondern nur Taten. Du hast Carina verlassen, obwohl Du sagtest, dass ihr euch äonenweit verbunden seid.

Gewiss ist, ich richte nicht, was mir auch niemals zuständе, ich wollte Dir lediglich meine Empfindungen ausdrücken, die ich gegen Ende Deines zweiten Buchbands hatte.

Euer Briefband hat mich SEHR ergriffen – und auch aufbäumen lassen. Eine goethesche (und etwas grausame) Kühle Deinerseits gegenüber der Entflammtheit Carinas ist nicht ganz von der Hand zu weisen. – Ist ein drittes Buch dieser Liebesbeziehung vorhanden, absehbar? Es müsste eine wort- und tatengewaltige Folge geben ...

Nimm mir nichts krumm, ich cimbelte einfach etwas von meinen unwichtigen Eindrücken. Dein Stillschweigen gegenüber Carina ist mir einfach schwer verständlich nach all den liebeshöchstbeschwörenden Briefen und Gedichten. Hat da die Konvention nicht etwas vom Schönsten zerstört? Dein Geist hat eine Höhe erreicht, ist dies nicht in Gefahr, unmenschlich zu werden?

Deine Liebesbriefebücher haben mich, wie Du siehst, in Zustimmung und Widerspruch entflammt. Es waren hoch intensive Lesestunden, alles in allem äusserst bereichernd, ich konnte und wollte nicht unbeteiligt sein. Manchmal war mir der hohe Ton zu viel. Auf Hunderten von Seiten zweifelsfreie "heilige" Liebesbeteuerungen, die beim kleinsten Einspruch der Ehegattin zusammenbrachen. Ach!

Ich wünsche Dir eine gute Nacht, Paul

Lektüre: Friedericke Mayröcker,
«das zu Sehende, das zu Hörende»

16.5.18

Lieber Ludwig

Am Samstag, 12. Mai, schriebst Du mir (für mich etwas kryptisch): "Auf den Ich Bin Text von mir zu dir, von Dir zu mir warte ich noch." Das beunruhigt mich sehr. Bist Du enttäuscht von mir, dass ich Deine geistige Höhe nicht einnehme? Du bist mir in Deiner Schau des Seins überlegen, Du bist gewiss allen Zeitgenossen weit überlegen. Dass ich mich geistig noch vielgestaltig entwickeln kann, mute ich mir zu. Ich bin entflammt offen für Deine Sicht. Gewissheiten, wie Du sie hast, fehlen mir, ich glaube an keine "Wahrheiten". Da bin ich halt zu sehr strudelnder Künstler, Lyriker. Für Dich ist das individuelle Leben ein "Ausschnitt" aus sich stets reinkarnierenden Seinswerdungen, Verdinglichungen des reinen Seins. Man lebt in vielen Leben, bis man ins reine Sein zurückkehrt, aus dem man kommt. – Wird mein Weg auch zu dieser Erkenntnis kommen, kommen wollen?

Ich denke und denke intensiv über Deinen Satz nach und bin aufgewühlt ratlos.

Wunderbar ist`s, Dich zu kennen, Deine Bücher zu lesen; Du bist so gütig und hilfsbereit. Du bist weltweit einmalig. Ich danke Dir existenziell!

Herzlich grüsst Dein Paul

17.5.18

Lieber Ludwig

Ich lese wiederum Robert Walsers «Mikrogramme», ein taumelnd-entzückendes Fest.

Ein Mädchen fragte ein anderes Mädchen: «`Bist du böse?`, und über diese Frage sei die Befragte furchtbar böse geworden. Sie litt in der Tat ein bisschen an Ungehaltenheit, sah sich durch die Frage bei ihrer Zürnerlei und bei der Nichtganzwohlbefindelei ertappt und über das Überraschtwordensein ärgerte sie sich nun ganz entsetzlich.»

Oder: «Immer und ewig wanderbürscheln ist nicht anhängig oder angängig, so gängig es auch sonst sein mag, und rosenwängelig und liederklängelig.»

161

Es ist eine riesengrosse Lust, Robert Walser zu lesen, wie er souverän immer wieder die biedern Gesellschaftsnormverhaltungsweisen umkehrt und wortverspielt lächerlich macht. In dieser angriffslustigen Zartheit kommt ihm keiner gleich.

● ● ●

Rainer Stöckli hat mir auf "Aus düsteren Flammen" geschrieben, er moniert die formale Unruhe meiner Gedichte; ich gehe bestimmt nicht fehl, wenn ich sage, dass Stöckli einen Sprung in seiner Schüssel hat. Ich gebe Dir diesen Brief mit der Laptoprückgabe, Du kannst Dich amüsieren und ihn dann im Cheminée verbrennen, ich behalte solche Eitelkeitsausdünstungen nicht. Andreotti schickte ich meine "Flammen" nicht, es wäre für die Füchse, und Rainer hat zum letzten Mal etwas von mir erhalten (auch wenn er immer bezahlte). Zu meinen Gedichten schrieb er noch, "ich bin vielem begegnet, was von Dir oder von niemandem stammt". Was für eine arrogante Geringschätzung in der Formulierung "oder von niemandem stammt".

Im Grunde hohnlache über diese kritteligen Provinztölpel Andreotti und Stöckli, die derart aufgeplustert umhergockeln. Ausser horizontlosem lehrerhaften und möchtegernprofessoralen Quark ist von diesen Nullen nichts zu bemerken. Und diese idiotische Provinzzeitung und ein anämischer ephebischer plagiierender Pseudokünstlerkreis fallen auf die Knie vor diesen verblödeten Hornochsen. Zum Teufel mit diesem Gesocks!

So, ich wollte mich nicht milder äussern. Ich habe einfach genug, seit Jahrzehnten fallen sie belehrend über mich her; ich habe das weiss Gott nicht nötig.

Herzlich grüsst Paul

22.5.18

Lieber Ludwig

Dein Buch "Abkunft und Vollenden" entzückt, begeistert mich ganz besonders.

Alles Gute, herzlich grüsst Paul

23. 5.2016

Lieber Ludwig

Franz Grillparzer schrieb das Epigramm zu Hegel in sein Tagebuch: „Was mir an deinem System am besten gefällt? / Es ist so unverständlich wie die Welt." (Als Zitat gefunden in Hermann Lenz' Frankfurter Vorlesungen „Leben und Schreiben".) Ein Lesefest!

Ich beginne heute Nacht mit der Romanlektüre von Christoph Martin Wieland, „Der Sieg der Natur über die Schwärmerei oder DIE ABENTEUER des DON SYLVIO VON ROSALVA", sobald ich das Hermann Lenz' Büchlein mit seinen Frankfurter Vorträgen zu Ende gelesen habe. Herrgottschtärnechaibnochmals, wie ist die Literatur doch H E R R L I G G !

Ich „plange" (dieses Wort gibt es wohl nicht, ich weiss es nicht) jetzt jeden Tag darauf, dass „Simon der Dichter. Teilsichten aus einem Künstlerleben" kommt, es wird wohl noch etwa zwei Wochen dauern. (Es ist die dritte Publikation dieses Jahres – nach den Liebesgedichten „Auf deinen Fingerbeeren tanzt das Weltall" und „Oleivo der Maler. Passagen aus einem Künstlerleben" – und wohl die letzte in diesem Jahr.

Die etwa 200 Liebesgedichte „Lichthin in deinen schwarzen Pupillen" plane ich auf Anfang des Jahres 2017.

Inzwischen habe ich den „Don Sylvio" zu lesen begonnen, ich glaube, das wird herrlich (bei genügender Geduld).

Ich wünsche Dir, pèlerin (Pilger), einen frühlingsblühenden Abend, herzlich grüsst Dein Paul

P.S.: Jetzt höre ich Verdis vieraktige Oper „I Lombardi" mit Christina Deutekom als Giselda, Placido Domingo als Oronte, Ruggero Raimondi als Pagano, Jerome Lo Monaco als Arvino und Desdemona Malvisi als Viclinda, Dirigent Lamberto Gardelli, ich bin fast fiebrig aufgewühlt vor Begeisterung

24.5.18

Lieber Ludwig

Hier Andreottis Brief mit Beilagen. – Noch glaube ich nicht, dass er die "düsteren Flammen" kurz rezensieren wird, wie er mir zusagte. Er ist ein Schnorri

Hast Du ihm ein Buch von Dir geschickt?

Herzliche Grüsse, Paul

164

Brief von meinem Lyrikerfreund Fredy Stäheli

26.5.18

Lieber Paul

Ganz herzlichen Dank für "Aus düsteren Flammen". Drin haben mich viele Akkorde und Dissonanzen angesprochen! Sehr gut gefallen mir unter den Gedichten am Anfang "Minutenlang" und "Du hast sie vergessen". Letzteres ist rätselhaft schön und von grosser Intensität. Sehr gelungen ist auch "Blauaufgerauhter Horizont" in seiner Verschmelzung von Mikrokosmos und Makrokosmos. "STAUBLÄTTRIGE WORTE" gefällt durch seine kühnen Metaphern. Es gibt auch kleine, feine schwebende Gedichte wie "In Lustzuneigung". Vieles in Deinen Gedichten bleibt geheimnisvoll und das ist ein Glück! "Sterne / auf den Lippen", "Ich falle –", "Im Gesang des Pirols" sind weitere Gedichte, die mich ansprechen. Überzeugend sind viele der sehr düsteren wie "Dein Lächeln", "WIR TRINKEN ARAK NACHTS" oder "Metastasen", um nur einige zu nennen. Kontrapunkte setzen hier "Ich sage J A" oder "Im Aufschrei / DER NACHT". Und das ist mir noch aufgefallen: Mit den letzten drei Gedichten findet dein "Lyrisches Testament" einen sehr beeindruckenden Schluss!

Herzlich grüsst Dich

Fredy

Lektüre: Odysseas Elytis», «Lieder der Liebe»

Lieber, liebster Ludwig

Dein Brief hat mich sehr berührt, ich musste weinen. Dass Rebecca Schnyder und der Verein für deutsche Sprache sich verantwortlich sehen könnten, für die Verbreitung Deiner Texte sich verantwortlich zu fühlen, ist leider nicht anzunehmen.

Dass Herr Göldi bockte, war zu erwarten, ist er doch ein unmögliches arrogantes Rhinozeros. Wir leben halt nun mal in der Ostschweiz, die eine Hochburg an Dummheit, Arroganz, Kleinkariertheit, Kunstferne, Geistlosigkeit ist. Ich irre mich da nicht, übertreibe nicht, sehe einfach illusionslos klar, wie es ist.

In der Regel wird ein Vermächtnis nicht mal als Geschenk angenommen, da verwerfen alle nur die Hände.

Ich fragte einmal die Schweizerische Nationalbibliothek in Bern an, ob sie ringgeheftete Dichtungen und Briefe von mir archivieren wollten, da kam die Antwort, das sei nicht ihre Aufgabe und lehnten ab. Ihre Antwort war eine glatte Lüge, doch ich war ihnen zu unbekannt. Sie nehmen unter Umständen nur Vermächtnisse an von Schriftstellern von nationaler Bedeutung, und das sei bei mir nicht gegeben.

Dass in Deinem Fall auch die regional-örtlichen Instanzen sich taub stellen, ist nicht nur eine rotzfrech-arrogante Kalamität, sondern eine horizontlose hohle Ignoranz, die sich stupid selbst festet. Wir leben unter widerlich aufgepumpten Zwergen, die sich gegenseitig anerkennend auf die Schenkel klopfen, sofern man zu ihrem Kreis gehört. Dass ich das niemals machen werde, niemals gemacht habe – das Sichgegenseitigbeweihräuchern

– ist in den Künstlerkreisen in St. Gallen unmissverständlich konturiert wohlbekannt, darum werde ich auch geschnitten. Ich war noch nie bereit, Kompromisse einzugehen, werde auch keine Kompromisse eingehen, denn wenn ich etwas Mist fand, nannte ich es auch Mist. Das wird mir natürlich nicht vergeben; die Künstler hier sind eitle Nullen, und ein verletzter Eitler wird zur Bestie.

Ein respektvolles Miteinander gibt es in der Kunstszene nicht, da sind alle Dompteure, und bei der kleinsten Unsicherheit oder bei einem Anderssein fallen die Raubtiere zerfleischend über einen her. Das ist die ungeschminkte Realität. Von einer höhern Geistsphäre ist weit und breit nichts zu sehen, zu bemerken. Künstler und Intellektuelle sich die denkbar ruchlosesten Egoisten; besonders die so genannten "Literaturpäpste" sind das schlimmste Lumpenpack.

Du, ich komme mit dem Laptop am Donnerstag liebend gern auf halb zwölf Uhr ins Migros Restaurant im Neumarkt in St. Gallen, und, eine scheue Frage, kannst Du mir dort einen Zustupft geben, ich habe noch 20 Franken und müsste bis zum 6. Juni noch leben können; Küchenkasten und Kühlschrank sind noch halbvoll, doch mit dem Trinken reicht's unmöglich.

Gestern machte Marcel sicherheitshalber eine Kopie der "Gisiaden" auf einen Stick von mir, denn wenn elektronisch etwas passierte, ich könnte meine Korrekturen unmöglich nochmals machen, doch es ist bis jetzt noch niemals etwas "passiert", es ist alles auf Deinem Laptop gespeichert. Bon.

Du, ich freue mich RIESIG aufs Buch der "eruptiven Gisiaden"; dieses zweite Briefbuch an Dich gefällt mir noch besser als das erste ... Nun liegen also bald fast 450 Seiten Gisi-Briefe an Dich da, für mein Leben eine menschliche und künstlerische Sensation, und ich hoffe, sie bedeuten

Dir auch etwas, ist doch viel von meiner Hingebung an Dich und an Deine Bücher zu lesen. Ich fühle mich bei Dir tief aufatmend wohlgeborgen.

Ich ermesse Deine Grösse, und es macht mich wild, dass Du von "offizieller" Seite nicht nur nicht jene Anerkennung findest, die Dir gebührte, sondern dass Du gar nicht nur auf Indolenz (Gleichgültigkeit), sondern auf Ablehnung stösst, das ist nicht zu fassen! Unsere Gesellschaft ist verblödet saturiert von Konsumdebilitäten, von GEIST ist nirgendwo etwas zu bemerken, und wenn jemand wie Du Geist in philosophischen und auf eine neue Art melodisch feinst ziselierten musikalischen Poesie auf Tausenden von Buchseiten schreibst, wird das schnöd übergangen, wird nicht mit Begeisterung aufgenommen, stösst auf Befremden, auf Ablehnung gar. Das verzeihe ich dieser unserer von Dummheit, Kurzsichtigkeit und Arroganz infiltrierten Zeit niemals. Wir leben nicht in einer besten Zeit; unsere Zeit disqualifiziert sich selbst, dadurch, wie sie Deine Grösse nicht zu erkennen fähig ist.

Von keinem anderen Menschen wie von Dir lernte ich so viel, Du hast mir Geistestüren geöffnet, die ins Schöne, Geistweite, Erkenntnisprofunde, Irdisch-Überirdische, Zeit-Zeitlose, aufs Ewig-Göttliche führen, es ist atemberaubend, Dich zu lesen, "Abkunft und Vollenden", einfach schlechthiniglich mitreissend, HERRLICH.

Ich bin glücklich, Dich zu kennen! Du bist ein Gestirn, heller als eine Supernova.

Dass Dir ein paar Gedichte von mir gefallen, dass Du sie inspiriert findest, ist für mich ein grosses Glück, dafür bin ich Dir dankbar. Ich gehe meinen lyrischen Weg unbeirrbar, doch Deine Anerkennung ist eine Wohltat.

Es ist für mich eine riesengrosse Freude zu erleben, wie dieses Jahr Marcel auf meinem Südbalkon in Anzuchtschalen und Töpfen Blumensamen ausstreut, wir erleben schon zum Voraus, wie vieles schön zu blühen beginnen wird. Marcel hat ein schweres Leben, doch wie er sich am Kleinen sehr freuen kann, ist für mich ein Fest. Ich mag ihn sehr. Er ist für mich ein Lebensglück. Ohne ihn wollte ich nicht mehr leben – doch wie erginge es ihm, wenn ich nicht mehr bin? Nicht auszudenken. Ich werde wohl nicht mehr allzulange leben, ich kann meine Träume recht gut deuten ... Doch jetzt versuche ich, es schön mit ihm zu haben. Mir ist das viel.

Liebe Grüsse, Ludwig, Freund, Bruder und Meister, Dein Paul

Lektüre: Jaroslav Seifert, «Der Regenschirm vom Piccadilly»

1.6.18

Herrlich, Ludwig, dass es Dich gibt. Das ist wichtig, das im Internet Herumhüpfen ist mir bloss ein Nebenbeiamüsement. Doch wir werden auf webstories.eu zurückkommen, dass auch ich ein bisschen zeitgemäss aufgepeppt werde. Wir werden sehen.

Salü, auf bald wieder. Herzlich grüsst Paul

Lieber Ludwig

Heute hat Marcel Geburtstag, er wird 47-jährig. Wir leben nun 27 Jahre zusammen, es gab viele intensive Hochs und Tiefs, grosse Turbulenzen, doch alles in allem genommen ist er für mich ein Geschenk Gottes, bin ich glücklich, ihn zu kennen, als Freund haben zu dürfen. Er ist mir ans Herz gewachsen. Ich bete darum, dass er und ich noch ein paar sehr schöne gemeinsame Jahre haben dürfen. Ich bin dankbar, dass auch ich ihm wichtig sein darf. Ohne ihn wollte ich nicht leben – und ich weiss, dass er ohne mich in ein entsetzliches Loch fallen würde; wir mögen uns sehr, wir brauchen einander. Wie wollte er ohne mich sein, er mit seinen vielen speziellen psychischen Problemen? Er bereichert mich mit seiner guten Art, und ich versuche dauernd, seine Verdunkelungen, von denen er immer wieder mitgerissen wird, aufzuhellen. Ich bin psychisch kein Riese, doch es stärkt mich, wenn ich für ihn dasein darf. Ich habe durch ihn sehr vieles lebensmässig lernen dürfen. Seine grosse Freude an kleinen Dingen ist wunderbar. Manchmal macht mir seine dunkle Strömung Angst; doch zutiefst in seinem Herzen, in seinem Wesen ist er ein Optimist, lebenszugewandt. Ich hoffe, das "verwandelt" sich bei ihm nicht. Seine jetzige Situation in der Medizinisch-Sozialen "Hilfsstelle" in St. Gallen, die er zweimal täglich aufsuchen muss (samstags und sonntags nur einmal), ist äusserst problematisch, ja prekär geworden (er wird dort bloss von oben herab verwaltet, zudem hat es beim Personal auch schnöde, ja bösartige Elemente). Wie sich das weiterentwickeln wird, ist nicht vorauszusehen. Ich bete zu allen guten Schutzgeistern, dass die Stricke nicht reissen werden. Ich werde einfach weiterhin und noch vermehrt einfühlend mit Marcel sein und dem Guten, dem Sein vertrauen, auch wenn es mich zuweilen erschreckt zu sehen, erleben zu müssen, wie ihn die Dunkelheit (Irrationales) dann und wann mitreisst (bedingt durch seine schwere Vergangenheit mit Drogen).

Das Beste, Schönste für Marcel ist, wenn ich ihm Zeit schenke, ihm zuzuhören. Ich weiss, ich bin hierin nicht immer geduldig; er ist in seinen guten Zeiten sehr mitteilsam, doch letzthin war er sehr schweigsam, das beunruhigt mich. Ich will noch feinfühliger sein. Manchmal habe ich seine Gespräche abrupt unterbunden, weil ich lesen oder schreiben wollte. Doch ich vertraue, dass es GUT wird. Ich brauche viel Zeit für mich, doch ich will versuchen, mehr Zeit für Marcel zu haben, er hat es verdient, er ist zutiefst ein wunderbarer Mensch, auch in seiner Fröhlichkeit, die aber leider nicht mehr so oft aufflammt. Doch ich bin guten Muts, dass dies wieder öfters echt der Fall sein darf.

Vraiment, ich könnte ein umfangreiches Buch über Marcel schreiben, über unsere Beziehung. Doch dieses Buch wird nicht geschrieben, es wäre wie ein Vertrauensbruch. Es geht mir existenziell um die persönliche, gelebte Ausgestaltung mit ihm.

Wichtig und gut ist, dass in den letzten Jahren kein "böses" Wort zwischen uns gefallen ist. Wir beide spüren, dass ich nicht "ewigs" lebe und versuchen, es schön miteinander zu haben, das verschafft beglückende Augenblicke, und die zählen.

Ich habe meine Bücher, er hat seine Filme. Seit gewisser Zeit kommt er oft um 1 oder 2 Uhr nachts in mein Lese-, Musik- und Rauchzimmer und erzählt mir lebhaft von einem Film, den er gerade gesehen hat, das sind für mich beglückende Augenblicke, da klappe ich das Buch zu und höre aufmerksam zu. Oder er erzählt mir von Blumen und Pflanzen, die er liebt. WUNDERBAR.

Noch wichtiger als meine Lyrik ist, dass ich für ihn D A bin, dass ich, passiv, zuhöre, wenn er wie eine Muschel geöffnet ist; wenn die Muschel geschlossen ist, erreiche ich ihn verbal nicht. Er schläft auch ungewohnt, ungesund viel, das macht mir Sorgen. Er hat keine ärztliche Hilfe, da liegt einiges im Argen.

Doch nun hat er Geburtstag und wir wollen zuversichtlich sein. Das schöne, sommerlich heisse, sonnige Wetter spielt auch hilfreich mit.

Das Leben ist fantastisch schön!

So, nun habe ich aber viel geschrieben, in Dein Vertrauen, in Deine Verständnisbereitschaft hinein. Du bist mein erfahrenerer Freund und BRUDER IM MITSEIN, und das ist für mich ein unfassbar grosses Glück und Lebensgeschenk – ich bin Dir DANKBAR FÜR ALLES. Auch wenn ich immer wieder eruptiv-gisiadisch bin, mich auftürme, glaube mir, dass ich vom Sein "viel begriffen" habe (nur ich bin eben zutiefst Lyriker und kein Philosoph). Das bedingt auch verschiedene "Redeweisen", Wortbildformungen, Harmoniewechsel, Gedanken- und Gefühlseinfärbungen, Weltwerdungen, Ein- und Ausfaltungen, Aus- und Einrollungen.

Ha, Du bist Du, ich bin ich, gemeinsam sind wir unschlagbar, hélas. Du bist der grösste Seinsphilosoph aller Zeiten, und ich glaube auch nicht, ein lyrischer Winzling zu sein, ich denke, ich durfte das schelmisch-vergnügt anmerken. Im Ernst: dass Du gut von mir denkst, ist für mich kraftspendend wichtig.

Herrlich ist's, Dir schreiben zu dürfen. Ich zwickzwackle eben gern drauflos ...

Herzlich grüsst der alte Zackenbarsch, Dein Paul

Guten Morgen lieber Ludwig

Deine farben- und formprächtigen Blumenfotos erquick-
ten mein Herz, mein Gott, ich bebe vor Lebenslust und
Lebensdankbarkeit bei diesen himmlischen Wunderbar-
keiten, wie unfassbar schön! Diese Blumen sind Daseins-
liebesdankgebete – wie Messen von Joseph Haydn, die
ich heute Nacht hörte.

Ich lese wieder viel Rainer Maria Rilke, er ist – neben
Goethe – der Bestedierte der Weltliteratur, noch besser
stellenkommentiert als Goethe. Er war ein Genie – mit
Adligentick, fürstinnenbesessen, nahe am Snob. Auch in
seinen kritischen Schriften war er gross, zudem schrieb
er den ersten modernen Roman der Weltgeschichte, "Die
Aufzeichnungen des Malte Laurids Brigge", und in seinen Zehntausenden von Briefen, die manchmal etwas
maniert sind, holt ihn kaum jemand ein, und, als
Hauptsache, als Lyriker ist er ein Jahrhundertgenie. Seit
meinem sechzehnten Lebensjahr, also seit zweiundfünf-
zig Jahren, liebe ich ihn. Meine gelesene Sekundärlitera-
tur über ihn ist sehr umfangreich.

Es gibt von ihm auch einen entlegenen offenen Brief an
Rudolf Steiner über den "Monolog", den er zeichnet: "In
besonderer Wertschätzung Ihr ganz ergebener Rainer
Maria Rilke".

Lieber Ludwig, ich wünsche Dir einen ganz schönen
Mittwochvormittag, ein weiterhin glückliches Kamera-
auge – und mir noch viele Fotos von Dir.

Nun habe ich 47 Gedichte in der (formalen) Art der "düsteren Flammen", zu den der schier debile Rainer Stöckli
nicht viel mehr zu sagen wusste, als dass er sie "in einer
Sitzung" gelesen habe und dass das Typografische sehr

unruhig sei; das ist derart ein Schmarren, als würde man das zu Stéphane Mallarmés "Un coup de dés", "Ein Würfelwurf", sagen. Vraiment, die tonangebenden "Literaturheroen" in der Ostschweiz sind bloss ein Abfallprodukt der hingekotzten Verdummung und Arroganz.

Rainer verhinderte es, dass ich den St. Galler Kulturpreis bekam, er nimmt mich nicht ernst, dieses Aas. Derweilen ist seine professorale und lächerlich zerquälte Lyrik nichts als Bocksmist, Ausdruck einer seelisch wie geistig nicht mehr nachvollziehbaren Krankheit, reif für die Irrenhausklinik. Sein lyrisches Staccatogelalle ist Brunz, widerlich, neurasthenisch. Und diesem bösartigen Exrheintallehrer wird in dieser degenerierten Provinzpresse noch gehuldigt, ich bin niemals gewillt, dies zu fassen, zu akzeptieren, dem beizustimmen.

Henu, geniesse diesen Morgen. Ich geniesse noch diese Nacht.

Herzlich grüsste der Briefschreiber an Dich – Paul

6.6.18

St. Gallen hat sich im Zoff um den Kulturpreis wiederum schweizweit lächerlich gemacht. Es ist wirklich nicht zu fassen, was für biedere, strohdumme, spiessbürgerliche Politiker und gockelhafte Kunstheroen hier in diesem Landstrich konzentriert zu finden sind.

Den diesjährigen St. Galler Literaturpreis bekam die Rheintaler Lyrikerin Elsbeth Maag, die ist schon recht; sie schreibt auch in Mundart, worauf Stöckli besonders abfährt; Stöckli war jahrzehntelang Lehrer im Rheintal. Eine Hand wäscht die andere.

Den Preis der Appenzeller Kulturkommission, den ich zweimal bekam, wollte beim zweiten Mal Stöckli verhindern, doch die Schriftstellerin Helen Meier setzte sich vehement für mich ein.

Nicht nur die Literaturkommission für den Nobelpreis ist ein Saustall (so titelte die Zeitung), auch hier bei uns ist ein einziger Saustall – und nach Niklaus Meienberg wagt ja niemand mehr Zivilcourage zu haben, alles duckt sich und leckt die Schuhe des andern, was sich bezahlt macht.

Aah, ich freue mich auf die "eruptiven Gisiaden"– meine Äusserungen zu vielem ist noch viel zu mild!

Habs gut, herzlich grüsst Paul

7.6.18

Ich könnte Vieltausende von Anekdoten erzählen ... Die wichtigtuerische Künstlerpose verabscheue ich. Du weisst, ich bleibe gern unscheinbar, auch etwas scheu. Ich kann wohl verbale Prankenhiebe austeilen, doch ich liebe es im Grunde, "klein" zu sein, auf den ersten Blick unscheinbar zu wirken. Ich gehe gern offen auf Menschen zu, bin immer wieder erleichtert, wenn sie nicht wissen, wer, was ich bin. Ich bevorzuge es, für ein Niemand gehalten zu werden. Ich weiss nicht, ob Du mich in diesem Punkt erkennst, durchschaust. Oftmals bin ich gar nicht so, wie meine Briefe sind. In den persönlichen Kontakten bin ich erleichtert froh, wenn nicht gewusst wird, dass ich Künstler, Lyriker bin; ich möchte auf keinen Fall "auffallen", denn das Künstlertum ist eine ekstatische Verbundenheit mit der innersten Wirklichkeit, die jeden "Markt" meidet. Und "Kommentare" dazu schmerzen, verletzen mich. Ich lebte immer gern unter sehr einfachen

Menschen; unter Studenten, Wissenschaftlern, Schriftstellern fühlte ich mich immer unwohl, ich bevorzugte Maler. Und ich hatte Liebschaften mir sehr einfachen Menschen, das waren die schönsten. Der Intellekt zerstört nur zu oft das Menschsein, die Liebeszugeneigtheit.

Gegen das Ende des Lebens verzeiht man alle Fehler ausser den vertanen Möglichkeiten, geliebt zu haben, und hundert Bücher werden wertlos, wenn man es verpasst hat, einem Menschen zu helfen, einen Menschen zu trösten.

Lieber Ludwig, Du wirst mich verstehen, vielleicht musst Du auch ein Kurskorrekturbild von mir vornehmen, denn ich bin kein Berserker. Ich bin sehr feinfühlig und leide unter den Alltagsuntauglichkeiten, -erschwernissen.

Mit Dir zu kommunizieren ist ein Fest!

Herzlich grüsst Dein Paul

Lektüre: Oskar Loerke, «Tagebücher»

8.6.18

Dass ich bei der Kesb gelandet, gestrandet bin, ist sicher irgendwie gut, doch sie gibt mir derart wenig Geld (innerhalb des Budgets, reicht nicht mal für ein Begräbnis, bloss für ein Armenverscharren, was mir natürlich egal ist), doch ich will in den nächsten Wochen LEBEN, was mir ohne Deine Hilfe NICHT mehr möglich sein wird.

Die ganze Situation ist für Dich auch schwierig, ich stehe vor dem Aus. Hilf mir bitte in den nächsten drei Monaten. Mit 750 Franken von der Kebs kann ich unmöglich leben (und die Beiständin meint, mir demnächst den Beitrag noch um 150 Franken kürzen zu müssen). Wenn ich da nicht Amok laufe, so nur deshalb, weil ich gegen jede Gewalt bin.

Der Staat gibt mir keine Ergänzungsleistungen. Ich bin bis zum Verrecken offiziell bestraft, weil ich glaubte zu sterben und "zu viel" lebte.

Liebe Grüsse, Paul

Carson McCullers, «Uhr ohne Zeiger»

9.6.18

Lieber Ludwig

Dass Du mich, mein Leben, mein Werk wie ein Bruder begleitest, menschlich und sehr gütig Anteil an meinen Aufhellungen und Verdunkelungen nimmst, ist für mich ein allergrösstes Glück, dafür bin ich Dir unendlich dankbar. Ich umarme Dich; auch ich möchte Dir Freund und Bruder sein dürfen, es wäre mir ein unfassliches Geschenk. Du hast mich in den letzten Jahren durch Deine existenzielle Hilfe, Deine Menschlichkeit, Deine Spiritualität, Deine Bücher, Dein Meinwerkbegleiten profund beeinflusst, verändert, bereichert. In meiner Biografie, die reich an Scharaden, Entflammungen und Vereisungen, Mahlströmen, Begeisterungen und Verzweiflungen, heliozentrischen Ausrichtungen und Unbewältigbarkeiten durchpulsiert ist, nimmst Du den ersten, wichtigsten Platz ein. Ich bin dem Schicksal, dem Sein, Gott DANKBAR, dass wir uns kennen dürfen.

177

Ich ahne, dass Du Deinen Lebens"glanz" hart erarbeiten hast müssen, denn Deine "Heiterkeit" wird Dir nicht problemfrei zugefallen sein, da steckt ein ganzes Leben an geistiger Arbeit dahinter. Das ist es auch in Deinen Büchern, dass das Poetisch-Philosophische authentisch überzeugt. Es erschüttert mich im Guten zu sehen, dass Dein ganzes Riesenwerk eine Einheit im Rhythmus, in der differenzierten Bildhaftigkeit, in der Grimmlosigkeit, in melodisch feinstziselierter Kammermusikalität sich saiteninstrumentiert sätzefunkelnd ausbreitet. Deine Bücher sind wie ein Frühjahrsanfang, ein neues Leben beginnt.

Dein Geist hat Höhen erklommen, vor denen ich mich verneige.

Meine Gedichte mögen das Lichtundschattendiffuse, so wie ich selbst bin (doch bei Deinen Gedichten wünschte ich Dir eine persönlichere Sprachfarbgebung ...). Als Künstler kann ich nicht nur vom Hellen reden, sondern muss und will ich auch von den orgelndcn Unterweltsströmungen selbsthaftend mitteilen. Dass wir uns da unterscheiden, Du als Heiliger, ich als Künstler, ist eine Lebhaftigkeit, eine bruderhafte Wahlverwandtschaft (um fast goethisch zu munkeln).

Wirst Du meine Briefe an Dich auch etwas bekannt machen. Wie sieht das konkret aus?

Dein Buch «Abkunft und Vollenden» ist, so denke ich, Dein virtuos bestes philosophisch-POETISCHES Buch. Ich liebe es.

Dein Paul

Frau Käthi Bürgli träumt von Paris

Von Frau Käthi Bürgli zu sprechen, ist ein spontaner Einfall, dem ich jetzt genüsslich und mit Stirnrunzeln nachzugehen die unverfrorene Absicht habe. Frau Käthi Bürgli darf ruhig eine Madame genannt werden, auch wenn das in liebenswerter Art oder Unart gewiss zu hoch aufgetrumpft sein wird, doch ich will es mir nicht zuschulden kommen lassen, zu klein, zu mickrig zu sein, denn ob Frau oder Madame, spielt keine Rolle. Also. Frau Bürgli oder eben Madame Käthi Bürgli wohnte ihr Lebenlang in einem Kleinstädtchen, dessen Name zu nennen mir nicht wichtig dünkt, denn Kleinstädtchen sind alle gehupft wie gesprungen entweder niedlich oder grauslich bieder, Unterschiede zwischen niedlich und bieder sind im Grunde nicht auszumachen. Doch jetzt kommt das Grosse, die lebhafte Unerwartetheit, dass Käthi Bürgli nur einen Traum hatte, nämlich nach Paris zu reisen, in die Weltstadt an der Seine, von der so viel gefabelt, geflüstert und gesungen wird. Welche andere Stadt könnte es mit Paris aufnehmen, sie einmal besucht haben zu wollen in der Lage zu sein? Käthi Bürgli hat in ihrem arbeitsreichen und von vielen Niederlagen reichen, allzu reich durchströmten Kleinstadtleben nur ein Buch gelesen, «Die Geheimnisse von Paris» von Eugène Sue, und seither träumt sie selig und unselig von Paris; als «Die Geheimnisse von Paris» als Fortsetzungsroman im 19. Jahrhundert in der Zeitung erschien, bildeten sich täglich Schlangen hysterischer Zeitungskäufer vor den Kiosken, Kranke sollen mit dem Sterben bis zum Schluss des Romans gewartet haben. Ach, was waren das noch für Zeiten! Madame Käthi Bürgli hatte sich bereits einen Stadtplan von Paris erworben, denn sie wollte ja nicht gänzlich orientierungslos durch die Weltstadt flanieren und spazieren, dazu hatte sie sich einen neuen schauflig grossen und schicken Regenschirm gekauft, denn man weiss ja nie im Voraus, was für ein Wetter auf diesen Weltstadtstrassen, Avenuen und Boulevards los ist, zudem hatte sie auch gehört, dass die Pariserinnen sehr modisch seien, und da wollte sie nicht hintanstehen. Leider muss ich mitteilen, dass Frau Käthi Bürgli mitsamt ihren Träumen von Paris unerwarteterweise gestorben ist, das lässt sich jetzt halt nicht mehr ändern.

Paul Gisi

Das Gedicht

Ein paar Gedanken, Einfärbungen und Abschweifungen

Menschliche Zuneigung, Liebe, Lust, Philosophie sind Lebensbereicherungen, Ingredienzen, die ich reichlich auskostete, fern jeder Polemik; mir war das auf allen Ebenen, in jedem Alter, mit seinen ekstatischen Höhenflügen und verdonnerten Bauchlandungen, ein mich befreiender Krüselwind, den ich in keinem Augenblick zu entbehren befürchten musste.

Ich liebe besessen die barocke, klassische, romantische und belcanteske Musik, liebe die ganze Geschichte der Malerei, skulpturale Ausformungen.

Ich wollte vom Gedicht reden, was ich nun persönlich, interozeanisch, phänomenologisch und fantasievoll-vergnügt zu tun beabsichtige, doch da ich keinen Leitfaden zu schreiben beabsichtige, gebe ich mir die Erlaubnis, möglichst klar, das heisst qualmig, ein paar Gedanken, Einfärbungen und Abschweifungen, hie und da etwas toxisch, was einfach nicht zu verhindern ist, hakig zu notieren. Schönfärberei hasse ich wie Pathetisch-Schmierseifiges, das Klare ist mir sterbenselend zu müssig. O Geisseltierchen, da soll man noch klug werden!

Es muss einfach unverzagt, nadelig gesagt sein, dass ich das Gedicht über alles liebe. Essays über Lyrik zu lesen ist wie Zuckerwatteessen, sie sind Jahrmarkttrödeleien, Samtundplüschunwichtigkeiten. Ich glaube, nur der Lyriker kann ermessen, ausmessen, was das Gedicht, in seinem nahtlosen Versuch, das Kleinste mit dem Grössten, das Grösste mit dem Kleinsten zu verbinden, ist. Das Riesige findet sich im Brennpunkt des Verschwindenden, das Mikrobielle tanzt mit dem Astronomischen, spiegelt sich in den Sternbildern, dies darf ungehemmt gesagt werden, ohne querköpfig abgestempelt werden befürchten zu müssen. Es geht mir nicht um einen Sizilianischen Palermo-Aufstand, ich konnotiere einfach schrapslig.

Das wahre Gedicht, ob barock, rokokoumflort, expressionistisch, symbolistisch, surreal, weit wortausschwingend, nahe am Schweigen oder Schorf des Verstummens oder was auch immer, ist existenziell, unverwechselbar unter die Haut dringend, staubbedeckt von des Lebens Mühen, Nöten, diaphanen Erkenntnissen und sinnlichen Auffächerungen, die Amöbe umarmt Quasare. Das Gedicht braucht keinen Initiationsritus, jeder Mensch, sofern er offen für neue Möglichkeiten, Zusammenhänge und psychothrillernde Unwägbarkeiten geblieben ist, hat freien Zugang zu ihm. Ein dreizeiliges Haiku kann lebensausschöpfender als ein vielhundertseitiger Roman sein. Die Menge, der Umfang spielt in der Einheit keine Rolle. Es kommt auf die Nähe in der Ferne, die Ferne in der Nähe an, konkret, seraphisch, verlebendigt im Geheimnis des Atems des Augenblicks, im Götterdonnergrollen des Bluts. In der Klimazone des Gedichts tobt sich das Leben auf teufelkommraus schludrig aus, schraffiert sich aber auch feinziseliert, kapital beherrscht im Menschlich-Bewältigbaren.

Ob es mir gelungen ist, Verständliches, Grasmückenähnliches, Ordnungserhellendes – sine ira et studio, ohne Zorn und Eifer – übers Gedicht mitgeteilt zu haben, ist mir zu entscheiden nicht wichtig. Traumwelten sind Wirklichkeitswelten, dies sah ich noch genötigt anzufügen, und darüber zu diskutieren, sehe ich keinen Anlass.

Ponderabilien sind Mist, es geht um Imponderabilien.

Gedichte dürfen süffig wie Portwein sein, weltlich, überweltlich, tapsig unterweltlich, mir ist nicht zumute zu unterscheiden. Ich liebe turbanbemützte Türkenbundlilien, man komme mir nicht mit Ordinärem, mit dem unnützen Einmaleins der Vernunft, mit dem Theodosianischen Kodex, den ich nicht mag, auch wenn ich ihn nicht verstehe. Ich liebe die Fluktuationen der Freiheiten, mich beelenden Theoreme, ich habe, um es störrisch ungeschminkt zu sagen, die Nase voll von Sicherheiten, die ja doch nichts anderes als Beulen der Täuschungen sind.

Ich lache über gesellschafts- und kunstkritischrelevante Äusserungen, sie sind alle eine Verdorrtheit, mit der abzugeben ich mich gottseidank in keinem Fall bemüssigt zu fühlen und zu denken aufgefordert sehe.

Seit über fünfzig Jahren schreibe ich Gedichte, doch ich weiss immer noch nicht, was ein Gedicht ist. Es geht um geistige Gefahrenbewältigungen, mitternachtsblaue Ängste, frenetisches Ausgeliefertsein in den Grenzenlosigkeiten, Vignetten der Liebe, enzephalitische Verlorenheit, Ekstasen der Lust, Metastasen des Schweigens, Odeur des Tods.

Ich bevorzuge rotzfreche Gedichte gegenüber Languedoc-himmelblauschimmernden Impressionen, Gedanken- und Gefühlsfetzigkeiten, doch das Gedicht überlebt alles, sofern es nicht lebensperipher, falschmünzend, reaktiv sich in Verdrehtheiten und Verdöselungen widerspenstig kapriziert.

Korallenrot, präkulmisch, tarotkartenspielend, viel-armig-umschlungen – ein Gedicht zu schreiben ist besser, als über Gedichte zu reden.

Ich hoffe, hochgeschätzte Leserin, hochgeschätzter Leser, du findest meine Gedanken, Einfärbungen und Abschweifungen über das Gedicht respektierlich.

Paul Gisi

Lektüre: Walter Vogt, «Die roten Tiere von Tsavo»

Lieber Ludwig

Heute hörte ich im Radio Beethovens neunte Sinfonie – und weinte, weinte haltlos, existenziell tief erschüttert. Du weisst es, ich denke von der Evolution nicht sehr gut, vieles verdunkelt sich für mich. Doch dass sie es bis zu diesem künstlerischen absoluten Höhepunkt geschafft hat, versöhnt mich. Diese Musik ist universumweit gültig, allumfassend. (Auch der Himmel kennt keine schönere, ergreifendere Musik.)

Ach, es ist wunderbar zu leben.

Auf nächsten Montag bin ich von meinem Freund Daniel Anton Kappeler in die Quartierpizzeria Gemelli, die kurz vor meiner Haustüre ist, er kommt extra hierher, eingeladen, er bringt mir auch Tabak und Wein mit, kauft ein paar Bücher von mir, wir haben immer beste Gespräche. Er ist ein wundersam einfühlender Mensch. Ich bin glücklich, dass er mich und meine Bücher mag.

Dir so offen schreiben zu dürfen, Ludwig, ist ein Fest. Ich danke Dir für alles. Herzlich grüsst Dein Paul

Lieber Ludwig

Ich habe jetzt fünfzig Gedichte und eine Unmenge von Notizen, die ich in Grossbuchstaben (Majuskeln) hinein-komponieren werde, das erfordert eine Heidenarbeit; formal wird es also wie in «Aus düsteren Flammen» sein. Ich mache zwei oder drei Zwischentitel, den Haupttitel habe ich noch nicht.

Da einen Lyrikband mit farbigen Fotos von Dir zu gestalten, ich denke einmal an sechs bis acht, wäre herrlich. Naturalistische Fotosujets ertrügen meine Gedichte nicht, das passte auch nicht. Du hast mir einmal Fotos geschickt, ich weiss gar nicht, wie Du das gemacht hast, mit abstrakten Farb- und Formvollendetheiten (erinnerst Du Dich?), wo ich sagte, so etwas Schönes habe ich noch niemals gesehen, sie faszinierten mich existenziell. Das wäre begeisternd fantastisch.

Meine heutigen Briefnotate sind einfach als mögliche Gesprächsbasis gedacht und spontan formuliert. Es dauert ja noch einige Wochen, bis ich bei meinen neusten Gedichten die letztgültige Fassung finde.

Vor einigen Tagen, Nächten, warf ich ein grösseres Konvolut an «Sätzen» (Aphorismen und autobiografischen Niederschlägen) in den Papierkorb, ich sammelte sie seit gut zwei Jahren, doch ich erachtete sie als unbedeutend, belanglos. Irgendwie ist es schon so, dass ich keinen «normalen» Prosasatz schreiben kann. Da musste ich mich befreien – zu meiner Lyrik hin.

Du schreibst aus einer Fülle heraus, das bewundere ich; ich muss mir jedes Wort schwer abringen. Ich habe keine «Trickkiste», aus der ich zuweilen ungewohnte Worte hervorzaubere, ich bin kurz vor dem endgültigen lyrischen Verstummen. Es ist einfach so, dass ich jedes Wortklischee, jede Gedankenplattitüde, jedes Plagiat tödlich hasse.

Du, Ludwig, hast Dir einen Wortkosmos erschaffen, rhythmisch und wortwahlmässig, das ist geistesgeschichtlich absolut einmalig, Du eröffnest im Individuellen Allgemeingültiges. Deine philosophische Sprache ist vollkommen lyrisch. Du hast es nicht nötig, «logische» Gedanken zu meisseln, denn Du bist ein Musiker des Seins. Deine Werke sind oratorische Vollendetheiten. Dein Werk ist das feinstziselierende Werk.

Du, ich wünsche Dir von Herzen einen wunderbaren Samstag, der Zackenbarsch winkt Dir zu, salü, Paul

Lektüre: Josef Pieper, «Über das Schweigen Goethes»

16.6.18

Lieber Ludwig

Heute las ich längere Zeit in Deinem Buch "Abkunft und Vollenden" – es gehört zu Deinen schönsten Büchern: wunderbar melodisch. Du selbst schreibst auf Seite 75: "Mein Wort ist eine einzige Melodie des wunderbaren Unterweisens" und auf Seite 82 schreibst Du von "Melodienfolgen" und von "Funkenfeuerwerk ins Unermessne" und von "Funkenwurf aus Meiner Innheit Glut". Das ist

Sphärenmusik, wahre Poesie auf den Wogen der "Anmut". Vom biblischen Schöpfungsbericht schreibst Du von "erfüllter Siebenheit", "im zutiefst entflammten Sehnen", das ist herrliche lyrische Seinsphilosophie, da wurde die Bach'sche Genialität ganz Weibel'sches Genie. Ich bin nicht nur tief beeindruckt, sondern durch und durch begeistert.

Von Herzen wünsche ich Dir einen guten sanften Abend, liebe Grüsse von Deinem Paul

17.6.18

Du hast Theo Strehl den "Wohlklang singender Schalmeien", die "liebevollen Gedichte", geschickt, hier seine Bemerkung an mich. Der liebe Theo bringt nur selten einen ganzen Satz zustande, doch er hat ein selten reiches Innenleben. Ich kenne ihn seit vielen Jahren, doch er bleibt mir geheimnisvoll.

Er wird sich in den nächsten Wochen gewiss intensiv mit Deinem Buch beschäftigen, doch wie wird er sich Dir gegenüber mitteilen (wenn überhaupt)? Er ist ein überaus scheuer Mensch, der sich hinter seinen Satzfragmenten versteckt.

Sag es mir bitte, ob und wie er reagiert.

Und teile mir bitte mit, ob und wie Fredy Stäheli auf Deine Buchzusendung – ich nehme an, Du hast das gemacht – reagiert. Er ist sehr wortgewandt, doch, psychologisch gesehen, kaum entzifferbar komplex.

Zu meinem Lyrikbuch "Der grünäugige Laternenfisch" (1983) verfasste Fredy den vordern Klappentext, schau einmal nach (Du hast dieses Buch). Er war, als ich in

St. Gallen zuoberst in der Mühlenenschlucht lebte, oft bei mir. Er hat sechs Lyrikbände publiziert; seinen kleinen Erstling, "Abende", 1979, liess ich drucken, bezahlte alles auch. Wir waren auch einmal zusammen in Südfrankreich, ein paar Tage und Nächte in Avignon. Es waren wunderschöne Zeiten.

Er ist sehr "verkrautet", was ich liebe. Seine Intellektualität, seine grosse Belesenheit, seine hohe verschlungene Sensibilität sind ein tief menschliches Erlebnis. Wir lernten uns vor Jahrzehnten in Zürich bei einer literarischen Vorlesung kennen.

Fredy war verheiratet, hat zwei erwachsene Kinder, er hat Jahrgang 1957 (ist also auch schon 61-jährig), geschieden, lebt zurzeit in alleräusserst schwierigsten Verhältnissen, ist armutbedroht, er war auch lange stellenlos. Die Schwermut greift nach ihm. Doch was für ein liebenswerter Mensch ist er. Seine Lyrik ist wunderbar.

Herzlich grüsst Paul

19.6.18

Lieber Ludwig

Gestern traf ich meinen Freund Daniel Anton Kappeler, er hatte mich in eine Pizzeria eingeladen, wir hatten anregende Gespräche, es war ein wunderschöner Abend.Wir mögen uns sehr.

Ich meinte andere Bilder, doch auch diese Feuerbilder wären für einen Lyrikband top-herrlich. Ich habe gestern Nachmittag ein paar Stunden an meinem neuen Lyrikband gearbeitet, es müssen noch mindestens vierzig Arbeitsstunden folgen, denn das Zusammenkomponieren der Gedichte mit den Majuskeln-Elementen erweist sich als schwieriger, als ich angenommen habe. Ich kann nichts dem Zufall überlassen, es ist eine hochintellektuelle Feinarbeit, natürlich immer auch auf der schwer überblickbaren Basis der Intuition.

Der Lyrikband heisst "A t e m   s t ü r z t   in   A t e m".

Ich bin überzeugt, da ist mir ein guter Titel geglückt, was meinst Du?

Meine Arbeitsdisziplin ist zuzeit leider nicht so gut, ich bevorzuge zu lesen, übers Leben nachzusinnen, am Bodenseeufer zu promenieren, Musik zu hören.

Ich lese intensiv Gedichte von Gertrud Kolmar und in den Mikrogrammen von Robert Walser – und habe noch sehr viel andere Lesewünsche.

"Atem stürzt in Atem" wird nochmals ein echter Gisi-Lyrikband, ich bin glücklich, dass mir das zu gelingen scheint.

Ich hoffe, lieber Ludwig, dass es Dir gut geht. Ich wünsche Dir tief verbunden nur das Beste. Herzlich grüsst Dein Paul

Lektüre: Werner Schmidli, «Der Mann am See»

20.6.18

Lieber Ludwig

Heute habe ich viel an "Atem stürzt in Atem" gearbeitet; ich musste einige "Majuskel-Elemente" umkomponieren, umschichten, eliminieren. Jetzt muss ich einige neue haben, doch die schüttle ich nicht aus dem Ärmel, das braucht gewisse Zeit.

Wenn Du die Farb-Formen-Geschlängsels-Fotos nicht mehr findest (ich habe sie leider nicht mehr), so macht das auch nichts –ein BoD-Bändchen mit ein paar Feuerbildern aussen und innen wäre auch herrlich, fantastisch schön. Machst Du mir das? Das wäre wunderbar – und ich Dir so dankbar.

Aber eben, es dauert noch, bis ich Dir ein Worddokument mailen kann.

Wie geht es Dir? Fliegen Dir neue Aphorismen zu?

Herzlich grüsst Paul

20.6.18

Caritas hat es brüsk abgelehnt, mit mir einen Gesprächstermin zu vereinbaren. Ich schilderte meine Situation, da sagte sie, ich brauche dauernde Zusatzunterstützung, und dafür seien sie nicht da, das machen sie in keinem Fall. Und eine einmalige Zahlung machen sie bei mir auch nicht, da ich eine reguläre AHV bekomme.

Caritas sagte, für meine prekäre Lage sei die Pro Senectute zuständig, doch die wimmelte mich vor gut einem Jahr ab, sie werden nichts zahlen.

Nun muss ich abwarten, ob es dieses Jahr von der SVA eine Ergänzungsleistung gibt, meine Beiständin hat Anfang Jahr wiederum ein Gesuch gestellt.

Die Kesb selbst zahlt nichts, sie verwaltet nur Geld.

Zum Glück habe ich meine Gedichte, bin ich hochintensiv mit der Zusammenführung der Gedichte mit Majuskel-Elementen beschäftigt, dies gab es weltweit in dieser Art noch nicht – ausser bei mir in den "düsteren Flammen"; für "Atem stürzt in Atem" werde ich diese neuartige Kompositionsart noch etwas mehr ausbauen, gewichten. (Rainer Stöckli kann dann wieder gescheit brabbeln: das sieht aber unruhig aus.) Zum Glück habe ich mein Leben lang nie auf diese Kindsköpfe von Kritikern gehört.

Ich wünsche Dir härzligg einen vogelflugleichten Abend, salü, Paul

22.6.18

Lieber Ludwig

Heute bekam ich die "eruptiven Gisiaden", unser zweites Buch. Es ist wie bei BoD und mit Deiner Gestaltung gewohnt wunderschön. Ich danke Dir für Deinen riesengrossen Einsatz und Dein Entgegenkommen.

Der Brief von Karin ist sehr beeindruckend. – Jacobsen ist einmalig herrlich.

In diesen Tagen werde ich "Auge stürzt in Auge" beenden können. Ich mutmasse, dass beim ersten Lesen einige Gedichte befremden werden, was mich nicht überraschen würde. Doch wer versucht, sie zwei- oder dreimal zu lesen, bemerkt vielleicht, was für grosse Räume ich durchmessen habe und wie kühn ich komponiert habe.

Kannst Du mir Anfang nächster Woche einen Zustupf für den Lebensunterhalt schicken, machst Du das, geht Dir das? Das Geld geht zur Neige, und ich käme in Panik ohne Deine Hilfe.

Ich grüsse Dich herzlich, jetzt schon dankend, Dein Paul

22.6.18

Nun habe ich Dein Buch "Abkunft und Vollenden" zu Ende gelesen, Du weisst es, wie wunderbar melodieselig, feinfühlig und gedankenfiligran ich es halte. Als Dein nächstes Buch lese ich "Unter deines Seins Ägide".

Es ist wirklich toll verrückt, dass nun in zwei Bänden fast 450 Seiten Briefe von mir an Dich vorliegen – in "Fulmi-nantes Weltverständnis" und "Eruptive Gisiaden". Ich werde immer wieder ein, zwei Briefbände beziehen und sie "ausgewählten" Menschen zukommen lassen.

Ich wünsche Dir gegenwartintensiv Vergangenes aufrau-schend, herzlich grüsst der Briefschreiber der "eruptiven Gisiaden", der Lyriker-Compositeur mit den Majuskeln-Elementen, auch genannt der Zackenbarsch – Paul

22.6.18

Lieber Ludwig

Der Titel heisst natürlich "Atem stürzt in Atem" (und nicht "Auge stürzt in Auge", wie ich fälschlicherweise geschrieben habe). Ich machte in den letzten Tagen ein paar Fehlleistungen, hoffentlich hört das sehr bald wieder auf.

Mein neuster Lyrikband ist nun fertig komponiert in einer Worddatei, ich muss die Gedichte noch ein- oder zweimal durchkorrigieren. Machst Du mir dann ein BoD-Bändchen daraus – mit ein paar farbigen Feuerbildern im Buchinnern? Das würde mich begeistern. (Doch sie müssten feurigrotfarben sein, schwarzweiss kommen sie nicht zur Geltung.)

Es sind fünfzig Gedichte und fünf Kapitel (am Schluss eine kurze Bibliografie) – und mit Deinen Cheminéefotos ergibt sich ein Büchlein gegen siebzig Seiten, so überschlage ich mutmassend.

Wie siehst Du das? Darf ich meinem Buchmacher – also Dir– in zwei, drei Tagen das Dokument mailen?

In "Aus düsteren Flammen" sind die Majuskel-Elemente in der Minderheit, für "Atem stürzt in Atem" wurden sie dominierender, sie sind wie Intarsien – oder als Antiphon, harmonisch eingefügt oder krass kontrastierend dissonant.

Ich bin gespannt, was Du dazu sagst.

Ich habe mir da eine Komposition, Wortbildfiguration geschaffen, die neu ist, weltweit einmalig, wage ich mir kühn einzubilden und vergnügt aufatmend fast schon zu behaupten. Gott sei mit mir!

Salü, Dein Paul

(P.S.: Hoffentlich "chlämmerlet's" mir nicht zu sehr.)

Lektüre: Françoise Sagan, «Bonjour tristesse»

Diese neusten Gedichte haben mich fast in den Wahnsinn getrieben, ich habe alles gegeben, wozu ich fähig war. Doch nun ist's geleistet – und ich muss mich erholen, sobald sie durchkorrigiert sind. Paul

23.6.18

Hier meine Antwort auf Alberts Replik, dass ich "schusselig" gewesen sei, also nochmals eine Albertiade. Ich werde wohl meine Beziehung zu ihm auf fast Null herunterfahren. Seine frühgreisenhafte Arroganz geht mir auf den Wecker, er ist ein typischer Rentner, der sich mit seinen Terminen wichtig vorkommt. Jede Spiritualität hat er in seinem masslosen Bierkonsum verloren.

23.6.18

Lieber Ludwig

Ich schicke Dir heute Abend oder morgen "Atem stürzt in Atem", kannst Du mir die ersten sieben Seiten BoD-fertig machen, mit dem Umbruch im Buchinnern komme ich evtl. zurecht – bis auf den Schluss vielleicht.

Darf ich wieder für kürzere Zeit Deinen Laptop haben, denn ich möchte alles nochmals durchgehen; bei der Kurzbibliografie hinten in den "düsteren Flammen" stimmten teilweise die Einzüge nicht, ich habe eben stark daran herumgebastelt, so hat die Datenübertragung nicht überall geklappt. Nun, das ist beileibe überhaupt nicht schlimm, doch ich möchte beim neusten Lyrikband einfach auf alles nochmals ein Auge werfen, ja?

Es sind bloss 50 Gedichte, jedoch sehr expressionistische – mehr könnte man gar nicht ertragen, es zerrisse einen.

Aah, die Sonne, die Wärme: herrlich!

Darf ich auf Anfang der nächsten Woche auf einen Zustupf hoffen, sonst weiss ich konkret wirklich nicht wie überleben.

Bis bald wieder, salü, Paul

24.6.18

A L L E Bilder, die Du mir schicktest, sind traumhaft, existenziell s c h ö n, das wird der wunderbarste Lyrikband aller Zeiten. Du kannst nach Deinem Ermessen auswählen – und so viele Feuerbilder nehmen, einfügen, wie Du für gut findest. Ich überlasse das gern Deinem süperben Auge. Grün/rot, blau/rot oder alles andere auch, ich heisse Deine Bilder alle begeistert willkommen, sie sind zu meinen Gedichten nicht nur adäquat, sondern kongenial treffend, ebenbürtig. Damit schreiben, bebildern wir uns auf den Parnass, zum Sitz Apollons und der Musen überhaupt, nahe beim Orakel von Delphi. Meine Gedichte sind wohl oft, so hoffe ich, dem erstrebenswerten künstlerischen "Wahnsinn" nahe, und Deine züngelnden, farbundformtänzerischen, weltallumarmenden innigen Figurationen illustrieren meine Wortbilder nicht nur, sondern führen sie weiter, ergänzen sie, erweitern sie, vervollkommnen sie, setzen existenzielle Neuigkeiten, Überraschungen und Gewichtungen. EIN FEST! Eine Sinfonie.

Ich müsste dann den Laptop haben, eine Korrektur, eine Kürzung, die den Zeilenfall nicht tangiert, habe ich bereits im Kopf, doch ich möchte das letzte i-Tüpfelchen exakt bereinigen. Jede Note zählt, ist entscheidend, Du verstehst das sicher. Es gibt keinen einzigen "Zufall" in meinem Textkorpus, alles ist vielfach ausgewogen, ausbalanciert, austariert, in Harmonie oder Disharmonie bebildert, wortgemeisselt, rhythmisch und melodisch abwechselnd adagio- oder staccatohaft, tonal, atonal, je nach ingeniöser, inhärenter Wortbildkompositionsnotwendigkeit. Es ist mein am meisten bewusst geschaffener Lyrikband, unabdingbar verbunden mit dem Unterbewusstsein, mit dem Strom der Nacht, e i n s mit dem Geheimnis des Lebens, polyphon, anachoretisch, apokalyptisch. Als Lyriker bin ich ein Demiurg (Weltschöpfer, Weltbaumeister wie bei Platon), herrgottschtärnechaibnochmals, wie ist das herrlich!

Mein fünftes Kapitel in "Atem stürzt in Atem" heisst "Eng umschlungen mit dem Sein", da siehst Du meine lyrische Nähe mit Deiner Philosophie.

Ich freue mich, Dich bald zu sehen – ein Schritt hin zu unserer gemeinsamen Publikation in Wort und Bild.

Lektüre: Nelly Sachs, «Flucht und Verwandlung»

24.6.18

Ich betrachtete nochmals Deine Fotos und bin begeistert – sie gehören bereits nicht mehr wegzudenkend zu meinen Gedichten.

Das ist das fünfte Buch in diesem Jahr dank Dir, unfasslich.

Ludwig, Du machst mir ein künstlerisch schönes Altern, Du bist mein Freund, mein Bruder – gütiger als ein Vater. Noch von niemandem lernte ich so viel wie von Dir in Deinen Büchern. Ich danke Dir für Deine Hilfe, Dein Dasein, Dein Sein.

Dein Paul

25.6.18

Lieber Ludwig

Das ist freudig toll, dass Du bereits alles ins BoD-Layout getan hast. Zwei Gedichte auf einer Seite: das ist prima, tipptopp.

Bei zwei Gedichten muss ich noch allerletzte kleinste Änderungen vornehmen; das mache ich dann auf dem Laptop.

Die Bibliografie ganz hinten möchte ich nicht mehr – kannst Du sie mir bitte löschen? Dieses kleine hochkonzentrierte Lyrikbändchen erträgt keine Bibliografie-"Werbung" – die Bibliografie ist bei mir sattsam bekannt, also weg damit.

Ja, es heisst schöner Chariklea (und nicht schönen Chariklea), ich danke Dir für Dein sehr aufmerksames Lesen.

Ich werde dann auch, wie Du berechtigt hinweist, zwischen zwei Majuskel-Wörtern zwei Leerschläge machen.

Ich bin gespannt, wie Du die Bebilderung siehst.

Gern bin ich am Donnerstag, 28. Juni, um 11.30 Uhr im Migros-Restaurant Neumarkt in St. Gallen.

Ich freue mich sehr.

Liebe Grüsse von Paul

Lieber Ludwig

Es ist einfach wunderbar, dass Du mir wiederum ein BoD-Buch (-Büchlein) gemacht hast; ein jedes ist irgendwie etwas ganz Besonderes und freut mich konkret sehr speziell. Als Lyriker und in meinem Leben überhaupt sind die zwei Briefbücher, wo Du der Adressat bist, sensationell.

Und nun kommt "Atem stürzt in Atem" mit diesem herrlich schönen Umschlagsbild, das mich begeistert. In meiner Wortbilddestillerie ist mir, so bin ich entzückt überzeugt, hochprozentige Lyrik geglückt, bei der man aufpassen muss, dass sie keinen wirbligen Rausch auslöst, doch wenn jemand trunken von ihr wird, freut es mich demiurgisch, und es ist nicht auszuschliessen, dass ein Leser von "Atem stürzt in Atem" atemlos in den Wahnsinn stürzt – Kunst darf und soll das Leben verändern. (Grosse Worte, sapperlottpotzdonnernochmals.)

Wie hast Du die Fotos gemacht? Sind das Cheminéefeuerbilder, die Du farblich verändert, bearbeitet hast? Einfach fantastisch.

Aah, was für ein wunderbares Wetter – ich geniesse die Sonne wie eine Eidechse auf einem warmen Stein.

Salü, ich winke Dir zu, Paul

Lieber Ludwig

Dass Dir ein paar meiner neusten Gedichte gefallen – Du schriebst gar von Perlen – freut mich riesig. Dass es auch paar Stellen gibt, die Dir nicht gefallen, die Du fast gar entsetzlich findest, so nehme ich an, verstehe ich vollauf, respektiere ich selbstverständlich ganz.

Zwischendurch wagte ich zu hoffen, dass im Buchinnern ein paar farbige Bilder von Dir eingefügt werden könnten, was das Büchlein zweifellos bereichert hätte. (Schade, dass nun keine Bilder von Dir drin sind – Du wolltest wohl des Inhalts wegen keine beisteuern.)

Und ich denke mir, wenn es so ist, dass Du für dieses expressionistische Opus mit "Kanten und Ecken", die Du begreiflicherweise nicht alle gut finden kannst, Deine Bilder nicht zur Verfügung hast stellen wollen, so begreife ich das – freundschaftlich, brüderlich – vollständig.

Weisst, wenn ich mit gewissen Menschen nicht aufgelegt bin "wild zu spielen", bin ich der einfühlsamste, verständnisbereiteste Mensch, das darfst Du mir glauben, hast Du sicher längst gesehen, erlebt. Man muss mich halt ein bisschen durchschauen, was Du leider nicht immer kannst.

Ich bin nicht traurig, dass das nun so ist, ich achte Deine menschliche, künstlerische, philosophische FREIHEIT höher ein als meine Wünsche.

Meine gewiss seltsamen Gedichte dürfen mit einem Coverbild, das ich liebe und bewundere, von Dir auftreten, und das ist für mich ein Fest, dafür bin ich Dir sehr dankbar.

Du hast mir ein Foto des Umschlags gesandt, ich schickte es bereits begeistert Fredy und Daniel weiter.

Morgen wird der Zustupf von Dir kommen, wofür ich existenziell dankbar bin, denn ohne ihn könnte ich bloss noch zwei, drei Tage leben. Ich hoffe nun, dass ich Ergänzungsleistungen bekommen werde, das würde alles entlasten. Meine beelendende Finanzsituation beginnt wieder Depressionen und Panikgefühle auszulösen. Mit 300 Franken Ergänzungsleistungen käme ich wohlgeordnet über die Runden, ohne diese bin ich auf Deine Hilfe angewiesen. Ich hoffe und wünsche, dass sich dies, erleichternd für Dich und mich, ändern wird. Doch ich bitte Dich innig, weiterhin Geduld mit mir zu haben.

"Atem stürzt in Atem" ist gewiss meine letzte Publikation in diesem Jahr – vielleicht endgültig für immer, ich weiss es noch nicht so genau. Es ist immerhin die fünfte Publikation in diesem Jahr, mehr kann man von keiner Schindmähre verlangen, erwarten.

Dass ich Dir gegenüber von grösster Bewunderung und Dankbarkeit bin, weisst Du, auch auf vielen, vielen Seiten meiner beiden Briefbände an Dich ist davon überzeugt die Rede. Deine Seinsphilosophie ist mir längst täglich, nächlich wichtig geworden, Deine Menschlichkeit, Grosszügigkeit, Sanftheit und Güte "überrumpeln" mich tief. Und zwischendurch kommt in der persönlichen Beziehung ein Schalk zum Durchbruch, wie es nur bei einem weisen Menschen der Fall sein kann.

Mein Herz ist voll von Gefühlen, grosse Lebensangst hat sich auch eingenistet. Doch Du stehst hilfreich auf meiner Seite, das stimmt mich zuversichtlich.

ICH DANKE DIR FÜR ALLES, jawohl, dafür brauchte es eben Majuskeln, gerade so!

Ich hoffe, es geht Dir gesundheitlich gut.

Ganz herzlich grüsst Dein Paul

Lektüre: Christoph Meury, «Jahr der Kälte»

1.7.18

Lieber Ludwig

Wie stehts mit dem Buch von Frau Safra? Könnte es mich auch interessieren? Du kennst meine literarischen Ausweitungen und Grenzziehungen, auch meine "bildlichen" Vorlieben und Abneigungen. – Ich bin gespannt.

Jetzt freue ich mich riesig auf "Atem stürzt in Atem", ich will es vermehrt verschicken. An eine zweite Auflage mit Bildern denke ich nicht; gerade so, wie es jetzt ist, finde ich es gut.

Wenn sich einmal ein Lyrikband von mir mit einigen Deiner Bilder ergeben sollte, so denke ich eher an "ausgewählte Gedichte", das wäre herrlich. Doch spruchreif ist das lange noch nicht, muss es auch nicht sein.

Deine farbbearbeiteten Feuerbilder finde ich wunderbar; ich liebe ganz besonders das Rot, Blau und Gelb. Das Grün mag ich nicht so, ich empfinde es fast ein bisschen aggressiv; ich assoziiere mit diesem "radikalen" Grün leider auch etwas "Giftiges", "Chlorgrün". Das Grün ist naturdominant, doch das Blumenfarbige liebe ich mehr. Zudem liebe ich Farb- und Formkompositionen (wie für mein neustes Büchlein), die wie verträumt abstrakt tänzerisch in sich abgewogen sind – eine "Naturnähe" trifft meine Art zu schreiben nicht.

Doch das sind bloss ein paar Wegzwischenhaltüberlegungen, die keine Richtung festlegen zu wollen versuchen, es sind lediglich ein paar spontane Gedankenauffächerungen, die zu gebrauchen oder nicht zu gebrauchen sind. Panta rhei (nach Heraklit ist das Sein ein ewiges Werden, nach Ludwig Weibel eine aristotelische Wirklichkeit; nach Parmenides gibt es kein Werden, sondern nur das Sein, so wie bei Weibel auch, sehe ich das richtig?)

Meines Wissens hat sich kein grosser Philosoph implizit, explizit zu den existenziellen und umfassend weltformenden, weltgestaltenden Fragen der KUNST geäussert, obwohl Kunst in meinen Augen menschheitswichtiger als jede Erkenntnis, jede Religion wäre. Da steckt der menschliche Geist noch erbärmlich in den Kinderschuhen, ist noch nichts geleistet.

Nicht Wissenschaft, Technik, computerhafte globale Vernetzung, Politik bringen die Menschheit weiter, sondern nur Kunst vermöchte dies; diesen utopischen Gedankenentwurf lasse ich mir nicht nehmen. Kunst hat in der Menschheitsgeschichte immer nur eine marginale Rolle gespielt, deshalb zeichnet sich auch eine offensichtliche Verrohung ab, die leider nicht bestritten werden kann.

So genannte künstlerische Hochformen waren immer blosse Rettungsversuche in blutrünstigen Diktaturen, in "Freiheiten" darbt die Kunst. Diese nicht schmeichelhaften Zusammenhänge werden nicht gesehen, werden unterdrückt.

Die "Kultur-Anthropologie" wird rosarot verwässert, absichtlich verfärbt, alle scheuen sich zu sagen, wie schlimm es in Wirklichkeit ist, dass die Kunst nur zum Schein geduldet wird. Es gibt zum Beispiel weltweit keinen Politiker, der sich ernsthaft und durchschlagskräftig für die Kunst einsetzt, Macht ist immer korrupt, kunstfeindlich.

Nun, meine Gedanken sind niemals "ex cathedra" gedacht, mein Naturell bleibt per se offen, umschichtbar, veränderbar, anders ausdrückbar und gewichtend, ich halte es mit den Fluktuationen, liebe Oszillogramme, den Faktor "Unbekannt".

Lieber Ludwig, der Zackenbarsch winkt Dir freundschaftlich herzlich zu, Paul

2.7.18

Lieber Ludwig

Danke für die rotblaugelben Bilder, die mir sehr gut gefallen.

Heute dachte ich, ich könnte meine zwei letzten Lyrikbände zu einer Trilogie erweitern, eben nochmals mit Majuskeln-Elementen. Diese Idee gefällt mir. Mal schauen ...

Danke für die Kostprobe von Doris Safras Schreiben und die ersten Fotos. Doris Safra hat gewiss viel Gefühl in die Texte gelegt, doch mit Gefühl allein schafft man keine Gedichte; sie sind mehr als nur peinlich, ich schüttelte den Kopf. Zuerst traute ich meinen Augen nicht, solches Zeugs zu lesen. Derart klischeehaften Kitsch habe ich noch nie gelesen. Jedes Kochrezept ist besser geschrieben als Safras Geschreibsel.

Dass Du Deine Arbeitskraft für Derartiges zur Verfügung stellst, ist verwunderlich, zeigt einfach einmal mehr Deine Güte und Menschenzugetanheit. Doch das Selfpublishing sollte man nicht mit solchem total unkünstlerischem Gebrabbel diskreditieren.

Dies in Kürze, doch es lohnt sich nicht, eingehender darauf einzugehen, dafür ist auch meine Zeit zu schade. Safras Schreiben gehörte in den Papierkorb und nicht in ein Buch.

Dir liebe Grüsse, Paul

6.7.18

Lieber Ludwig

Einmal war ich auf der Zeitschrift "Kunst und Geist" (ich bin mir des Titels nicht mehr ganz gewiss) ganzseitig auf der Titelseite abgebildet, doch diese Zeitschrift gibt es schon lange nicht mehr und ich habe kein Exemplar mehr; der Hauptartikel behandelte mich.

Nächste Woche schicke ich Dir "Spektrum des Geistes", den international bekannten Literaturkalender, Hamburg, von 1973, in dem ich mit Foto und Handschrift vertreten war. Ich hatte darauf manche Zuschriften – als kleine Kostprobe aus meinen frühern Jahren.

Ich war als Lyriker eine Zeitlang im deutschen Sprachraum recht bekannt, doch ich verschwand dann gänzlich "vom Fenster", bedingt aus vielerlei Gründen, gewiss auch wegen meiner Kompromisslosigkeit und meiner charakterlichen Ecken und Kanten. Doch ich bedaure diese Entwicklung nicht, ich blieb immer eins mit mir und meinem Werk. Erfolg und Ruhm fand ich immer lächerlich. Ich wollte wie bei einem Kathedralenbau einfach Stein um Stein, Werk um Werk aufschichten. Mehr interessierte mich nicht. Und wie oft habe ich Kritiker in einem mehrseitigen Feuerwerk in den Boden gestampft, sie argumentativ in der Luft zerfetzt und lächerlich gemacht. Und Lob zu bekommen, hat mir auch nie behagt. Ein Schwemmlandschlammspringer, eine Silbermöwe, ein Buchenwald, ein Frühlingsadonisröschen, das Sternbild Waage brauchen kein Lob (sie stehen auch vollständig ausserhalb jeder menschlichen Kritik): sie S I N D. Greife ich zu hoch, wenn ich sage, auch meine Gedichte S I N D?

Vielleicht fallen meine Gedichte nach meinem Tod in ein schwarzes Loch, das fände ich gut, denn ein schwarzes Loch I S T.

Liebe Grüsse, Paul

6.7.18

In "Spektrum des Geistes" figurieren mit mir Edmonde Charles-Roux, Max Ernst, Dietrich Fischer-Diskau, Karl Jaspers, Friedrich Georg Jünger, Walter Muschg, Adolf Portmann, Erich Maria Remarque, Edzard Schaper, Georges Simenon, Wladimir S. Solowjew, Jörg Zink, um nur ein paar Namen zu nennen. Ich wurde im gesamten deutschen Sprachraum recht bekannt. Das dauerte etwa zehn, fünfzehn Jahre, dann sank ich wieder ins Vergessen resp. in Nichtbeachtetheit.

Als es die Zeitung "Die Ostschweiz" noch gab, war ich einer der bekanntesten Lyriker von St. Gallen, denn der

Kunstkritiker Dr. Roland Mattes schrieb mehrmals phänomenal grosse, fast ganzseitige gute Kritiken über mich; das St. Galler Tagblatt hat mich jahrzehntelang geschnitten.

Jetzt bin ich im lyrischen Getümmel nicht mal eine Fussnote wert. Ha! Was geht das mich an. Lyrik wird kaum irgendwo noch wahrgenommen.

Liebe Grüsse, Paul

Lektüre: Werner Bergengruen, «Dichtergehäuse»

6.7.18

Lieber Ludwig

Fredy Stähelis feinsinnigen kurzen Gedichte und Haikus würden Dir sehr gefallen, seine schmalen Publikationen sind wunderbar, poetisch, sehr liebenswert. Vielleicht kann er Dir noch was schicken?

Einmal hatte er in der NZZ eine sehr gute Rezension, er hatte sie in seiner Bescheidenheit mir gegenüber verheimlicht (doch ich entdecke im Internet alles, hahaa).

Künstlerisch sind wir Antipoden, auf gegenüberliegenden Punkten wohnende Menschen, doch wir durften uns dennoch sehr nahe sein. (Auch wenn ich immer wieder glaubte, dass er meine fulminante Lyrik irgenwie doch nicht ganz ernst nimmt.) Aber wie es auch sei, er ist ein wunderbarer Mensch und ich liebe seine Lyrik sehr. Manchmal schreibt er mir monatelang nicht, dennoch darf ich sagen, dass er einer meiner nächsten, liebsten jüngern Freunde war und ist in meinem an Freunden äusserst reich beschenkten Leben.

Es betrübt mich zu erleben, wie sein Leben sich verdunkelt hat. Und auf meine eruptiven Briefe schreibt er, wenn überhaupt, beängstigend unterkühlt, wie abgestorben.

Doch ich erinnere mich seines frühern Lachens, und daran halte ich mich.
Dich, lieber Ludwig, umarme ich herzlich, innigste Grüsse von Paul

Lektüre: William Golding, «Der Turm der Kathedrale»

7.7.18

Lieber Ludwig

Deine neusten Fotobearbeitungen gefallen mir wahnsinnig, ich liebe sie sehr; WUNDERBAR ! ! ! Ein wahres Farben-, Formen- und Lebensfest.

Ich bin glücklich, dass Du mein Freund und Bruder bist – sonst hätte ich Lebensangst in diesem grenzenlosen, kalten Kosmos, fühlte ich mich extrem einsam. Heute Nacht weinte ich aus Dankbarkeit, dass Du mir immer wieder hilfst, dass Du auf meiner Seite bist.

Ohne Dich und Deine Bücher versänke ich wohl in der Mutlosigkeit. Dank Dir glaube ich ans Positive, wird vieles hell.

Liebe Grüsse von Deinem Paul

Lieber Ludwig

Der Bücherzustupf ist heute noch nicht gekommen, doch das macht nichts, es eilt nicht.

Jetzt sitze ich auf dem Balkon und lese Weibels "Unter des Seins Ägide". Was für ein Meer an Seinsverzierungen und graziösen Verinnerlichungen, melodischen Verwesentlichungen. Dein Satzbau und Deine Wortwahl überraschen mich immer wieder, sie wirken sehr frisch, wie bei einem sanften Wind auffrischend. Manchmal sackte der Wind in sich zusammen und es wird sprachflau.

Ich habe mich nun entschieden, ergänzend zu "Aus düsteren Flammen" und "Atem stürzt in Atem" einen dritten Teil zu schreiben in der gleichen formalen Eigenart – also mit Majuskel-Elementen –, so dass dann diese drei Werke als Trilogie betrachtet werden können. In diesem Jahr ist kaum mit der Fertigstellung zu rechnen.

Ich bin glücklich, dass ich schon fast konkret ahne, welchen Weg ich fürs weitere lyrische Schreiben einzuschlagen habe – Bewegung ist besser, schöner als Stillstand (ich meine innerliche, geistige Bewegung, äusserliche Bewegung interessiert mich kaum).

Wunderbar, dass die Sonne wieder scheint!

Herzlich grüsst Paul

Lieber Ludwig

Deine Bildbearbeitungen werden reichhaltiger und freier,
sie entzücken, begeistern mich.

Wie schön sie sind!

Es sind Farben, die mich finden, die mir nahe sind. Gegen
das frühere Grün hatte ich gewisse Vorbehalte. Du weisst
es, begründen lässt sich das nicht, es geht um Vorlieben,
um persönliche Entsprechungen.

Du bist jetzt in Oberbuchsiten. Ich denke an Dich.

Du hast aus meinem Heft "Mass und Leidenschaft" zitiert, das freute mich. Dieses Heft ist meinem Freund Rolf
Moser gewidmet, er wohnte, als ich in St. Gallen zuoberst
in der Mühlenenschlucht lebte, kaum zweihundert Meter
von mir entfernt, wir waren viele Jahre viel, sehr viel beisammen. Wir waren zusammen in der Bretagne, in Bre-
men (Bremerhaven), Heidelberg, München, Salzburg,
Wien, Prag. Wir verfassten gemeinsam den Lyrikband
"Kohlensäure", einige Gedichte sind von ihm, einige von
mir, einige schrieben wir gemeinsam, das war etwas Besonderes.

In meinem Leben gibt es noch manche Freunde, so der
Lyriker René Sieber (mit dem ich in Paris war), der manche Bundesordner Briefe von mir hat. Wenn ich über alle
meine Freunde schreiben wollte, ginge das nicht weniger
als in fünf dicken Bänden.

Freundinnen hatte ich nur wenige; Geliebte acht, ich erinnere mich genau (ein Bericht darüber füllte auch zwei
Bände).

Ich hatte Energien für mindestens hundert, mein Leben war sehr reich an Intensitäten, ein Überblick, ein adäquates Mitteilen ist nicht mehr möglich, muss auch nicht möglich sein, ich verstand mich nie als eigener Archivar, Biograf. Was vorbei ist, ist vorbei, ich finde das gut. Ich liebte schon als junger Mensch die bis zum Äussersten zerspringenden Augenblicke des Lebens, Erlebens, Beglücktseins, Leidens, der ekstatischen Aufwallungen, der Zerknirrschtheiten, der Freiheit im Sichselbstfinden und im auf alles offenhienige rabuzinzzelnden Sichverlieren.

Ich zählte nie nach Plus und Minus, denn das gibt es im Leben nicht. Ich liebte mit den Harmonien auch die Disharmonien, denn das Gesamt macht das sinfonische Leben aus. Und das liebte ich mit all meinen Fasern – liebe es auch heute noch, unentwirrbar davon, was Hell oder Dunkel sich einzufärben anschickt. Die "Vereinigung" der Widersprüche konstituiert mein Leben als Mensch und Lyriker, da möchte ich nichts eingeebnet wissen, die kontroversen Ausformungen umfasse ich als Einheit, erlebend, gestaltend.

Ich glaube, lieber Ludwig, Du findest diesen Brief nicht "chinesisch", Du wirst ihn in Deiner Seele bewahren und verstehen. Du bist ja so w e i t (mir haushoch überlegen).

Schreibst Du mir eine Antwort auf dieses Script in Deiner unnachahmlichen kurzen treffenden Art? Es würde mich freuen.

Ich grüsse Dich freundschaftlich herzlich, der alte Zackenbarsch Sir Paul McGisi (olé)

P.S.: Eine Auswahl von Gedichten oder "Sätzen" (Aphorismen) von mir, gleichzeitig mit einer Auswahl von Gedichten und/oder Aphorismen von Dir, in einem Buch, das wäre fantastisch herrlich – mit zwanzig bis dreissig Deiner Bilder, hm, das wäre doch ein Projekt, es würde ein Gesamtkunstwerk; zudem Weibel und Gisi auch textlich in einem Band, was für ein Ereignis! Ich wünschte mir dazu Bilder von Dir wie die rückgekoppelten, zwanzig bis dreissig (oder mehr). Es müsste ein dickes Buch geben. Überlege bitte einfach einmal diesen "Denkankick".

Du wirst das berechtigt in Ruhe überlegen. Unser Schreiben ist verschieden, doch diese Verschiedenhaftigkeit in einem Buch zu vereinigen – eben mit vielen Deiner Bilder – wäre eine Sensation, ergäbe eine einmalige geistige, seinsphilosophische, künstlerische Einfärbung, Dimension. Übers Auswahlverfahren und übers gegenseitige Vetorecht müssten wir noch reden; es ginge nicht um Ausuferungen, sondern um respektvolle Grenzziehungen, Gewichtungen, Auswahlspezifikationen. Über den konkreten Aufbau habe ich noch nicht nachgedacht.

Alors, ein gemeinsames Textbuch mit vielen Bildern von Dir denke ich mir als etwas Herrliches, doch es kommt natürlich entscheidend auf Dich an, ob Dir dieser Vorschlag sympathisch ist.

Nochmals, herzlich, Paul

Lektüre: José Donoso, «Der obszöne Vogel der Nacht»

14.7.18

Lieber Ludwig

Wenn ich mein lyrisches Schaffen überblicke, von den unbeholfenen Gedichten meines Erstlings "Gegen die Zeit und Zwischen unendlichen Gewittern" 1970 über meine mittlere Phase, in der ich wohl erste Höhepunkte erreichte, bis zu den Gedichten in den letzten späten Lebensjahren, erfüllt mich ein Gefühl der Dankbarkeit und des Glücks: ich durfte vieles erreichen, vervollkommnen. Im praktischen Leben bin ich grausam gescheitert, im Verwirklichen des lyrischen Schreibens ist mir vieles geglückt, das ist das Wesentliche meines Lebens. Wenn ich auf die letzten fünfzig künstlerischen Jahre zurückblicke, bin ich überrascht, verblüfft, welche Kohärenz feststellbar ist – ein bisschen im Gegensatz zum verwinkelten, bockssprüngigen, diversifizierten, divergenten Leben mit seinen vielen Gegensätzlichkeiten, doch auch da empfinde ich eine gütige umfassende Harmonie in der Coincidentia oppositorum, im Zusammenfall der Gegensätze, der Entgegensetzungen zu einer Einheit (nach Nikolaus von Kues; Cusanus). Ich habe an der Paulus-Akademie in Fernkursen und vielen Intensiv-Live-Kursen und Wochenendtagungen vier Jahre lang Literatur, Theologie und Philosophie studiert, die geistigen Erweiterungen und Vertiefungen waren mir mein ganzes Leben lang unabdingbares Bedürfnis. Dass ich auch der Sinnlichkeit einen grossen Stellenwert zumass und immer noch zumesse, gehört konstitutiv, existenziell zu meiner Moulage des Weltalls in meinem persönlichen Weltverständnis. Ich möchte mit meinen Schwestern und Brüdern Pyrenäengebirgsmolch, Pilzzungensalamander, Rippenquallen, Schwarzbäuchigen Sonnenastrilden, Waldsänger, Baumleguanen, Zwergflamingos, Langschwanzmaulwurf, Silberäffchen, Grassternmiere, Kohlkratzdistel, Sumpfhornklee, Zwitterblüten, Krähenbeeren vor Gott treten, Hand in Hand mit der ganzen Schöpfung – viel lieber als mit Philosophen und Religionsgründern, die so viel Elend, Blutrausch in die Welt brachten. Der menschliche Geist ist eine Kapitulation vor dem schöpferischen Seinsgeist, vor der Kontemplation. Die heutige Geistigkeit geht nicht über den Hully-Gully, über den

Hulla-Hoop hinaus, Jahrtausende an Erkenntnisbemühungen scheiterten, wir sind nicht weiter wie die Höhlenbewohner, der Cromagnonmensch der jüngeren Altsteinzeit. Kein Promille der Menschheit interessiert sich um Geistigkeit und Kunst. Doch wir machen weiter, Du und ich, Du positiver gestimmt als ich, ich ambivalent die Zeit diagnostizierend. Du antwortest mit Deinen Büchern auf das Sein, das Dich anspricht, das in Dir lebt, ich finde das herrlich. Bei mir ist das nicht so eindeutig, doch Du verstehst das schon. Ich bin ostinat ozeanisch, etwas Don-Carlos-haft, Sizilien-aufgeriffelt. DIE WELT LEBT. Der Geist des Menschen macht höchstens einen Neuntel seines Gesamtwesens aus, neun Zehntel sind im Unterbewusstsein verloren, wären dort zu finden. Alors, ich mache mich auf die Reise, denkend, liebend, schreibend, umfassend, ausklammernd, einbeziehend, abstossend. D A S L E B E N I S T H E R R L I G G. Ein gemeinsames Text- und Bildbuch mit Dir zu haben, wäre ein Höhepunkt, ich denke bei mir an ausgewählte Gedichte. Doch das wäre eine Riesenarbeit. Nehmen wir es ruhig an, ja?

Ich umarme Dich, nimm meine heutigen Nachtbriefsätze wohlgemut, locker, einsprengelnd, schmunzelnd theomorph, ich bin ein Schuppenwurm, eine Seerose, ein Zünsler, eine Mottenschildlaus, ach, Du weisst es, ich liebe alle gottgeschaffenen Kreaturen, die Stummelfüsser und die Flohkrebse sind mir lieber und wichtiger als alle eitlen Philosophen. Ich bin ein Lyriker der Schöpfung, der Geist ist kaum ein Jingle, eine einprägsame Melodie eines Werbespots. Ich bin nun mal halt k r i t i s c h.

Du, herzlich grüsst Dein zackelnder Paul

Lektüre: Tennessee Williams, «Acht Damen,
besessen und sterblich»

Lieber Ludwig

Nun bin ich heute 69-jährig geworden (ja, ich habe Geburtstag) und ich gwackle zwackle rackle in mein siebzigstes Lebensjahr hinein. 1984 (35-jährig) wurde ich in meiner eigenen Wohnung in St. Gallen niedergestochen, ich hatte ein "volles Haus" wie oft, bekam dann durch eine Nachbarin Hilfe und wurde im Kantonsspital St. Gallen notoperiert. Der Arzt sagte dann, zwei, drei Stunden später hätte ich nicht mehr gerettet werden können. Doch nun bin ich bald doppelt so alt – und habe geschrieben und geschrieben, publiziert und publiziert. Ha, trotz aller Dunkelheit lebe ich unter einem hellen Stern.

Als ich einmal mit einem Freund in Südfrankreich zeltete, stieg ich eines Morgens durch ein Fenster in ein Badezimmer in einem Hotel ein, weil ich baden wollte, hui, die sich daraus ergebenden Turbulenzen mit Hotelbewohnern und der Hoteldirektion waren köstlich, schier ein feuerwerkischer Rummelplatz.

Als ich in Birsfelden BL Schule gab (es waren drei Jahre, ich führte eine dritte Primarklasse bis zum fünften Jahr; später unterrichte ich in einer Mehrklassenschule, drittes bis sechstes Schuljahr), bin ich oft mit meinem Auto übers Wochenende nach dem französischen Grenoble gefahren, um in einem arabischen Restaurant, das ich liebte, Couscous zu essen. Zudem liebte ich es immer, in Hotels zu sein.

Tempi passati.

Du kannst, Ludwig, ich sah dies bei Deinem langen Brief, unvergleichlich famos anschaulich erzählen – ein Lebensbuch, eine Autobiografie von Dir, das wäre grossartig. Mach Dich an diese Arbeit, es wäre ein Jahrhundertfest. In Fragmenten, in Segmenten, in der Auswahl, in der Totalität.

Ich grüsse Dich ganz herzlich, immer wieder gespannt, was Du sagst, was Du verinnerlichst, was Du ausweitest, wie Du gewichtest, wie Du es siehst.

Salü, Dein Paul

Lektüre: Erich Fried, «Liebesgedichte»

19.7.18

Lieber Ludwig

Dein Titel "Des Lebens Poesie": diese Genitivwendung kann nur von Dir sein; ich denke auch an Deinen Buchtitel "Meines Gotteslichts Konstante". In Deinen Büchern hat es sehr, sehr viele Genitivprägungen dieserart; sie sind ein auffallendes Signum Deiner unverwechselbaren Sprache (manchmal stören solche unzeitgemässen Genitivwendungen einfach). Es bestehen ziselierte Gewichtungsunterschiede, ob man "Poesie des Lebens" oder "Des Lebens Poesie" sagt, und Du, ein Meister der Sprache, der unnachahmlich, schier unerreichbar mit Sprachnuancen souverän umzugehen versteht, setzt das natürlich ein. Ein zeitgenössischer Lektor würde solche Genitivkompositionen nicht mehr durchgehen lassen, doch Du weisst ja, dass ich Lektoren verachte, hasse, da sie wortmelodisch rein gar nichts verstehen. Ein bisschen sind solche Genitivwortcomposita in Gefahr, antiquiert zu wirken. Die "moderne" Sprache vermeidet sie, doch man muss nicht alles mitmachen. Der grosse Künstler –

der uneingenommene selbstständige Philosoph und esoterische oder lyrische Wortkomponist wird sich massgebend durchsetzen, wird eigene Sprachregelungen werkformend bestimmen, prägen (sofern er keine Wortklamotten einsetzt). Gewiss, man kann heute nicht mehr wie Jean Paul schreiben, nicht mehr wie Heinrich Heine reimen, nicht mehr naturalistisch malen, nicht mehr wie Jakob Böhme philosophieren, das 21. Jahrhundert muss in der Kunst seine eigene neue Form finden – und da gehören selbst die Strukturen und Erkenntnisse des 20. Jahrhunderts in die Rumpelkammer. Auch das "Ewige" muss denkerisch und künstlerisch in der FORM des Zeitgemässen unseres Jahrhunderts daherkommen, will es nicht miefig sein. Wir können uns nicht wie im Mittelalter, im Barock, in der Romantik, im Realismus, im Symbolismus oder Expressionismus usw. ausdrücken. Das Aggiornamento, das die katholische Kirche total verpasst hat und deshalb in meinen Augen zu einer nicht mehr nachvollziehbaren Sekte geschrumpft ist, gilt für die Kunst unabdingbar, sonst ist sie bloss ein Abziehbild der Plattitüden, des Geschmacklosen, der blutleeren Addition. Wahre Kunst sprengt die Gegenwartgängigkeiten, ist zukunftsgerichtet.

Deine Bücher, Ludwig, sind auch in fünfhundert Jahren "topaktuell", da Du auf grossartige Art und Weise DAS SEIN intonierst, instrumentierst, orchestrierst, das nicht altern kann, es bleibt für alle Zukunft herzensgültig, wesensbestimmend, geistausgerichtet.

Ach du meine Güte, das war wiederum ein Nachtbriefchen von mir; ha, das individuelle Denken, Zustimmen oder Ablehnen gehört einfach zu mir. Dass ich Dir gegenüber so offen argumentieren und jonglieren darf, ist für mich ein Fest. Vielleicht magst Du partikular meine Ausuferungen und Eindämmungen, meine Maulwurfsgrilligkeit, mein splittriges Ces-Dur-Tonvergnügen, die

Zaubernuss-Heilpflanze Hamamelis. Ob ich nochmals einen Lyrikband schreibe, uu-aah, ich weiss es nicht. Ich bin seelisch und geistig sehr müde geworden – doch nochmals Gedichte zu schreiben, es wäre herrlich.

Du bist unermüdlich im Sein, doch Du bist ein Philosoph, ich als Lyriker strample in der Schmugglerware des Lebens, im Pessimum, in schlechten sektoralen Umweltbedingungen.

Doch nun lache ich – das Leben geht weiter, ich liebe das Leben.

H E R R L I G G !

Ich bin glücklich zu leben.

Ganz herzlich grüsst Paul

Lektüre: Gustave Flaubert, «Die Briefe an Louise Colet»

21.7.18

Lieber Ludwig

Hier mein "Briefwechsel" mit Theo Strehl, nachdem ich ihm "Atem stürzt in Atem" geschickt habe. Es bleibt geheimnisvoll, um nicht zu sagen unverständlich. Er ist ein sehr lieber Mensch, auch wenn ich seine Satzfragmente kaum mehr verstehe.

Rainer Stöckli schrieb mir, pardon, doch diese "Koryphäe" hat einen Sprung in der Schüssel. Er stellte fest, dass das Wort "Tod" in "Atem stürzt in Atem" wiederholt im Genitiv vorkommt, "es muss Attribut spielen". Was für eine lächerliche lehrerhafte, völlig verblödete Belehrung.

Auch die typografische Unruhe wischt er wiederum autoritär grosshansig zur Seite, was versteht er schon von Mallarmé oder oder vom Nobeltreisträger (1984) Jaroslav Seiferts Lyrikband "Auf den Wellen von TSF", mit TSF ist "Télégrafie sans file", der Sender Paris, der Eiffelturm, gemeint. Dort ist die Typografie vielfach abenteuerlicher wie bei mir.

Ich schicke Dir Rainers Brief, wenn Du ihn im Original lesen möchtest, obwohl er kaum eine Briefmarke wert ist.

Die kulturdominanten Heroen in der Region Ostschweiz sind Vogelscheuchen, Seifenblasen, ich verachte dieses Pack. Bis jetzt legte mir Rainer immer eine Zwanzigernote bei, diesmal nichts. In "Saiten" schrieb er letzthin einen Artikel und machte sich lustig über einen, der 115 Publikationen hat; er nannte mich namentlich nicht (dazu ist er zu verlogen), doch es war klar, dass er mich meinte.

Das Literaturgeschäft ist zu 99,9 Prozent eine widerlich permutable Grösse, jede Vogelspinne, jeder Grubenwurm, jede Sammetmilbe ist mir lieber als ein Germanistikdoktor. In der Schöpfung ist ein jedes Wesen gottgewollt eins mit sich selbst, nur der Mensch ist ein blamables Phantom. Der GEIST hätte es leichter sich situativ zu verwirklichen, wenn es den WIDERSTAND MENSCH nicht gäbe. Ich liebe die Schöpfung, der Mensch ist darin nicht mehr ernstzunehmend vorhanden.

Nur so viel, so wenig heute Nacht.

Ich begann eine Zweitlesung von Simone de Beauvoirs grossem Roman "Die Mandarins von Paris", herrlich.

Herzlich grüsst Paul

O Ludwig, was bist Du doch für ein liebenswerter kecker Strolch. Deine Erzählung ist ein gelungenes, einmaliges Kabinettstück, ich wurde kribblig vergnügt. Und Deine Fotos sind herrligg, absolut unter die Haut fahrend – der alte Mann im Gewirr der Bahnschienenstränge! Der weise Lu nahm sich die Freiheit, draufgängerisch lausbübisch auf einem sehr ungewohnten Weg mit seinem geliebten Fahrrad immer geradeaus in die Welt zu radeln, unbeirrbar, sich verwundernd, lächelnd. Du bist grossartig.

Fröhlich grüsst Paul

Lieber Ludwig

Am 17. Juli schriebst Du mir den jugendlichen Prachtsatz: "Mit dem Kopf voran durch alle Wände." Begeisternd! Ja, das Leben darf hinter, vor, unter, über und neben jeder Diplomatie (die ich verachte) wild draufgängerischen Spass machen; ich liebe stark gewürzte Speisen, das Fade mag ich nicht. Und warum sollte man durch eine Tür gehen, wenn man daneben mit dem Kopf durch die Wand krachen kann?

Die Heerstrasse der trivialen Vernunft ist langweilig, verstaubt, ohne Überraschungen; – wie toll, erlebensreich, abwechslungsfarbig sind die unbekannten Nebenpfade, die ziellosen nicht überblickbaren Verzweigungen, Umwege, Abirrungen, unkontrollierbaren, unkonventionellen Langustenhaftigkeiten, Entrostungen, zaserigen Ekstasen. Das Leben verzeiht alles, ausser sich nicht selbst gelebt zu haben (das Böse verzeiht es natürlich auch nicht). Wer blödsinnig lebt wie alle, hat verspielt, sein Leben verwirkt. Es kommt auf die Geriffeltheiten, Konturen des eignen individuellen Lebens an. Das Konventionelle ist Schrott, nur das unverwechselbare Singuläre zählt.

Wenn ich um mich blicke, sehe ich Mogelpackungen, Wirklichkeitsentfleuchtungen, irre, verwirrende Leuchtreklamen einer hohlen Welt, überteuerte Cocktails einer offenkundig vermassten kapitalistischen verlogenen korrupten egotrunkenen Hyänengesellschaft – von Menschlichkeit, Kunst und Geistigkeit keine Spur.

Ein Zackenbarsch zu sein, ist keine leichte Sache. (Doch ich möchte es nicht anders.)

Herzlich grüsst Paul, Dein strudelnder Lyrikerfreund und kleiner Bruder (der Dich bewundert).

Lektüre: Mary Lavater-Sloman, «Lucrezia Borgia»

Im Innern, im Kern der Sonne herrschen Temperaturen von ungefähr 15,6 Millionen Grad Celsius, das ist astronomisch gesehen nicht anfechtbar. Dass die Sonne einen Hohlraum für die Wohnung von Gottesgeistern hat, mag eine esoterische schöne Metapher sein, leider auch völlig undenkbar. (Die Geister sollte man nicht materialisieren, lokalisieren.)

Ich las heute im Internet viel über Christina von Dreien, sah auch Videos mit ihr. Ich bin entsetzt, auf diesen Unsinn fliegen auch grosse Geister. Dieses verängstigte Kindchen heisst ja bloss Frau Meier. Ihre psychoterroristische Mutter müsste inhaftiert werden, ist sie doch Mörderin auf Raten an ihrer schwächlichen Tochter.

Was sind wir doch in einer medial-korrupten-schwachsinnigen Welt, um auf diesen Blendwerkmist abzufahren.

Ich verstehe sehr viel von Spiritualität, doch das mit Christina ist ein übler, lächerlicher Geisterbahnfahrtzauber. Sie will auch die Quantentheorie verstehen, die Dummheit dieses Kükens ist grenzenlos anmassend.

"Esoterisch" heisst einmal "nach innen zu", das müsste in die Balance mit "exoterisch" "nach aussen zu" gebracht werden, wenn dies nicht gelingt, kann man das ernsthafte Denken abbrechen, denn das Innen gibt es nicht ohne das Aussen.

Ich vermöchte noch sehr vieles zu sagen, auszudeuten, einzuschränken, auszuweiten. Doch dies auf ein späteres Mal?

So viel, so wenig. Mit herzlichen Grüssen, Paul

Lieber Ludwig

Lache bitte über meinen letzten Brief, er war zu unausgewogen und dornig gezähnt – ich galoppierte wieder mal brausend drauflos. Aussagen von Christina, sie habe bis auf die Minute genau von einem frühern Leben her ihre jetzige Reinkarnation geplant und bestimmt, ist für mich absoluter Schwachsinn usw. In meinen Augen ist dieses Geschöpfchen mit dem verängstigten Blick seelisch und geistig schwer krank und es bräuchte psychiatrische Hilfe, fernab dieser Hyänenmutter. Von der Welt, vom Kosmos, von der existenziellen Beschaffenheit des Menschen usw. hat sie keine Ahnung, ihre Antworten waren unsicher, blass, platt, klischeehaftes Gerümpel, nicht verarbeitete Nachplappereien.

Doch auf dieser Masche wird skrupellos Geld gescheffelt, ein Gräuel. Es ist ein Verbrechen, dieses Kindchen mittels gnadenloser Hirnwäsche zum Opfer gemacht zu haben. Mein Herz zieht sich zusammen.

Da quasi ein Wunder zu sehen, das neue Offenbarungen machen kann, ist arg abwegig; es gibt die direkte "Telefonverbindung" zum Sein nicht.

Ich weiss, lieber Ludwig, dass Du manche Aspekte als Gegenargumente formulieren kannst, was ich selbstverständlich zum Vorneherein respektieren werde, schliesslich hast Du einen weit höhern und vielfach weitern Erfahrungshorizont und Wissenszusammenhang in den Belangen der Seinserkenntnis als Christina und vieler anderer Menschen. Und ich bitte Dich, auch meinen Standpunkt zu respektieren.

Der Wortschatz Christinas ist weit unter dem einer Siebzehnjährigen, sie erscheint mir geistig, seelisch, wissensmässig zum Erbarmen embryonal.

Was da geschieht, ist zum Weinen.

Ich grüsse Dich von ganzem Herzen, Paul

Lektüre: Bernhard von Clairvaux, «Das Hohelied. 86 Ansprachen»

Du schriebst mir, dass meine Gedichte von meiner "wachsenden Spiritualität" kund tun, Du nimmst also meine Gedichte als VORSTUFE, ich denke nicht, dass die Spiritualität für die Lyrik ein entscheidendes Agens – verwirklichendes Prinzip – ist. Die Kunst, die Lyrik hat andere Finessen, Hades-getönte Krimmlig- und Wimmligkeiten, orthogenetische stelzige Schreckbilder, chamäleonartige Farbverwandlungen. Die *bildhafte Sinnlichkeit* ist fürs Gedicht kunstkonstitutiv entscheidend, und nicht ein philosophischer Geist; bei einem Gedicht zählt die Spiritualität nicht, ich könnte Dutzende von genialen Lyrikern aufzählen, wo das der Fall ist. Die Sinnlichkeit ist wie der Geist ein unverzichtbares Element unseres Daseins; die Sinnlichkeit zugunsten einer Geistigkeit geringzuschätzen, lehne ich ab.

Die Lupe Deiner Spiritualität deckt meine Lyrik nicht ab, denn meine Lyrik ist ein Basilikumtopf, eine musikalische Alteration (chromatische Veränderung eines Akkordtones), ein Zaubernussgewächs, eine Rotalge, eine Klatschnelke, eine Zwergkopfseeschlange, eine parmenidische Imagination, eine kierkegaardische Ungewissheit. Alles unter dem Webstuhl des Seins zu betrachten, ist unkünstlerisch.

Das waren ein paar Gedanken, Ungedanken, Nebengedanken dieser Nacht.

Hallihallo, Du – zackenbarschvergnügt Dein Paul

Lieber Ludwig

Dass Du heute den Zustupf abschickst, brachte mich zum Weinen vor Dankbarkeit.

Dieser Monat war einer meiner schlimmsten meines ganzen Lebens, Du hast es wohl gespürt. Depressionen plagten mich, ich konnte keine Gedichte schreiben, fand alles Lesen schal, mein Denken und Fühlen fielen in ein schwarzes Loch, die meiste Musik zerriss mich schmerzhaft.

Deine Bücher werden wesentlich helfen, mich wieder "aufs Gleis zu bringen".

Ich habe auch meist zweimal pro Tag etwas gegessen, doch das liegt finanziell einfach nicht drin; ich kann mir längst nur noch eine Mahlzeit pro Tag leisten.

Dass Du Deine schützende Hand über mein Leben hältst, Ludwig, ich werde nie sagen können, wie dankbar ich bin.

Wie schön die Rosenrose im Blauen!

Liebste Grüsse, Paul

Lieber Ludwig

Dass Du etwas "wortkarg" warst, habe ich natürlich bemerkt, doch in einem Briefwechsel kann man nicht immer mit der gleichen Frequenz rechnen; dass gesundheitliche Störungen bei Dir der Grund waren, betrübt mich, doch Du bleibst ja wie gewohnt optimistisch, das freut mich tief.

Dass Du letzten Monat FÜNF Bücher BoD geschickt hast, ist schier unfasslich – Du bist ein Gigant, ein Zeus.

Beabsichtigst Du, mir Deine Neuerscheinungen für meine Sammlung zu geben?, ich wäre glücklich. Ich lese sehr, sehr gern Weibel. Literatur enttäuscht mich immer wieder, aber kein Buch von Dir hat mich jemals enttäuscht, im Gegenteil, bei jedem wächst meine Begeisterung stetig (als ob das noch möglich wäre). Morgen beende ich die Lektüre von "Höchster Kraft Beschaulichkeit"; ein wunderbares mozartisches Fliessen.

Ich danke Dir für Deine Texteinblicke in Deinem letzten Briefanhang.

Ich wünsche Dir freundschaftlichen Herzens, dass Du bald wieder beschwerdefrei wirst.

Ich umarme Dich brüderlich, Dein Paul

Lektüre: Nikos Kazantzakis,
«Rechenschaft vor El Greco»

Lieber Ludwig

Was Du mir über Rilkes Duineser Elegien schriebst, es ergeht mir wie Dir. Dieses Hochartifizielle kann's nicht sein.

Ich schrieb ein paar wenige Gedichte. Den Titel "Im Innern der Sonne" gibt es nicht mehr, denn "das Innere" beängstigte, beengte mich, ich mag kein umzirkeltes "Gefängnis", mag es auch noch so gross sein; zudem war dieser Titel statisch, was ich nicht mag. Ich suchte etwas Dynamischeres, etwa so: "Verwandlung aufs Unergründliche hin" (oder "Verwandlung aufs Unendliche hin").

Nun, ich habe noch viel Zeit, um abzuwägen. Ich mag keine Grenzen.

Thomas Mann begeistert mich auch nicht so, seine "Joseph und seine Brüder"-Tetralogie ausgenommen, es steckt sonst viel Glitterschwarmschmalz in Manns Büchern.

Doch wer liest auf der Notfallstation schon Thomas Mann und Rilke, das kann nur der berühmte Ludwig Weibel sein.

Liebster Ludwig, halte mich bitte über Deine gesundheitlichen Befindlichkeiten auf dem Laufenden, Du weisst es, Du bist mein wichtigster, liebster Mensch meines flackernden Lebens. Ich liebe Dich als Freund, Bruder, Lyriker. Mit Deinen Büchern prägst Du meine seelisch-intellektuelle Seinssuche und spirituell-sinnlichen Interpretationsfarbgebungen.

Mit dem schneller Dunkelwerden das Tages rumoren auch meine Depressionen wieder.

Liebster Ludwig, ich halte Deine Hand – ich glaube mit Dir ans Gute.

Herzlich grüsst Dein Paul

5.9.18

Lieber Ludwig

Dein neuer Text ist ergreifend gut, er hat ein wunderbares, faszinierendes, geistgeprägtes und grossartig wortkomponiertes Glühen in sich.

Über Willigis Jäger las ich heute einiges im Internet, sah ihn auch auf Video. Seine Biografie und Gedanken – und seine Bibliografie – sind sehr überzeugend, beeindruckend: Ja, dieser Mensch hat Wesentliches zu sagen. Von ihm wollte ich gern ein Buch lesen (doch ich kann mir seit bald drei Jahren kein Buch mehr leisten).

Mario Andreotti hat mir seit über zwei Monaten kein Wort zu "Atem stürzt in Atem" geschrieben, von der Zeitungsnotiz, die er mir zusicherte, auch keine Spur.

Ich wünsche Dir eine ganz gute Zeit in körperlicher und geistiger Beziehung.

Herzlich grüsst Dein Paul

Lektüre: Fernando Pessoa, «Das Buch der Unruhe des Hilfsbuchhalters Bernardo Soares»

9.9.18

Lieber Ludwig

Gestern habe ich gut zehn Stunden Weibel gelesen – ich kam wie auf eine andere, höhere Ebene, es war wunderbar bereichernd, befreiend.

Hoffentlich kannst Du bei diesem warmen, sonnigen Altweibersommerwetter Velo fahren, verschwinden Deine Schwindelgefühle, das wünsche ich Dir sehr; sicherheitshalber schicke ich Dir meinen besten Schutzgeist, damit er das bei Dir in Ordnung bringt. Du wirst sehen, das geht.

Nun höckle ich mich auf den sonnigen Balkon mit den vielen Sonnenblumen und lese Gedichte von Pablo Neruda, der mich mein ganzes Leben intensiv begleitet hat, ich liebe seine Gedichte sehr.

Der Bildschirmhintergrund meines Tablets und meines Natels zieren nun zwei farbveränderte Blumenbilder von Dir, ich bin entzückt.

Ich winke Dir zackenbarschvergnügt und seehundgenüsslich oder besser noch mit dem befreiten Flügelschlag eines Goldschnabelruderfinks indigoblau zu.

Heute geht es mir wieder einmal so richtig gut!

Salü, Dein Paul

Flötenschlanke Zuneigung
im Abendwind
wie eine hingetuschte Kalligraphie
von Sengai
Annäherung
an die formlose Form
in deinem Atem
im Tanzschritt
des Universums

Pardauz! Dieses Gedicht hat ja kein Verb, es ist wohl noch nicht ganz vollendet; doch das ist das Schöne am Schreiben, ich kann es derart oft umschreiben, kürzen, ergänzen, umschichten, bis ich finde, jetzt ist es gut.

Liebster Ludwig

Ich schrieb heute Nacht drei Gedichte, es gibt für mich nichts Orgiastischeres, Existenzielleres, Belebenderes, Angstüberwältigenderes, Michselbstfühlenderes, Rettenderes, als Gedichte zu schreiben, denn E I N Gedicht schreibe ich stets abändernd, kompressibel, umschichtend, inflammabel, perkussiv, tief umgrabend, somatisch-geistig ausbalancierend mindestens fünf- bis achtmal, bis es mir genügt. Kennst Du das auch? In all meinem Wortmalen und -instrumentieren darf NICHTS vorkommen, was bereits irgendwo, irgendwie bereits gesagt, formuliert aufzufinden wäre. Ich verabscheue Klischees, längst bekannt Konnotatives. Nur was noch NIE gesagt wurde, ist es wert zu sagen – sonst kann man ein Kochbuch schreiben. Da sind meine Ansprüche an mich selbst absolut, da gehe ich keine Konzessionen ein. GEDANKEN sind fürs Gedicht tödlich, denn die lyrische Kunst ist sinnlich, Dynamit, unfummelig, Weltall- und Ich-Konnex, azoisch, auch in der Liebe darf nichts gesagt werden, was rumpelkammrig bereits zehntausendfach gesagt wurde. Die Kunst muss dreitausend Jahre verwerfen, um ernsthaft neu "erfunden" zu werden. Nur wenn dies gelingt, ist es g u t.

Ich umarme Dich, hoffe, dass Du gesundheitlich wieder uneingeschränkt Dich selbst sein darfst, denn so, wie Du bist, bist Du ein sinfonisches Fest.

Herzlich grüsst Dein Dich bewundernder Paul

Lektüre: Rainer Brambach, «Gesammelte Gedichte»

Lieber Ludwig, lieber Lu

Die Fötteli für den Gisikles sind wunderschön, ich betrachtete sie bereits zweimal, diese Blumen sind ein Fest für Augen, Herz und Geist. DANKE.

Gestern las ich einige Stunden in Deinem Buch "Quintessenz des Einen, das Ich Bin": diese Quintessenz ist eine Liturgie des Seins und versetzte mich in eine andere, höhere Lebenssphäre (ein bisschen wie eine Trance).

Heute im Tagblatt auf Seite 1 und 31 wird über Christina von Dreien berichtet, was hältst Du als sehr besonnener, lebens- und geisterfahrener Mensch von diesem Mitteilen?

Aah, dass der Nachsommer nochmals derart einheizt, ist herrlich.

Ich stelle mir Dich jetzt velofahrend vor, immer wieder föttelend.

Liebe Grüsse von Paul

Der grimmige Riffbarsch
schlägt die Kesselpauke

Quasare tanzen
wie Fliegende Fische
am Rand des Erkennens

Lieber Ludwig

Heute Abend, Nacht las ich ein paar Stunden in "Quintessenz des Einen, das Ich Bin": Deine Seinsdimensionen,
Denkperspektiven in dieser überaus dichten vielbildhaf-
ten, wortwahlmächtigen melodisch sanften rhythmisierten Sprache sind einfach grossartig, mitreissend. Absolut
genial.

Du bist es, der das Sein SO gestaltet (und nicht das Sein,
das sich durch Dich so gestaltet), so denke ich (von Dir
abweichend). Doch wie es auch sei, Deine "Quintessenz"
ist herrlich, begeisternd, findet mein Herz und meinen
Geist.

Deinen Titelvorschlag für meine neusten Gedichte,
"Unergründliches Verwandeln", nehme ich nun als Untertitel, als Haupttitel suche ich noch etwas weniger "Phi-
losophischeres", etwas Lyrisch-Konkret-Dynamischer-
Bildhaftes-Ungewöhnliches-Nochniegehörtes, hui, Du,
wünsche mir viel Glück, ich brauche es.

Der alte Zackenbarsch-Lyriker wünscht Dir unendlich
viel Gutes und grüsst tief verbunden, Dein Paul

Brosmete:

Die Lust NICHT zu reisen

In diesem Sommer wälzten sich Millionen von dickbäu-
chigen Touristen vom Norden in den Süden (ich spreche
jetzt nicht von den Flüchtlingsströmen vom Süden in den
Norden), wie Heuschreckenschwärme fielen die Touris-

ten über Venedig, Rom, Malaysia, Indien, übers argentinische Bahia Blanca, kalifornische Los Angeles, spanische Alicante, philippinische General Santos, über die Côte d'Azur, übers bolivianische Santa Cruz her und verlangten Pommes frites mit Ketchup, kaugummimampfend, den Fotoapparat unterm Doppelkinn baumelnd. Man war oft stundenlang im Flughafengebäude gefangen, da es Unwetter gab, da Fluglotsen streikten, da ein Vesuv ausgebrochen war, da Bombenterrorwarnungen ihr Unwesen trieben, da irgendein verbrecherischer Halunke Amok lief, eine hochschwangere Frau ihr Kind verlor, eine Fluggesellschaft plötzlich pleite und flugunfähig geworden ist, mir nichts, dir nichts, von einer Stunde auf die andere. Was für ein Horror, unter Millionen von vergnügungssüchtigen Touristen ein vergnügungssüchtiger Tourist zu sein, Hotels zu beziehen, am Meeresstrand zu liegen, nach dem Bad im Meer nach Fäkalien zu riechen, weil die Abwässer der Hotels ungefiltert in die Bucht fliessen, hundert Meter neben dem Badestrand.

Ich liebe es, NICHT zu reisen. Ich liebe es, in meinem Zimmer Mozarts Trio, Divertimento für Violine, Viola und Cello, KV 563, zu hören, ein Rotweinchen zu trinken, meine Pfeife zu rauchen, Gedichte von Rose Ausländer zu lesen, und, in meiner Agenda blätternd, befreiend festzustellen, dass ich für die nächsten Wochen nichts abgemacht habe, dass ich also frei bin, nirgendwo hinreisen muss. Ferien sind ein Zwang zu verreisen. Das verweigere ich.

Bäume sind wundervolle Kreaturen, doch es käme ihnen niemals in den Sinn zu verreisen, ein Kirschbaum fühlt sich verhaftet dort wohl, wo er blüht und Früchte bringt. Ein See fühlt sich innerhalb seiner Ufer wohl.

Doch ich vergesse, Wolken lieben es, verspielt von Land zu Land zu ziehen. Anaxagoras sagte, dass der Geist das

feinste und reinste von allen Dingen sei. Ich bin glücklich, NICHT reisen zu müssen.   *Paul Gisi*

Lektüre: Bertrand Russell, «Autobiographie 1872 – 1967»

13.9.18

Guten Morgen, lieber Lu

In dieser Nacht las ich ein paar Stunden in Deinem "al-
lerwertesten Gebet", im "seinsharmonischen Geflüster"
"Quellgrund reiner Güte", Deine Bücher machen mich
fast ein bisschen süchtig. Bei Dir hat gottseidank keine
Doktrin, kein Dogma etwas zu suchen, Du singst virtuos
seinsbeglückt, das reisst mich mit. Bis jetzt habe ich in
meinem Leben jede Sucht verhindern können, doch jetzt
reisst mich eine gewisse Weibel-Sucht ganzheitlich mit.
Ich finde das bereichernd gut. In diesem ganzen wunderbaren Sog verliere ich natürlich mein urgisisches Räso-
nieren nicht. Dass ich immer wieder in eine "ILLUSO-
RISCHE Wirklichkeit versinke", wie Du schriebst, kann
ich nicht annehmen; ich "versinke" in lyrische Wirklichkeiten. Ich weiss es, Du stellst das Sein über die Lyrik,
ich stelle die Lyrik über das Sein, ich bin halt Künstler.
Doch das ganze Umzirkeln in diesem Überzeugungsbe-
reich bringt nichts. Ich bin kein Du Missionar wie Du.
Deine Bach'sche Weltall- und Gottgläubigkeit ist beeindruckend – doch sie ist nicht lyrisch. Bach war nicht lyrisch. In der Lyrik wird ein Zustand, ein Erkennen, eine
Welterfahrung von einem Ich ausgesprochen, wird ein

existenzielles Erleben, Denken und Fühlen in einen innern Vollzug unmittelbar zur Sprache gebracht in vielgestaltiger eindringlicher Impulsivität.

Pardon, ich bin 69-jährig und falle nicht in Illusionen, so wenig wie Du. Ich kenne mich seit über 50 Jahren in Denkdimensionen und -perspektiven aus; Wirklichkeiten und Ansichten über Wirklichkeiten sind Illusionen, doch die Lyrik ist keine Illusion, sie ist das Herz des Seins. Im Grunde genommen bist Du kein SeinsPHILOSOPH, sondern ein SeinsLYRIKER **in Prosa**. Durfte ich das sagen?

Mit "Seinsargumenten" verfehlt man das Wesentliche der Lyrik, Lyrik ist chagallhaft, picassoesk, eine Odyssee, kanzerös (krebsartig), eidetisch, psychosomatisch, vigoroso, eine Raubspinne, ein Baphomet, eine Dysfunktion, frohgemut. Ich mag den Illusionismus nicht, ich liebe die Percussions der Realien, die Schmiedekunst der Kontaminationen, die probabeln Schlussfolgerungen des sinnlichen Augenblicks.

Das Konkret-Erdverbundene und das Geistige sind eine Einheit, ohne Hornissenschwärmer, Nashornkäfer, Raubtierzähner, Seeteufel, Blumennymphen, Weisskopflachmöwen KEIN Gott. Der Mensch ist im Universum nicht wichtig, so denke ich, er ist höchstens eine *Fussnote* der Evolution. Dass Du das anders siehst, respektiere ich problemfrei zum Voneherein, erwarte aber auch, dass Du mich respektierst. Auch wenn ich konkret hilflos ohne Dich bin, geistig bin ich eine eigne selbstständige "Grossmacht", hahaa.

Es ist wunderbar, mit Dir im Gespräch zu sein.

Ich umarme Dich, grüsse, Dir zuwinkend, als Dein Paul

Aah, lieber Ludwig, dass Du mir "New Pendel" geschickt hast, entzückte mich seinsmässig umfassend. Ich bin Dir existenziell riesig dankbar dafür. Deine neuen Pendelbilder sind grossartig schön, ich kann mich nicht genug sattsehen, sie sind universenweit harmonisch, in grosser Bewegung in sich ruhend, dynamisch, in sich still verklärt – ein Wunder an zisieliertem, fissiligem Weltallatem, fern vom allem krumpeligen, kruden Menschlichen, Allzumenschlichen, sie sind wunderbar, wunderzart in einer Freiheit losgelöst, was absolut einmalig ist. Sie sind Gesang des Himmels.

Letzthin schrieb ich Dir, dass ich pro Woche ein oder zwei Gedichte schreibe, das stimmt leider nicht, pro Woche schreibe ich gewöhnlich k e i n Gedicht, jn den letzten zwei Wochen konnte ich keines schreiben.

Heute las ich ein paar Stunden in "Quellgrund reiner Güte", ich verstehe Deinen Seinskosmos immer besser, näher, ich beschäftige mich ja auch schon viele Jahre mit Deinem seinsentzückten Denken. Es springt auf mich über, ich lasse das bewegt gern geschehn. Dein künstlerisches seinsinspiriertes Schreiben kommt aus unendlichen Dimensionen her, das mich ergreift, verändert, weitet. Es ist HERRLIGG, Dich als Freund, Bruder, Mentor (Mentor = Erzieher, Ratgeber des Telemach, Sohn des Odysseus und der Penelope) auf meiner Seite zu wissen.

Teilhard de Chardin erfüllten die Atombombenabwürfe auf Hiroshima und Nagasaki mit erfüllter enthusiastischer Bewunderung, auf sehr befremdliche Weise begrüsste er die Atom- und Wasserstoffbombenexplosionen als Beweis "der unendlich entwicklungsfähigen Macht des Menschen", ohne auch nur im geringsten an die Atombombenopfer und die Verstrahlung bis heute zu bedenken. Teilhards Anthropozentrismus und seine kurzsichtige Technikgläubigkeit sind fatal, obsolet. – Seitdem ich das weiss, ist für mich Teilhard de Chardin ein KRIMINELLER, seine Werke gehören auf den Müll.

Am besten ist (ich rede seit Jahrzehnten davon), sich auf Mauereidechsen, Krustenechsen, Breitrüssler, Fransenflügler, Borstenläuse, Ruderfusskrebse, Nektarvögel, Türkishäher, Grossblütige Königskerzen, Schopfige Kreuzblümchen zu besinnen, denn der Mensch ist kein "Schmuckstück" der Evolution, sondern ein blamables Desaster.

Dass Du dies anders siehst, respektiere ich. Deine Wege überzeugen mich, auch wenn ich mich absichtlich und gewollt in andere Richtungen «verirre». Ich bin ein Zackenbarsch, ein kleiner Lyriker. Nimm mir nichts krumm, ja? Ich habe noch niemals einen solchen Menschen wie Dich kennen gelernt – sowenig wie Du einen wie mich (das ist Dir kaum bewusst).

Ha, es ist schön zu denken, zu musizieren, zu schreiben, zu malen, zu formen.

Wie geht es Dir, Ludwig, gesundheitlich? Du weisst es, meine besten, positivsten Wünsche und Gedanken gehören Dir.

Herzlich grüsst Dein Paul

Lektüre: Juan Ramon Jiménez, «Platero und ich»

Lieber Ludwig

Hast Du den Brief meiner Beiständin gesehen? Sie muss mir noch mehr kürzen, jetzt reicht es nicht mal mehr für meinen Sarg.

Pierre Teilhard de Chardin war mir mein Leben lang wichtig, bedeutend, lieb, doch als ich seine Widerwärtigkeiten zu den Atombombenabwürfen las, hat mir dies buchstäblich den Schreibgriffel aus der Hand gerissen und auch eine schlaflose Nacht bereitet. Absolut verwerflich, was er da, wahnsinnig geworden, geistesgestört, unmenschlich sagte.

Welcher Denker ist nicht geistig umnachtet, psychotisch, schizophren, zum Kotzen egoman? (Platon, Sokrates, vielleicht ausgenommen.)

Die ganze abendländische Philosophiegeschichte ist eine Irrenhausgeschichte, eine Narretei, ein verlogenes Krebsgeschwür (im Morgenland sieht es auch nicht besser aus). Die letzte "Philosophiebewunderung" habe ich endgültig verloren.

Wie ein Kartenhaus fiel für mich vieles zusammen, ich bin noch völlig benommen von diesem Zusammensturz. Was für eine Krise – doch ich werde aus ihr herausfinden, das weiss ich! Schöner, bereichernder, beglückenderer, wichtiger ist es den südfranzösischen Insektenforscher (er wird auch Insektenhomer genannt) Jean-Henri Fabre zu lesen als den philosophischen Mist, den hochgestochenen Mummenschanz.

Du, lieber Ludwig, schriebst mir einen langen sehr guten Brief, wohlabgewogen Stellung beziehend, das war für mich befreiend. Ich bewundere Deine klare Sicht.

(Dass ich in diesem Brief hier punktuell scharf geschossen habe, wollte ich bewusst nicht anders – als Gisikles, Verwandter von Herakles, der alles andere als zimperlich war.)

Sobald ich "Quellgrund reiner Güte" zu Ende gelesen habe, nehme ich "Sein vom Allerfeinsten", aus dem Du zitiert hast, zur Hand.

Geistig gesehen, wird dieser Herbst für mich sehr zwirblig, flackerig, final noch nicht absehbar offen, darauf freue ich mich. Ich beginne eine neue Fahrt übers grenzenlose Meer, ich erwarte irren Sonnenschein, Wellenklatschen an die Schiffswand, Sturmmöwen über mir. Es wird neu und herrlich sein. Es gilt, viel Gerümpel über Bord zu werfen (ohne umweltverschmutzend zu sein). Ha, auf geht's!

Ich lebe immer wieder in existenzieller Panik. Diese ist es, warum ich keine Gedichte mehr schreiben kann, mein ganzes Leben schrieb ich aus einer erlebten Fülle heraus, in Angst und Verzweiflung verstumme ich. "Unergründliches Verwandeln" gelingt mir nur auf einer gesicherten Basis.

Ich danke Dir für alles, grüsse herzlich, umarme Dich, Dein Paul

WIE GUT, DASS ICH RUMPELSTILZCHEN HEISS.

Lieber Ludwig van Weibel

"Sein vom Allerfeinsten" verschlägt mir immer wieder den Atem; einmalig, herrlich, einfach wunderbar, wie Du beseligt und virtuos, poetisch vom Sein singst, das ergreift mich existenziell.

Die "blütenreine Poesie" "In der Ferne traute Näh" ist wie ein vorbeihuschender Rosenduft; einprägsame Sinnbilder. Das Formale – die Zeilengebung und die Strophensetzung" – scheint mir nicht überall geglückt, sie ist etwas dornig, korrespondiert nicht überall adäquat mit dem Inhalt. Doch die Drei-mal-drei-Dreizeiler sind (manchmal gegen den Fluss des Atems) immer wieder wie hingetupft, hingetuscht, was mich sehr anspricht; es hat auffallend wenig Verben, (besonders in den ersten drei Kapiteln), so wirken sie wie Intarsien des "Nahfernen", was aber als formgeronnene Leichtigkeit überzeugt.

Obwohl ich glaube, dass Du das Beste in Deiner ureigenen melodiös-rhythmischen Prosa lieferst, ist diese Poesie eine prächtige Ziselierung Deiner Kunst, "allem Wesenhaften" sich vielgestaltig annähernd. Es gehört zu Deinem Denken, und das ist gut, bereichernd.

Ich winke Dir von Stern zu Stern verstehend, lieb zu und wünsche Dir eine gute erholende Nacht und morgen einen lachenden *Sonnensonntag* – lass mir, dem Sancho Pansa, schmunzelnd, vergnügt diesen paulinischen Pleonasmus durchgehen, ahoi!

23.9.18

Dein Buch "Höchster Kraft Beschaulichkeit" ist, ich schrieb Dir davon, genial; das fünfte Kapitel "Feuerschein des Herzens" ist für Dich menschlich sehr wichtig, ich verstehe – Du hast eine Vorliebe zu Drei-mal-Dreizeilern, was manchmal künstlich knarrend wirkt.

Tage
der Sanftmut
Tage des Ringens

eine
Perlenkette
aus

Tränen, Wehmut
Wachheit, Lebensfreude
und Gelingen
(das ist von Dir)

Der Abstand, die Zäsur zwischen der zweiten und dritten Strophe geht mir gegen den Strich; die Strophengebung zwischen zwei und drei ist anorganisch, ein Murks, ich finde die Dreizeiler dann und wann formal starr, nicht dem Inhalt anschmiegsam. Ich finde, dieses fünfte Kapitel gehört nicht in dieses ansonsten grandiose Buch.

Dass Du anders denkst, ist Dein gutes Recht. Du hast diese "Gedichte" mit viel Gefühl geschrieben, doch Gefühle sind für Gedichte vielfach ein Verhängnis, das weiss jeder Lyriker. Da bist Du in die Falle geraten. Du bist ein sensibler Lyriker, sofern Du freie Formen und nicht starr vorgegebene "Masseinheiten" Dir selbst vorschreibst, Dein Fluidum, Dein Oszillieren muss frei sein. In Deiner Prosa strömst Du frei raumgreifend, in Deiner Poesie wirkst Du vereinzelt gehemmt. Schon in "Poesie des Seins" hast Du den Drei-mal-drei-Schritt auf über 370 Seiten weitgehend durchgezogen. In der Prosa bist Du zur grösstmöglichen freien Denkformulierung vorgestossen; wenn Du alles Reimen (mit den oftmals blutleeren, konventionellen, inflationären Reimen schwächeln auch Deine Liebesgedichte in "Was die Liebe sich ersonnen") und alle vorgefügten Schemata über Bord wirfst, wird Deine Lyrik gewinnen. Versuche es doch.

Ein Gedicht kann zweizeilig oder vierzehnzeilig sein, darüber bestimmt der Inhalt.

Hallihallo, so hat der Zackenbarsch gedacht, ohne jeden Anspruch auf Gültigkeit.

Grüssestens, Gisikles, der Zackenbarsch – Dein Paul

Lektüre: Christine Busta,
«Unterwegs zu älteren Feuern»

Guten Morgen lieber Ludwig

Heute ist Dein Kuvert mit dem Zustupf gekommen, ich danke Dir vieltausendmal. Ich konnte in der Nacht kaum schlafen, ich hatte immer wieder Panikgefühle, denn ohne Zustupf hätte ich nicht mehr über Sonntag leben können. Du hast mir gesagt, dass Du ihn abgeschickt hast, und daran zweifelte ich keine Zehntelssekunde, doch ich hatte einfach Angst, dass bei der Post eine Dummheit geschah. Doch jetzt bin ich gerettet – hast Du mich gerettet –, o Ludwig, Du bist so gütig und grosszügig mit mir, ich danke Dir aus ganzem Herzen.

Ich melde mich bald wieder mit der Schalmei des Lyrikers ... und wünsche Dir einen frohen seinserfüllten Tag.

Liebe Grüsse von Haus zu Haus, Dein Paul

Lieber Ludwig

Deine neuen Pendelbilder, die Du mir geschickt hast, sind absolut betörend schön, mein Herz bebte vor Freude.

Dein Buch „Sein vom Allerfeinsten" hat mich begeistert mitgerissen, da ich spürte, dass Du vom Sein mitgerissen bist, begeistert, hymnisch existenziell, mein Gott, so was las ich noch nie – ausser eben bei Dir, jetzt in diesem Buch, aber auch in vielen andern von Dir.

Im „Sein vom Allerfeinsten" schreibst Du auf Seite 49: „Dein Wesen ist ein geistgeborenes Mysterium und existiert, auch ohne dass es sich im Körper inkarniert. Solang du diese Wahrheit nicht erkannt hast, wirst du glauben, dass du sterblich bist mit deinem Leib. Demnach hat der Tod den Sinn, dir deines Wesens Unvergänglichkeit zu offenbaren." Und auf Seite 75: „Im Grund genommen ist der Tod das Heilsamste, was es nur geben kann, denn er macht uns bewusst, dass wir als Geistwesen völlig unbeeinflusst vom körperlichen Zustand immer weiter existieren." – Dies, lieber Lu, sind natürlich absolute Spitzenerkenntnisse, die die Menschheit haben kann. Ich kann Dir immer besser folgen und verstehen auf meinem „Vorwärtsgehen". Auf Seite 160 schreibst Du: „Nicht zu spät und nicht zu früh muss Meine Lehre in die Myriaden menschlicher Gemüter dringen, dass sie daran ihren Halt und ihre Labsal finden für ein seinsgerechtes, ehrenhaftes und gezieltes Vorwärtsgehen."

Jetzt lese ich „Wach im Ewigen. Unbekümmertheit des Absoluten" und meine begeisterte Hingerissenheit hält nicht nur an, sondern steigert sich sogar noch. Ich glaube, ich habe Dich seit vielen, vielen Jahren gut verstanden und sehr, sehr aufmerksam gelesen. Doch jetzt ist so etwas wie ein geistiger Durchbruch geschehen, und ich tauche noch tiefer in Deine Denkdimensionen, auferstehe mitgerissen in Deinen Höhenflügen, die sehr zart sind, aber auch beseligt zugriffig sein können. Was für Dich wohl gefestigt sicher ist, wird mir ein grosses Wunder. Ich bin unendlich dankbar für Deine Lebensbücher. (Und Deine Sprache ist wunderbar ziseliert, strömend, Deine Wortmächtigkeit beeindruckend, Deine Sätze immer wieder überraschend, unerwartet in den Wendungen, die sie nehmen.) Deine „Universenweiten" sind Sphärengesänge, Seinsmusik.

Ich bebe vor Glück, diese Welten kennen gelernt zu haben und immer noch weiter kennen zu lernen. Auf Tausenden von Seiten wiederholst Du Dich nicht, gewisse Akkordklänge kommen variantenreich immer wieder – nach zwei Sätzen erkennt man den Weibel, so wie man nach wenigen Takten Donizetti, Mozart oder Bach erkennt, das ist das signifikante Kunstgewordene, Unverwechselbare des grossen Meisters.

Ich danke Dir von ganzen Herzen für Deine konkrete Hilfe, für Deine Bücher, die zu meinem Leben gehören.

Ganz liebe Grüsse von Deinem Paul

Lektüre: Junichiro Tanizaki,
«Die Schwestern Makioka»

Lieber Ludwig

Die Pendelbilder haben in ihrer harmonischen Leichtigkeit und Formvollendung eine neue Tiefendimension, eine geheimnisvolle Schönheit bekommen, was einfach atemberaubend wunderbar ist. Danke fürs Zusenden.

Ich habe nun für "Irr in Seinslust" dreissig Gedichte, wovon ich aber noch etwa drei, vier Gedichte rauswerfen werde; Du siehst, ich komme nur sehr langsam weiter. Doch ich habe noch sieben Leben vor mir, nichts eilt.

Ich war in der Würth-Ausstellung "Literatur kann man sehen" mit Hans Magnus Enzenbergers Installationen "WortSpielZeug", Günter Grass' "Mein Jahrhundert und weitere Werke" und Hermann Hesses "Dichtung wie Träume": mich hat diese Ausstellung sehr gefallen, angesprochen.

Ich wünsche Dir ein flockenleichtes Wochenende, herzlich grüsst

Paul

29.9.2018

Lieber Ludwig

vielleicht verwunderst Du Dich, dass ich im letzten Brief an Dich nichts zu Iranschähr sagte. Ich weiss, Du schätzt ihn sehr; doch erinnerst Du Dich noch, Du schenktest mir vor einigen Jahren Aphorismen von ihm und ich fand diese äusserst schwach, klischeehaft, blutleer, im Platten dümpelnd.

Ich las in den mir zugesandten Stellen punktuell, doch ich kann das nicht ganz lesen, mir ist alles zu mystizistisch (religiös-schwärmerische Gedanken, Täuschungen, Irreführungen). Bei Sätzen wie «der heilige Auftrag der Schweiz» …und «Jedes Volk wird imstande sein, seine von Gott zugewiesene eigene geistige Sendung in voller Freiheit zu erfüllen» – Gott weist jedem Volk eine eigene geistige Sendung zu – wird es mir schlecht: was für ein kindischer rosaroter Kitsch, widerlich! „Die geistige Mission der Schweiz" usw., was für ein Blut-und-Boden-Patriotismus.

Derweilen müsste deutlich gesagt werden, dass die Bundesräte korrupte Kriminelle sind, fast alle National- und Ständeräte usw. auch. Und die Staatspräsidenten sind so ziemlich alle Folterer, Gemeingefährliche, Massenmörder. Erdogan lässt grüssen, und die widerliche Bundesrepublick macht einen Kotau vor diesem Henker, denn sie will ja geschäften. Dass Gott den Staaten Bonbons verteilt, dass Päpste, Kardinäle, Bischöfe, Priester (o diese Päderasten) ihr Amt von Gott haben, mit diesem mittelalterlichen Mist sollte man endlich aufhören. Und all das ewige Parteiengezänk ist widerlicher als Paviangekreische.

Iranschährs Vorstellungen über Gott sind schwachsinnig, lächerlich, arrogant, dement, beleidigend.

Ich mag jetzt nicht mehr auf Iranschähr eingehen, ich bin entsetzt, dass es solche Unsinnstexte überhaupt noch gibt.

Ich wollte Dir gegenüber zu Inranschähr eigentlich nicht Stellung nehmen, doch das wäre ein unehrliches Schweigen gewesen.

Zum Philosoph Arnold Gehlen, den Du erwähntest, habe ich bewusst nichts gesagt. Im November 1933 unterzeichnete er das „Bekenntnis der deutschen Professoren zu Adolf Hitler", er war ein Nazi-Schwein, seine Philosophie sind Exkremente. Man darf aus schöngeistigem menschenzugetan-säuselndem Getue nicht alles anerkennen, man muss gegenüber dem Unrat Grenzen ziehen.

Du, das ist **keine** Gisiade, sondern ein beherrschtes unmissverständliches Formulieren, ein glasklares Benennen von unumstösslichen Fakten; Iranschähr ist ein mittelalterliches persisches islamnahes Relikt – und gehört nicht in Deinen Lukas-Verlag.

Dass Du anders gewichtest, einschätzt, urteilst, respektiere ich, ich möchte Dich nicht ändern, ich erwarte aber auch gleichzeitig, dass Du mich, meine Beurteilungen respektierst und mich nicht zu ändern versuchst (es gelänge Dir natürlich nicht).

Die Esoterik ist wunderschön, wenn man dem Mythos nicht verbrecherischen Fakten überstülpen will, und die Politik ist nun mal verbrecherisch, durch und durch eine Scharlatanerie und nicht gottgegeben. Wie verblödet, fanatisch und kleinlich muss ein Mensch wie Iranschähr sein, dass er postuliert, Gott greife in die Lenkung der Völker ein. Das ist dunkelstes Mittelalter.

Ich bin glücklich, Lyriker zu sein und kein Möchtegernphilosoph, vertrottelter Menschheits"erzieher" oder saure Religionsgurke wie dieser Iranschähr.

In diesem Brief ist keine einzige Wendung gegen Dich gerichtet, lieber Ludwig, doch diese Null Iranschähr, der sich so wichtig verkauft, ist mir ein Gräuel, bringt mich auf die Palmen. Er ist ein aufgeblähter, falscher Hufnagel.

Dass Du mich mit diesem Skriptum, diesem Bockmist „Mission der Schweiz" von Iranschähr provozieren wolltest, glaube ich nicht, Du warst wohl zu schwungvoll ahnungslos mir gegenüber, Dir verarge ich das nicht., Du hast einfach völlig vergessen, wer ich bin, wie ich bin. Henu, macht nichts.

Ich wollte in diesem Brief sehr deutlich werden.

Ich grüsse Dich herzlich, Paul

Dass Du diesem verlogenen, hohlen Iranschähr-Schwulst aufläufst, macht mir Angst, Du mit Deinem Weitblick. Deine Seinsdimensionen müssten doch sehen, dass sich Nationales und Göttliches niemals verbinden lassen. Iranschähr denkt banausig, eindimensional, selbstverliebt arrogant, psychotisch, grössenwahnsinnig schizophren, paranoid, er ist bloss lächerlich, ein verblödeter Schwafler.

Dass der GROSSE LUDWIG WEIBEL diesem arroganten Narren Iranschähr jahrelang aufsitzt, ist mir ein Rätsel. Ich prophezeie Dir, dass Iranschähr – individualgeistesgeschichtlich – der grösste Flop Deines Lebens wird, mute mir zu, dem kleinen Lyriker, dass ich in diesem Belang klarer als Du sehe. Göttliches mit dem Völkisch-Nationalen zu verbinden, gehört ungeschmälert ins Irrenhaus, ist geistig umnachtet, dégoûtant, nicht der Rede wert. Wer denken kann, sagt keinen solchen Mist. Und das Sein verbindet sich niemals mit dem Korrupten und Geisteskranken, und Iranschähr war auffallend offensichtlich geisteskrank.

Paul

Lieber Ludwig

Gell, es hat sich keine Spannung, Verstimmung zwischen uns ausgebreitet, nur weil ich Iranschähr heftig, deutlich abgelehnt habe. Die Art war von mir nicht ganz fein, sensibel, doch ich entschuldige mich nicht. Die Texte, die

Du mir von ihm geschickt hast, waren für mich ein rotes Tuch, quasi jeder Satz war mir zuwider. Vermutlich verstehst Du das nicht ganz, was ich verstünde.

Verzeih mir bitte für meine Wortwahl, im Inhalt kann und will ich nicht zurückkrebsen. Ich bin halt ein Zackenbarsch.

Schmunzle vergnügt über diesen Wirbel, ja?

Herzlich grüsst Dein Paul

Lektüre: «Ideen, in Tinte getaucht»,
Aus dem Tagebuch von Jules Renard

6.10.18

Lieber Ludwig

In meinem letzten Gedicht löschte ich die vier letzten Zeilen, so wird`s in sich kongruenter, stringenter und bleibt bildhafter, doch vielleicht ist es noch gar nicht ausgereift ...

Die Gefahr für ein Gedicht sind nun mal die Gedanken, diese verwässern alles. "Spirituelle" Elemente haben in einem Gedicht nichts zu suchen. Erstlich zählt nur das Bildhaft-Sinnliche, sonst soll man Essays oder Aphorismen schreiben. Zudem besteht die lyrische Kunst HEUTE gewiss auch darin, N I C H T S zu schreiben, was irgendwie, irgendwo schon geschrieben, gesagt worden ist, sonst sind`s nur beliebig wiederholbare Werbeslogans, ausgeleierte Plattitüden, Sandsäcke, Schnarch-nasigkeiten, Last-Minute-Angebote eines Tourismus-büros.

Ich werde nochmals alle meine neuen Gedichte prüfend durchgehen und alles Geistige eliminieren. Der Titel heisst nun "Irr in Lebenslust", und auf den Untertitel "Un-ergründliches Verwandeln" verzichte ich aufatmend; phi-losophische Fingerzeige sind Gummihüpfen, schnapsig, Lähmung oder gar Tod der Lyrik. Der Geist will immer erklären, ja belehren, und das ist zweifelsfrei eine lyrik-feindliche Haltung, völlig groggy, dilettantisch, eine aus-tauschbare, gesellschaftsgefällige Smartcard, Geklont-heit.

Ich wollte Geistiges ins Lyrikspiel bringen, doch nun habe ich mich auffangen und das x-beliebige Geistige ab-fangen können, sonst wäre ich als Lyriker gescheitert. Alors, es steht eine herkulische Arbeit vor mir (auf die ich mich freue).

Es wird mindestens Ende Jahr, bevor ich mich als Lyriker mit einem Band hervorwage, und dann wirst Du lesen und frei entscheiden, ob Du mit Deinen Bildern mitma-chen möchtest oder nicht. Wie es auch sei, ich respektiere Deinen Entscheid zum Vorneherein restlos. Ich bin sehr froh, dass Du offen schreibst, was Du zu meinen Gedich-ten meinst. Prosa sind Linearzeichnungen, Lyrik ein Nephrit – wunderbar und geheimnisnah. Philosopheme sind in der Lyrik verfemt, will man nicht Strassenmusi-kant oder Missionar sein für irgendwelche Ideologien oder fatalen Fanatismus und politische Kurzgeschlossen-heit (eine JEDE Politik ist idiotische Kurzgeschlossen-heit). Verse sind Feinunzen (Gewichtseinheit für Fein-gold und -silber) und keine intellektuellen tüdeligen Keu-lenschläge.

LIPPENBLÜTLER – was für ein schönes, erotisches Wort; ja, das sind Gedichte.

Ich liebe katalektische (verkürzte, unvollständige) Gedichte, die Pars-pro-Toto-Redefigur, das Ganze im Fragment.

Ich habe "Die Genialität der Höhen" begeistert zu Ende gelesen, "im fabulösen Festspiel der Äonen", jetzt bin ich bereits inmitten von "Krönung allen Schöpfertums".

Na, auf gehts!

Herzlich grüsst der Zackenbarsch-Lyriker, zwirblig Dir zuwinkend, salü!

Paul

6.10.18

Lieber Paul

Ich bin sehr froh, dass du einen Menschen wie Ludwig kennst, der, wie mir aus deinen vielen Erzählungen scheint, ein sehr liebenswerter, herzensguter und kunstbegeisterter Menschenfreund ist. Würde es mehr solche Menschen wie ihn, wie dich und mich geben, wäre die Erde wahrlich ein viel besserer Ort.

Daniel

Lektüre: Jean-Henri Fabre, «Erinnerungen eines Insektenforschers»

Lieber Ludwig

Obigen Teil kopierte ich für Dich aus einem Brief meines Freundes Daniel Kappeler an mich. Wenn wir (Daniel und ich) uns nächstes Mal wieder in der Pizzeria hier treffen, kauft er die beiden Briefbände an Dich, "Fulminantes Weltverständnis" und "Eruptive Gisiaden", ihn interessiert das sehr.

Mir ist die freundschaftliche Beziehung zu Daniel sehr wichtig geworden, er ist ein sehr einfühlender Mensch. Ich mag ihn sehr.

Du warst heute in Walenstatt, ich habe oft an Dich gedacht. Hoffentlich hattest Du einen guten, schönen Tag.

Liebe Grüsse, Paul

Brosmete:

Die Wirklichkeit der Fantasie

Nichts gegen die Wirklichkeit, die real erlebbare, erfahrbare, über das Gesummsel und Gebrummsel der Schuppenameisen, Stachelkäfer, der Feuerwanzen, die Schwimmkünste der Langnasenchimären und Teufelsrochen, das Tirilieren und Brillieren der Mausgrauen Beutelmeisen, der Kurzschnabelnektarvögel, der Königsparadiesvögel, die Kletterkünste der Gibbons, das Ausdauerrennen der Antilopen, die in Kolonien lebenden Flügelkiemer, der sich wie ein Feuerwerk ausbreitende lachsfarbene Eukalyptus, die irr verrückte Rotationsgeschwindigkeiten der Sterne, die Wirklichkeit ist ein unfassbar vielgestaltig umströmtes Farben-, Form- und Lebensfest, dass es einem den Atem verschlägt.

Es gibt noch viele, viele andere Wirklichkeiten.

Die Wirklichkeit, der Träume, der Fantasie!

Ich liebe es, im Drehfauteuil zu sitzen, doch eines Nachts dachte ich, ich könnte einmal die Cepheiden besuchen, die pulsieren doch so lebensmunter am Himmel. Ich zog meine Wanderschuhe an – und los ging's! Nach kurzer Zeit schlug ich verdutzt meinen Kopf an Saturn an, doch ich liess mich nicht beirren und wanderte frohgemut weiter, zumal Beteigeuze und Antares mir fröhlich zuwinkten. Als ich müde wurde, schlug ich mein kleines Zelt, das ich mitgenommen hatte, im Sternbild Rabe auf, mir gefiel es dort aussergewöhnlich gut.

Nach einem langen erholenden Schlaf nahm ich meine Wanderung hin zu den Cepheiden in der Magellanschen Wolke wieder auf, es war köstlich, ich begegnete Sonnenfackeln, Sirius in 8,7 Lichtjahren Entfernung spielte eine Trompete, Spiralgalaxien zwirbelten um meine Füsse, ich musste lachen, mir wurde wohl und frei ums Herz, wenn ich an die weit entfernten kleinlichen Schnurpfeiferein auf der Erde dachte, wichtig genommen von diesem Menschlein. In meinen neuen Dimensionen wandernd begann ich ein holperndes Liedlein zu singen.

Sapperlotnochmals, die Cepheiden habe ich nie erreicht, gefunden, ich muss mich wohl zwischen Supernoven, Doppelsternen und Schwarzen Löchern in der Richtung geirrt, verlaufen haben.

Macht nichts, die Wirklichkeit der Fantasie war unersetzbar schön, eine sphärische Sinfonie.

Paul Gisi

Lieber Ludwig

Jetzt lese ich in "Seinsvernunft in Universenweiten" (ein genialer Titel!) und bin begeistert; ein – wie gewohnt und erwartet – "bester Weibel". Du bist der charmanteste und souveränste Botschafter des Seins. Ich habe grösste Achtung, Bewunderung vor Deinen Denkdimensionen, die Du immer wieder wortgewaltig neu und kühn gestaltest.

Ich danke Dir nochmals für dieses beglückende Buch und den Bücherbatzen.

Bonne nuit. Ton Paul

Brosmete:

Die Suche nach dem Glück

Ich nahm mir vor, das Glück zu suchen, ich stand vom Drehfauteuil auf und ging aus dem Zimmer; draussen vor dem Haus wusste ich nicht, wohin ich mich begeben sollte. Wo sollte das Glück auffindbar sein? Da fiel mir ein, dass ich gar nicht wusste, was das Glück sei. Ob es das überhaupt gebe, und in welchem Zustand, in welcher Form. Ich kratzte mich in den Haaren, ist das Glück einfach ein günstiger Zufall, ein gedankenloser Augenblick wie ein aufsteigender Heissluftballon, ein tänzerischer Possenreisser, vielleicht gar eine Liebeswunscherfüllung mit glutäugiger Hingerissenheit? Ein Luftschloss? – Ich armer Narr, ich wusste es einfach nicht.

Ich seufzte und fläzte mich wieder in den Drehfauteuil. Mein Gemüt kräuselte sich lebenslustig. Was soll's! Vielleicht ist das Glück irgendwo in der Ferne zu finden, im afrikanischen Nampula, oder im brasilianischen Cachoeiro de Itapemirim, oder im chinesischen Chengdu? Diese Überlegungen machten mich ratlos, bereiteten mir Lampenfieber, denn ich bin kein reisefreudiger Typ. Der Lerchensporn mit den roten, weissen und gelben Blüten neigt sich der Erde zu, ich glaube, der hat einen Zipfel des Glücks erhascht. Doch ich bin halt nun mal kein Lerchensporn, und was ihm gelingt, gelingt mir eben nicht, leider. In den vier Zimmern meiner Hausbibliothek fand ich kein einziges Buch, das mir ein paar Tipps auf meiner Glückssuche hätte geben können. Mir war ganz düsterwolkig zumute. In meiner privaten Musikszene – meine musikantische Sammlung war enorm – fand ich nichts, das mich hätte glücklich machen können. Ich knirschte schon fast verzweifelt mit den Zähnen. Herrgottschtärnechaibnochmals, die Suche nach dem Glück machte mich teufelsrochengrimmig schier verrückt. Doch jetzt lasse ich mich nicht unterkriegen, basta! Ich zündete mir eine heraklitische Pfeife an, füllte mein Weinglas mit Châteauneuf-du-Pape nach, meine Gedanken schwappten zwischen Fülle und Leere, tausendfüsslerisch, verwunschen. Ziellos. Arg humpelnd. Ach, alles ist doch ein Zaubertrick, es gilt einfach, ihn zu durchschauen. Überflüssig zu sagen, dass das mir nicht gelang.

Ich gebe die Suche nach dem Glück auf. Und fühle mich tief glücklich.

Paul Gisi

Lektüre: Friedrich Dürrenmatt, «Stoffe»

Leserbrief: Tagwerker erhält Kulturpreis

Dass dieser Computerfrizze Bernard Tagwerker den Kulturpreis der St. Gallischen Kulturstiftung erhält, reiht sich an den Flop der Binären Uhr am Bahnhof St. Gallen von Norbert Möslang. Provinz bleibt Provinz.

Seine Plottereien finde ich Mist, völlig kunstfern, zufallsbelanglos. Den Säntis in den Mentalitätsraum einzubeziehen: Was soll der Säntis, dieser touristenmassenwahngeile Felsklotz? hurrapatriotische Pseudo-Empathie?

Tagwerker ist nichts als ein Dümmling, der meint, er sei saugut, weil er einen Computer zu bedingseln fähig ist. – Lächerlich.

Und Dein "Überirdisches Gemurmel" sickert in mich. Dein neues Buch ist wie eine Haydn'sche Sinfonie. Raumgreifend zwischen Erde und Himmel, klar, taumelnd; ich liebe Dein "Erzählen" in den Abertausenden Variationen. Sie sind himmlisch. Du bist wie ein Deus absconditus, als hättest Du eine direkte Telefonverbindung mit dem SEIN. Und Zweifel hegst Du nicht. Das ist das Recht des Gläubigen. – Doch wer nicht glaubt wie Du?

Du wagst es, zum zig-tausendmalen Deine immergleichen Gedanken vom Sein her variationenreich wortdifferenziert zu gestalten, was für ein Erlebnis für mich. Deine Fülle scheint unendlich zu sein. Haydn'sches sinfonisch. Du sagst nichts Neues, doch das Alte stets neu. Und das ist herrlich.

Paul

Lektüre: Eugenio Montale, «Gedichte 1920 – 1954»

Lieber Ludwig

Nun habe ich Dein Buch "Überirdisches Gemurmel" zu Ende gelesen, übrigens gar kein "Gemurmel", sondern ein glänzendes Lied, ein bestartikulierter Chorgesang, der meiner müden Seele Mut machte. Du schreibst, denkst geheimnisvoll und zugleich differenziert sehr klar vom Sein, von Gott, von der Unendlichkeit, vom Absoluten her mit der Einladung, oftmals auch etwas herrischen Aufforderung, sich aufzumachen, sich dorthin aufraffend zu bewegen, wo Du in dieser elysischen Herrlichkeit bereits längst bist. In diese Mystik einzutauchen ist für einen Menschen nicht einfach.

Mein kleines, kurzes Leben reicht leider wohl nicht aus, Dich bis in Deine feinsten Lebensverästelungen und geistigen Gammastrahlen ganz zu begreifen, doch ich werde es versuchen.

Gewiss ist, Deine Bücher haben mich zutiefst geprägt und verändert.

Liebe Grüsse, Dein Paul

Lieber Ludwig

Ich denke mir, mit meinen bald 70 Jahren habe ich mir eine künstlerische Unabhängigkeit und Freiheit geschaffen, dass ich in "Augenflimmern" Sachen sagen durfte, die absolut ungewohnt sind. Jede "Diplomatie" ist mir zuwider. Der Geist darf auch widerborstig sein. Ich hasse den Kompromiss, das Einvernehmliche. Alles längst Gekaute verwerfe ich hohnlachend. Es kommt auf den neuen Biss an – sonst soll man Kebabverkäufer werden. Es gibt kaum mehr Originäres, ist schier alles blödsinnig Aufgewärmtes. Kunst wird zu digitalem, computerisiertem Schwachsinn.

Hast Du «Experimenta» eingesehen, meine Gedichte dort, die guten Bilder von Eva Hauser?

Auf bald wieder. Herzlich grüsst Dein Paul der Zackenbarsch

23.1.19

Lieber Ludwig

Gestern schrieb ich dem Lyriker Franz Dodel einen Brief, Albert machte mich auf ihn aufmerksam. Dodel schreibt seit Jahren "Nicht bei Trost", ein endloses Haikugedicht, bereits mehrere zehntausend Verse: absolut faszinierend. Schau einmal im Internet nach. Ich bin begeistert. Unvergleichlich. Sehr, sehr stark, eindringlich.

Ich stellte mich kurz vor, mit "Atem stürzt in Atem"-Gedichten und meinem Text meines Untergangs für «Experimenta». Ich bin gespannt, ob er mir antworten wird.

Es gibt im Internet Videos von ihm und eine Auswahl seiner zehntausenden Endloshaiku, ich bin entzückt – was für eine "überzeugende Verrücktheit" und poetische Besessenheit, Weltgestaltungskraft auf hohem Niveau.

Franz Dodel lebt in Boll-Sinneringen BE, geboren am 14. August 1949, also 28 Tage jünger als ich. – Ich möchte unbedingt Gedichte von ihm bei mir haben, muss schauen, ob ich das bezahlen kann (ich kaufte seit zwei Jahren kein Buch mehr ausser eines über Monet, doch Franz Dodel MUSS ich haben).

Hatte gestern auch ein Telefongespräch mit meiner Beiständin, es sieht nicht rosig aus. Am Dienstag habe ich einen Gesprächstermin über mein zukünftiges Budget 2019. Ich schrieb ihr detailliert meine Finanzvorstellungen, sie sagte mir, sie werde alles prüfen und wenn es nicht ihren Vorstellungen entspricht, werde sie sich überlegen, ob sie meine Interessen weiterhin zu übernehmen gewillt sei. Das ist natürlich pure Erpressung, der ich ausgeliefert bin. Ich muss mit ihr einen Konsens finden, sonst überweise ich vom ProLitteris- Fürsorgefonds keinen Rappen. Es gibt bei der Kesb finanziell überhaupt keine Transparenz – es geht wohl nicht alles comme il faut, einiges erscheint mir mehr und mehr gezinkt. Bei der Kesb ist nicht alles seriös, sondern beamtengetürkt. Du musst mir das glauben, ich durchschaue.

Bei den Beamten gibt es keine soziale Fairness, sondern nur Selbstbereicherungsegoismus. Und als 70-jähriger Künstler muss ich einer doppelverdienenden Berufsbeiständin (sie arbeitet bei der Kesb nur teilzeitlich, sonst noch im Geschäft ihres Mannes) Rechenschaft abliefern, wenn ich monatlich 50 Franken mehr ausgegeben habe, wie sie mir mit ihrem Grillenhirn zubilligte. Ich halte das nicht mehr aus.

Liebe Grüsse, Paul

Ich möchte mich nur noch mit Kunst beschäftigen, der Geldmangel vernichtet das gnadenlos.

Am letzten Montag konnte ich nicht kommen, da es mir gesundheitlich schlecht ging, ich völlig energielos, apathisch, erschöpft war. Am Sonntag ging es Marcel extrem schlecht, ich wusste nicht, ob ich ihn in den Notfall einweisen lassen müsste. Diese psychische Belastung löste bei mir einen vielstundenlangen Durchfall aus, neurasthenisch gewiss, doch was soll man machen ...

Nun, ich habe mich noch nicht ganz erholt, doch ich komme morgen gern und bringe den Laptop – bei einem herrlichen Imbiss mit Dir. Ich freue mich riesig.

Ich mag Dich, mag Deine Bücher – ich mag alles, wofür Du einstehst.

À demain midi, cordialement Paul

Lektüre: René Char, «Die Bibliothek in Flammen»

28.2.19

Lieber Ludwig

Es freut mich immer sehr, wenn Du mir Pendelbilder schickst, es ist ein Fest, sie anzuschauen.

Ich bin ja beileibe nicht der Erste, der die Welt ein Tollhaus nennt, es verschlägt mir den Atem, wenn ich die Welt – die Menschheit – betrachte: Krieg, Folter, Lügen,

Kindsmisshandlungen, Vergewaltigungen, Hochstapeleien, Waffenirrsinn, Totschlag, Erschiessungen, Sekten, Religionsvertrottelungen, Hunger, Dummheit, Skrupellosigkeit, Korruption, Scharlatanerie, hohler Ehrgeiz, Geldraffgier, blutige Machtpolitik – des Menschen grausamer Wahnsinn ist total. Es ist mir elend zumute, Mensch zu sein. Der Mensch ist das Widerwärtigste im Kosmos.

Da wird es schwer, auf die Fluchtinsel der Kunst, der Schönheit, des Geistigen, des Schöpferischen zu fliehen.

Ich bin tief traurig.

Herzlich grüsst Paul

15.4.19

Lieber Ludwig

In gut acht Stunden arbeite ich in Mörschwil – mir ist die Welt sehr fern geworden. Die Ströme der Nacht, der Träume sind riesig geworden, da wird die Alltagsbanalität unwichtig.

Meine neuen Gedichte hiessen zuerst "Brandungsgeröll der Nacht", dann "Die Durchsichtigkeit der Dinge", jetzt "Verweht in der Illusion". Alles fliesst. Es soll ein grosser Gedichtband werden, doch dafür brauche ich mindestens noch ein Jahr.

Es ist viel passiert, doch ich vertraue der Elektronik, den Mails, nicht mehr alles an. Ich wendete mich am Samstag wegen des Erpresserbriefs an die Kantonspolizei in Rorschach und an die Sicherheitspolizei in St. Gallen – Ergebnis: ein Pfupf.

Nun, ich habe konkret vorgesorgt. Man ist immer auf sich selbst angewiesen.

Ich werde arg bedroht, erpresst, die Polizei wiegelt gelangweilt, überdrüssig, überfordert ab.

Nun, es kommt wohl nicht so weit, doch ich wehrte mich meiner Haut (in meinem Zorn gäbe ich einer ganzen Panzerdivision keine Chance).

Du weisst, ich bin lammfromm gegen jede Gewalt, doch in Notwehr könnte ich blitzschnell ohne zu zögern Knochen brechen (ein Brecheisen steht bei meiner Wohnungstür, der Pfefferspray ist griffbereit).

Ich werde arg bedroht, da ist jedes Halleluja deplatziert. Heute, morgen oder übermorgen werde ich noch schärfer handeln.

Wenn ich den Epresser in die Finger kriege, werde ich ihn gnadenlos zermalmen.

Paul

Brosmete:

Also sprach Dominik

Es gibt kein Erkennen ausser in der Liebe, sagte Dominik in seinem Selbstgespräch nachts, der Geheimnischarakter entfremdet alles Übliche, nur die Liebe ist befähigt, seinsrelevante Fragen zu stellen.

Kant, Hegel, Fichte, Schelling, wahrlich, das waren Denker, Philosophen – eher viel schreibende Eitel-Aufgeblähte, Gefangene ihres eigenen Systems, murmelte Dominik, das Leben findet sich in den ausschweifenden Assoziationen, Denken hat mit Annäherungen an das Leben zu tun; zu glauben, dass philosophisches Denken mit konventionellen Kategorien in Verbindung gebracht werden kann, verweise ich unmissverständlich in psychotisch-infantile Lächerlichkeitsbezirke, sprach Dominik. Alles ist fulminant-turbulent unbekannt angesichts der Amöben, angesichts des Universums, es geht um Ursachen und Verbindungen von Sehnsüchten und Ratlosigkeiten, wir hausen in unserem kleinen Weltsein für ein paar Lebensjahrzehnte, unwiderrufbar, widerrufbar, im Einssein oder im Gegensatz interpretierbar – je nachdem.

Ich liebe die Welt der Erscheinungen, sagte Dominik, liebe das Leben in all seinen Verästelungen, mit all seinen knotigen Gewohnheiten, in seinen schwärzlichgrünen, nadligen, zu Büscheln verwachsenen Malachitkristallen, ich liebe die Farbräusche der Träume und die versteppten Einöden, sprach Dominik, wie faszinierend sind doch die verschatteten Verlandungszonen der Flusslandschaften, Porzellanvasen für Pflaumenblüten aus der Mei-P'ing-Zeit, der Bamberger Dom, die Wanderdünen der Angst, morphoblaue Adagios blühen auf im Weinglas mit dem schweren dunklen Fleury, das ägyptische Sonnenauge blinzelt mir zu, dachte Dominik, der Geist ist eine uferlose Lust oder ein sich krümmender Wurzelfüsser im Geflecht der filzigen Zwergmispel.

Ich liebe einzelne Menschen, das Individuum mit seinen unverkürzten psychologischen Perspektiven, die Doldentrauben der Fantasie, Fadenschwimmkäfer, Rodins Höllentor, Spiralnebel. Grenzen überlasse ich den maskenhaften Funktionären der Macht – ich liebe die ungehemmten Augenblicke des Lebens, den wilden Atem der Freiheit, sprach Dominik.

Paul Gisi

Lektüre: Albert Drach, «Das grosse Protokoll gegen Zwetschkenbaum»

24.4.2019

Lieber Ludwig

Ich bin kein Christ (ich müsste Bertrand Russell zitieren), dennoch las ich heute Nacht in den Psalmen, in den alttestamentlichen „Sprüchen", bei Jesaja, im Buch Micha, in Leviticus, es gibt auf vieles hin viel zu bedenken.

Dein Juwel „Ein Lächeln und ein Weh von Gottes Gnaden" ist ein Hauch aus dem Himmel, reinstes Quellwasser, das von den Stürmen des Ozeans noch unberührt ist, ein irdisches Sternenglitzern, unberührt von den Schwarzen Löchern – „in der Lieblichkeit der Sphären", um es mit Deinen Worten zu sagen. Das bewegt mich tief innerlich sehr. Dass Du alles „Dunkle" ausblendest, ist Dein gutes Recht, hat damit zu tun, dass Du eine Höhe erreicht hast, die einmalig ist. „Derweil die Blüten ihren Liebeduft verströmen." Deine Sprache ist wie nicht von dieser Welt – und gerade dadurch SIND sie W e l t e n. Das überzeugt mich. Du bist ein Minnesänger des Lebens, schreibst wunderbare Doxologien. Was gäbe es Schöneres?

Die **Abgründigkeit** von Unvorstellbarem, Unermesslichem – ein köstlicher Armagnac – muss nicht zu Deinem Leben gehören, da bin ich mit Dir als alter *Beduine, Nautiker* vollends einverstanden, auch wenn das Dunkle elementar zu mir gehört. Wir sind uns im Mentalismus (in der psychologisch-philosophischen Richtung) sehr nahe

– im künstlerischen handgeknüpften Wortinkrafttreten dürfen wir uns weltallkupferfarben mnestisch unterscheiden, krr, so denke ich.

Dein „Sing Spiel" ist für mich EIN FEST zu lesen, auch wenn es **keine** Aphorismen sind (obwohl Du sie so nennst), es ist ein Tricinium (kontrapunktischer Satz für Singstimme und Begleitung), ein Zauberspiel des sanften Öffnen, auch eine Erzählkunst der göttlichen Liebe. Ein flimmriges Ausschmückendes der Buntheit. Ich denke wohl noch weniger gut wie Du vom VERSTAND. Ich mag Deine Geistesrouten, ob existenziell ruckelnd, sforzando, humanmedizinbiologisch oder geisteswissenschaftlich oder wie auch immer, Wahrheit ist immer nur ephemer.

D I E Wahrheit gibt es nicht. Auch das Sein ist ein Ahnungsvermögen. Ein Axiom, eine Hypothese, eine beerenfruchtige Fantasie, eine Empfindung des Federschmucks.

Du singst Deine Fis-Dur-Etüden, fugierst Beflutungen.

Nun, alles ist brüchig.

Lektüre: Robert Walser, «Poetenleben»

Lieber Ludwig, ich bin glücklich, dass wir uns mögen. Ich winke Dir zu, grüsse Dich herzlich, umarme Dich freundschaftlich, salü

Paul

Lieber Ludwig

Nachtstunden sind für mich wie eine Zitadelle, alle meine Gedichte (bis auf eine Handvoll Ausnahmen) schrieb ich in entflammten Nächten, **nach** der Stunde des Wolfs. In der Nacht erneuert sich die „Regalität" AUFS WORT, doch es gibt für mich keine Periodizität, es ist immer wieder quasi **unerwartet wie neu**. Ich bin wie ein Kulturflüchter, eine Pflanzen- oder Tierart, die nur ausserhalb der Kulturlandschaft gedeiht – und deshalb allmählich daraus entschwindet. Ha! Mein Werk entschwindet aus der Kulturlandschaft in den Stratus (Hochnebel) der Träume, in letzte Moortümpel der Seele, ins Geröllige der Steilküsten der Fantasie, ins Nichtmessbare, Kaummehrerreichbare wunderlicher Wortbilder, in eine as-Moll-Etüde der Einsamkeit, ins Beunruhigend-Schöne der Sehnsucht, herrligg ist's, eudämonistisch (Eudämonismus: philosophische Lehre, die im Glück des Einzelnen oder der Gemeinschaft die Sinnerfüllung menschlichen Daseins sieht), doch da jongliere, zwickzwackle ich holterdiepolter Gedanken, die ich natürlich differenzierter ausführen müsste, denn ich bin nur *partiell* ein Eudämonist, da ich vor dem **Leid** des menschlichen Lebens die Augen nicht verschliessen kann, nicht verschliessen will. Das Leben ist vielfarben grundiert, manchmal undurchdringlich, dann wieder diaphan, schmetterlingsleicht oder dann wie ein bleiernklebriger Leimtopf. Beides, ALLES. Hui, ich liebe das Leben, wie es ist!

Die **Gesellschaft** ist ein grosser Schwindel. Wer unter Verrückten verrückt ist, gilt als normal, und wer unter Wahnsinnigen vernünftig ist, gilt als wahnsinnig. Mit gutem Gewissen kann man da kein Humanist sein. Was LebensKUNST ist, ist ein riesengrosses Thema, da müsste ich als alter Nautiker ein umfangreiches Buch schreiben …

Du weisst, ich schreibe vesuvisch, viele lange Nächte ist mir jedes Wort verwehrt und ich bin stumm wie ein Plattwurm, doch dann geschieht's gottseidank immer wieder, dass ich „Auswürflinge" unter Feuerdruck habe, dann bilde ich meine Lavaströme der Gedichte, glühe auf im Umschichten der humosreichen Wortbilder, monodisch und sinfonisch, kammermusikalisch oder choralfantastisch weit ausholend.

Ich habe in den letzten Nächten ein paar wichtige Pinselstriche für meinen neuen Lyrikband ausführen können. (Ich bin mit vollen Segeln auf unbekannten Meeren unterwegs, wunderbar. Oder: Tischlein deck dich.) Besser: Auf meiner Staffelei habe ich Sonnen, Parmenides, Transzendenz und Immanenz, den Bamberger Dom, die Auvergne, Regenpfeifer, Stachelrochen, Homer, Präraffaeliten, Fangschreckenträume, Arsenik, eben all das, was ich als Voraussetzung für mein Schreiben brauche.

Lektüre:Kurt Guggenheim, «Minute des Lebens»

Lieber Ludwig,

ich bin so froh, dass Du mir einen Zustupf schickst. Dein Mail mit den Bildern, das, wie Du schriebst, gestern Abend hätte bei mir eintreffen sollen, bekam ich erst heute Abend – deshalb fiel ich auch in eine Panik. Doch nun weiss ich, „das Schiff wird kommen".

(Wenn ich beim Einkaufen nur drei-, viermal die Zügel lockern lasse und dies und das poste, was mir besonders mundet, bin ich geliefert, verbläst es mich finanziell; das ist für mich keine leichte Situation. Für mich steht das Essen beileibe nicht an erster Stelle, doch ich liebe halt dennoch Vanilleschoten für den Milchreis, Käse, Salami, Wein, Pfeifentabak, Meerfrüchtesalat usw., und das ist horrend teuer.)

Dafür ist der Bücherkauf auf total Null gesunken, was für mich Leseriesen schwierig bleibt. Ich begnüge mich mit Zweitlesungen aus meiner Hausbibliothek. Als Zwanzigjähriger – 1969 – las ich glühend Dostojewskijs „Die Brüder Karamasow", jetzt, 50 Jahre später, lese ich diesen Roman (in der Übersetzung von Swetlana Geier) zum zweiten Mal, ich bin wieder grossbrandflächig bis in meine tiefsten Tiefen und höchsten Höhen entflammt. Ich zähle Dostojewskij zu den Kulturdenkmälern der Welt!

Du hast mir eine wunderschöne Zierschlaufe – „Das Gisisterium" – gewidmet, das freute mich bis zu Tränen. Ich danke Dir.

Deine neusten Bilder, die Du mir geschickt hast, sind absolut wunderschön, „Rückblickspiegel" des Himmels, seelisch-seismische formvollendet überragende Herrlichkeiten und – wie Deine Bücher – unvergleichbar in der weltall- und seinsharmonischen Höhendimension, im fröhlichmachenden Gesumm des irdischen Daseins.

D I C H als Weiser, Denker, Philosoph, „gläubiger Freidenker" (darf ich das sagen?), Hafenkapitän des Worts und Laudes-Sänger der rhythmischen Formen auf Deinem Anwesen in der Gossauer Bergstrasse zu wissen, macht mich polykausal neuzeitlich glücklich. Herrligg! Du verwandelst die Welt in eine Kantabilität, ich finde das – jaja – berauschend. Lerchengesang. Sonnenstrahl durchs Neblige. Eine esoterische Geisteshaltung im Fadennetz des Guten und Schönen. Deine Sprache ist sanft zuströmend, im Inhalt immer nahe an einer saphirblauen Spiritualität, die überzeugt.

Deine Webstories sind wunderschön poetisch leicht – ein bisschen fehlt mir da und dort das ins gewaltige Leben Eingetunkte, die offnen „Türen" ins Lebensverwalkte, was man ja auch nicht ausschliessen kann. Doch ich nehme Deine „Offenbarungen" gern als **Seinszunickendes**, wie sie von Dir gedacht und ausformuliert sind. Du bist eine Raphiapalme, ein Wunder, ein Resonanzkörper des Seins, ein gläsernes Email der Kunst, eine sienafarbene Erleuchtung.

Du hast ein anthropozentrisches Weltbild, den Menschen in den Mittelpunkt des Weltalls stellend, glaubst an die Reinkarnation. Diesen Ansichten bin ich sehr entfernt. Ich mag zu sehr Igelwürmer, Wasserflöhe, Urschildkröten, Stachelrochenartige, Seetaucher, Otternspitzmäuse, Taubernussgewächse, den Bachnelkenwurz, den Zottigen Klappertopf. (Das hat mit der Assoziationspsychologie zu tun.)

Herzlichst grüsst Dein Paul, der Lyriker

«Wo Es war, soll Ich werden.»

Sigmund Freud

Lieber Ludwig

Mit diesem Satz rüttelte Sigmund Freud am Schlaf der Welt! Es ist ein genialer Satz.

Ich lese zurzeit mit grosser Begeisterung Erich Fromm. Fromm glaubte stark an die positiven Entfaltungsfähigkeit des Menschen. In einer Welt der weit um sich greifenden Zerstörung auf allen Ebenen tut es gut, ihn zu lesen. Gegen alle Abgründe, die Fromm auch kannte, setzte er sein „Dennoch".

Heute Abend schrieb ich ein Gedicht, etwas „heidnisch" wohl, es wird Dich krummeln:

Im siebenarmigen Rausch
tanzt L e b e n s l u s t
   dringt in deinen Körper ein
FEUERLIPPEN
umhüllen deine Haut
     aus der Tiefe
    zuckt die karminrote Sonne
    wie ein Brandpilz
SEINSFIEBRIG
in die lange lange Nacht

Ich habe schöne, intensive Tage und Nächte mit Lektüre (Octavio Paz!), Musik – konnte auch ein paar Pinselstriche für mein neustes Lyrikbändchen machen.

Im neuen Gedichtband bringe ich in einem Sermon, in einer Litanei einfach über 50 griechische Männer- (Jünglings-)namen. So:

Diodor Proktos Chrysos
Philostratos Ladon Demophilos
Philokrates Xenophilos Periandros
Phaidon Ilisos Myiskos
Polemon Protarch Nikandros

Pamphilos Thymokles Meleagros
Automedon Ganymed Antiphilos
Eros Priamos Aratos
Hermogenes Lysanias Glaukos
Diokles Archeloos Andragathos
Antiochos Apollon Praxiteles
Theron Aribazos Charidemos
Kronion Daimon Euxitheos
Kleobulos Kypris Antopatros
Philokles Eupalomos Eubios
Arkesilaos Themison Kleonikos
Menecharmos Echedemos Dositheos
Menexenos Theron Apollophanes

D A S ist „schöpfungsirre Lust" (so heisst ja mein erstes Kapitel), so etwas gab es noch nie. C'est fou! Eine *solstice d'été* (Sommersonnnenwende). Ein Gesang des Menschenzugewandten. – Immer wenn mir etwas VER-RÜCKTES einfällt, juble ich auf. Stinknormales gibt es zuhauf.

Wenn Du jetzt an meinem Verstand zweifelst, Lu, macht mich das glücklich, denn Du weisst ja schon, dass ich vom Verstand nicht gut denke, jeder Nachtvogel, jedes „Unkraut" ist mir da lieber. Verstand ist nicht viel mehr als Zivilisationsschutt, Klar, es gibt auch philosophisch Gutgesagtes dazu (Bergson), besonders auch *Abstraktionen,* die denkerisch wichtig sind – Begriff und Wesen, Wirklichkeit und Sinneswahrnehmung, ERKENNEN –, doch alles Erkennen bleibt eine Commedia dell'arte, ein Couplet, eine Gelegenheitsdichtung, eine philosophische Fantasterei. Ein Gesummse, ein Vermickertes, ein unechtes Zublinzelndes.

Manchmal denke ich mir, ich müsste doch noch **autobiografisch** ein paar Seiten schnackeln, es wäre ein Fest, ich würde dramaturgisch den Background (geistige Herkunft, Milieu, den „historischen" persönlichen Hintergrund antibürgerlich aufschäumen lassen, ha). – Doch das liegt noch in der Ferne.

Ich hasse das Kleinbürgerliche, Miefe, Bravanerkannte, die Idealforderungen – liebe das Inflammable, das Fahrwasser der Heterozygotie (Mischerbigkeit), die geilen Liebesbetätigungen, den Muskatellerwein der Lust, die entzündeten Zuneigungen, die Ruderalpflanzen (auf Schuttplätzen gedeihend). Die Gesellschaft ist ein Lupus in fabula (jaja, der Wolf kommt, von dem man spricht).

Mein Leben hat nichts Motziges. ICH LIEBE DAS LEBEN. Es geht mir immer um die Idiomatisierung, um die *Durchsichtigkeit* der Worte und Wortverbindungen. Ums Diaphane.

Nehme ich richtig an, dass Du Deine Internet-Webstories-Texte nicht wöchentlich neu schreibst? Diese kontinuierliche Fülle ist fantastisch (Du kannst wohl auf einen grossen Fundus zurückgreifen). Soeben las ich „Menschenfreundlichkeit und Würde sollen wir verschenken". Denken und Sprache sind unverwechselbar Weibel, wie nicht mehr von dieser Welt. Ein bisschen ist die Gefahr nahe, dass Du einer spirituellen (rokokohaften) „anakreontischen Lieblichkeit" huldigst, die einem „Bewohner" des 21. Jahrhunderts befremden kann. Doch verstehe das, Lu, nicht als Kritik, es ist einfach eine Kolorierung meines Denkens, meines Empfindens. Ich bin – sit venia verbo (man verzeihe das Wort) – oftmals traumversunken ins Unterbewusstsein, und da finde ich Dich – da finde ich Dich nicht immer in Deiner Wahlheimat des Seins, des höhern Ich, im Falkenauge des Geists. Deine Sätze sind ockergelb lieblich, sentenzenreich, ABSOLUT EINMALIG und immer wieder sehr «fern».

Seit bald sechzig Jahre lese ich wie ein Berserker, doch so etwas wie bei Dir las ich noch nie. Du bist ein Tsunami – tua res agitur, um Deine Angelegenheiten handelt es sich. Du zelebrierst majestätisch Deine Höhenflüge, rank und schlank, schönwettrig, siderisch. Du bist in Deiner erlauschten Gedankenziselierung zuhause. Bist ein Herold des Seins, eine Bachstelze des Erwartungsfrohen, ein durchslebenshindurchfühlender mannigfaltiger polyedrischer „Geistmensch". Ein Recital des Lebens.

Ich bin gespannt, ob Deine Webstories näher ans effektive Leben kommen oder ob Du noch weiter abhebst. Wie es auch sei: Deiner geistigen Freiheit folge ich imperforabel, undurchbohrbar.

Lektüre: Thomas Merton,
«Der Berg der sieben Stufen»

Lieber Lodovico

Du hast mir in Deinen Briefanhang Exzerpte zur Knabenmuse beigelegt. Ist interessant und mir nicht unbekannt. Dass meine Liste mit Griechennamen auf das hinweisen könnte, ist natürlich nicht unbeabsichtigt, obwohl ich sie nicht zu konkret interpretiert wünsche. Diese Griechennamen sind auch wunderbare Musik, man lese sie nur laut. Es ist eine lyrische Klangkomposition – weitergehende inhaltliche Folgerungen dürfen gemacht werden, lehne ich gewiss nicht ab, doch ich suche sie nicht auszuformulieren. Diese Namensliste ruht wie Inseln, wie Monaden in sich selbst. Dass Du zu diesen Exzerpten gestossen bist und diese reizend findest, zeugt von der sublimen Wachheit Deines Geistes, von Deiner grossen Lebenserfahrung, Deiner vielfarbenen Toleranz. Es ist herrlich, mit einem Menschen mit Deinen geistigen, kokospalmenfruchtigen Dimensionen und vogelflugbeschwingten Lebensauffassungen zu korrespondieren. Deine Seinsmelodie begeistert mich, sie fügt sich ins Tirilieren der Liebe des Menschen und in die Halligen des Weltalls ein: WUNDERBAR. Das Himmlische, die unerschöpfliche Geduld, kann es nur auf der Erde unter Menschen geben – sonst wird sie eine Irrfahrt der Abstraktion. „Weisheit" ist LEIDENSCHAFT, das Freisein von emotionalen Stürmen heisst Tod (– da widerspreche ich bewusst und überzeugt allen Mysterien und jahrtausendelangem Erkennen, was ja meist doch nur doktrinärer moralinsaurer Plunder ist). Ich denke immer s e l b s t , noch **jede** Autorität lehnte ich rigoros ab und werde das auch fürderhin bis zum letzten Atemzug so halten. Ich mag keine „Eingeweihten", für mich ist das übler Parfum. Mit zunehmendem Alter werde ich – noch mehr als früher! – neugieriger auf das Offene, das Festgelegte langweilt mich. Ein *Credo* aller Couleur ist mir zuwider. Ich mag das künstlerische Ausdrucksvermögen, das NEUES prägt. Sattsam Bekanntes gehört in den Abfalleimer. Der Brennspiegel der Liebe entzündet die Welt (sonst soll man Schuhbändel verkaufen). Kunst ist kein Ei des Kolumbus, viel eher eine gutartige Fasergeschwulst, eine Grossartigkeit der Innerlichkeit. Aber niemals Gesellschaftlich-Biederes, Mehrheitsanbiederndes.

Verstehen wir uns da, Ludwig, gut?

Herzlich grüsst Dein Paul, der Lyriker

Lektüre: Philippe Jaccottet, «Gedichte»

Lieber Lu

Es ist psychogenetisch, schärenküstenkreuzend herrlich, mit der Schöpfkelle *galaxientreppauf und -treppab* an meinem «TRAUMGEWÖLBE» zu schreiben, es als zauberische Walnussschale auszugestalten, neue Inselfluren und sanfte Hügelketten zu malen, Sandböden für Föhren einzubauen, ein Panoptikum zu erfinden, dem Musikclown des Universums einen Auftritt vorzubereiten, wortwippend, Wind in den Toppsegelschoner zu blasen, ein Tympanonpuzzle zu legen, Stromschnellen zu umschiffen, hysteroide Zusammenstürze und Sonnenexplosionen zusammenzuführen, heraklitisches Denken (dass das Wesen der Welt in der dauernden Spannung von Gegensätzen, im steten Umschlag aller Dinge in ihr Gegenteil beruht – das eigentlich Bleibende ist der Wechsel), wahnirre **Traumbilder** zu erhaschen (eine Liebeslaube gibt es nicht mehr), Monaden sind Täuschungen, der menschliche Näherungswert ist ein Hinüberhängendes ins Blamable, intraokular (innerhalb des Auges) geschieht Kunst, die niemals Abbild sein kann, sondern nur Wandlung, Verwandlung, Schnurwurmrüssliges, Metaphysik, *Seismik der Traumbeben*. Es lebe der Gewölbebogen des Unendlichen, die Tramsligkeit, das Traumtänzerische, das verblüffend Wutschende.

O, ich fühle mich so wohl in meinem „Traumgewölbe", es hat die Architektur von ekstatischen Jahrtausenden, weltallfispernd, sublim, ungetümelig. Eben gerade so, wie ich es will. Kein Zechstein, kein Scharlachfremdes kann mich da aufhalten. Heute ist alles eine widerliche Molestierung, ein pausenloses belästigendes Gerede. Ich kann das nicht mehr hören, aushalten. Ich ziehe mich in meine Freiheiten zurück. (Das heisst, ich habe das schon längst getan.)

((Ich fragte mich auch schon, nimmst Du mein Denken ernst? Es ist doch so fernab von allem …))

Du wirst mich verstehen, hoffe ich, glaube ich. Irgendwie dennoch. Ich danke Dir.

Herzlich grüsst Dein Paul

Rorschach, 11.5.2019

Lieber Ludwig

Ich hätte diesen Brief so oder so «Experimenta» geschickt (auch wenn Du es mir nicht angeraten hättest).

Als Artikelbeitrag hätte ich ihn überarbeiten müssen, doch als Brief darf er durchgewunken werden.

Bin gespannt.

Herzliche Grüsse vom Paul

Brief an «Experimenta»:

Paul Gisi

Brief an Ludwig Weibel, der mit seinen Zierspiralen in Experimenta vertreten ist.

Lieber Ludwig Weibel

Deine Bilder, Ludwig, sind absolut genial, so etwas gab es weltweit noch nie. Ich bin bestürzt über die Schönheit, die Dynamik, den überraschenden Rhythmus Deiner Einmaligkeiten in den vielfältigen Schwingungsformen und Farbharmonien. Man bekommt niemals genug, sie zu sehen, in sie zu tauchen, sich von ihnen entführen zu lassen. Wunder über Wunder offenbart sich, der Spannungsreichtum macht atemlos.

Schreibt jemand einen einfühlenden kompetenten Artikel dazu? Besser wäre ein Interview mit Dir, man sollte sich die Zeit dafür unbedingt nehmen. Du trittst da als vollendeter Maler, Grafiker auf, es müsste auch auf dein gigantisches schriftstellerisches (ich sage es einfach einmal einfach so) Werk hingewiesen werden.

Ich habe heute Nacht lange Deine Bilder betrachtet – und wurde entflammt, euphorisch begeistert. Was für eine kreisende Vielfalt in einer kunstexistenziellen Einheit, was für Auffächerungen, eine Bildbibliophilie fürs Auge, für die Seele, für den Geist, ein Sternenatlas der Beglückung, eine humane Relevanz, ein ganz neuer Schöpfungsbericht, wenn man nur zu sehen weiss. Kunst als Intarsien der Ewigkeit, als Beherrschung der Freiheit in der Form, verzaubert in sich ruhend und gleichzeitig über sich selbst hinweisend, ein Edelsteinschliff des Geistes. Es ist, als küsste der Himmel die Erde im Schatten eines Nelkenzimtbaums, beglückend unfassbar unvergleichlich … Mit Deinen Bildern ist die Welt heller, schöner, unbeschwerter, liebesreicher, graziler, geistgeformter geworden. Das Weltall singt in den Sonnen, in den Kartographierungen und Topographien galaktischer Strudel, im Lied des Schilfrohrsängers, Deine Arpeggien kommen aus den Traumtiefen des Tertiärs in die glocken-

dunklen Beeren des Holunders, psalmodieren im Rund-
bogenfenster der Zeitlosigkeit, des Sibyllinischen. Klar-
heit als Orakel.

Spiralgalaxien
als Staubfäden
der kosmischen Blume
in der Vase auf meinem Schreibtisch
– sei nicht überrascht
vom Brief
den ich dir schreibe

*

Lieber Ludwig

Die Coincidentia oppositorum, für mich wesensbestimmend, war für Dich fremd. Ich erlebte die Welt stets als
Androgynität, als Einheit des Gegensätzlichen. Das Sinnliche auf dem Weg zum Geistigen konnte für mich nicht
gelten. Ich anerkenne das Sinnliche als berechtigte Ge-
genmacht zum Geistigen. Beides ist gut. Dass Du, lieber
Ludwig, anders gewichtest, respektiere ich voll und ganz
– aber eben, Deine Gewichtungen sind nicht tel quel auf
mich übertragbar.

Auch wenn ich sehr lebhaft «drauflos» denke, ist in diesen Briefen eine gewisse Wiederholung meines Formu-
lierens nicht ganz von der Hand zu weisen, ich bin nicht
enzyklopädisch gebildet. Doch ich glaube, es kommt
keine Langweile auf, da meine Zwirbelzwarbelgedanken
sich bemühen, immer wieder neu zu sein.

Ich denke immer mehr (tat das eigentlich schon immer), dass das eurozentrische Philosophieren absolut ungenügend ist. Es gab die Mysterien von Eleusis, mesopotamische Religionen, das alte Ägypten, hethitische und kanaanäische Religionen, die Identität von Atman-Brahman, giechische Religionen, Dionysos, Schöpfungsmythen aus Südamerika und Afrika, das alte China, Hinduismus, Buddha, Orpheus, das Christentum, Islam, Chassidismus, mittelalterliche Mystik, tibetische Religionen, Taoismus, Indianisches, Volksreligionen in Indonesien, ozeanische, australische Religionen, Schamanismus, Sonnentanzreligionen, Zen, Japan usw. – da erscheint mir die Anthroposophie höchstens als Fussnote der Weltreligions- und Geistesgeschichte der Menschheit.

Wahre Kunst kann sich niemals in eine vorgegebene (dogmatische) Denkschulrichtung einfügen, unterordnen, sie muss per se FREI sein. Man darf gewiss Apologet einer festgefügten Anschauung, einer Kirche, einer Keuschheit, einer rationalen Rechtfertigung, einer Philosophie, einer Esoterik sein, doch das ist nicht Lebens-, Weltumfassendes, sondern immer nur ein Teilaspekt, ein Jahrmarktgeschrei.

In all Deinen Tausenden von Buchseiten redest Du wie als Gott, als das Seiende zu den Menschen hinunter, das macht Dich schwierig. Es ist auch wunderbar – in den Entfernungen. Ich liebe den Geist des Universums, liebe aber auch Schmuckbaumnattern, Stachelhäuter, Nabelschnecken, Fleckenbaumläufer, langgestielte Vogelwicken, das nur schwach behaarte Staudenfeuerkraut. Die ganze Schöpfung lässt Du links liegen auf Deinem Weg zum Sein. Nochmals: ich respektiere das vollumfänglich. Doch siehst Du meine Liebe (als Lyriker) zum Geschöpflichen auch? Geist ohne Widderbartorchidee, Tiefseequallen und Morphofalter empfinde ich als kalt, leblos.

Ich liebe, bewundere deine Seinsphilosophie; manchmal fehlt mir das *wahre* Leben. (Denn das «wahre» Leben ist nicht nur geistig, sondern pulsierend sinnlich – warum lehnst Du das ab?)

Verzeih mir, lieber Ludwig, wenn es mir nicht gelang, *adäquat* zu schreiben, wie ich Deine filigranen Seinsbilder LIEBE, ich verstumme vor Begeisterung. Was für ein Genie Du bist! Ich bin Dir unendlich dankbar, dass Du mich teilhaben lässt an den ableitbaren geistigen, künstlerischen Kräften, die auf die Erdoberfläche einwirken, die Du gültig eingefangen hast. Es sind Stempel des Kosmos, Schwingungsperioden von Umflutungen, Wallungen einer neuen Philosophie, das Nichtmehrsagbare, in der Eukinetik, in der Tanzkunst, in der Lehre von der schönen und harmonischen Bewegung, im Ebenmass, in der Ausgeglichenheit des Weltpulses.

Paul Gisi wurde 1949 in Basel geboren.

Lyriker, Schriftsteller, lebt in Rorschach (Schweiz)

zackenbarsch.gisi@gmail.com

www.zackenbarsch.ch

Quasare sind aktive Kerne von Galaxien, ein Schwarzes Loch umfassend, die sich in einem Kollaps oder einer (daran anschliessenden) Expansion mit allergrösster Energieabgabe befinden; *sie sind die fernsten für den Menschen noch erfassbaren Objekte.* Oftmals haben sie eine Doppelstruktur wie Zwillinge. Sie gehören zu den leuchtkräftigsten Objekten im Universum. Die Fluchtgeschwindigkeiten reichen bis über 250 000 Kilometer pro Sekunde. Das mag ich.

pg